张恨水散文全集

最后关头

张恨水 / 著

时代文艺出版社

图书在版编目（CIP）数据

最后关头 / 张恨水 著. —长春：时代文艺出版社，2015.8
（张恨水散文全集）

ISBN 978-7-5387-4738-6

Ⅰ. ①最… Ⅱ. ①张… Ⅲ. ①散文集－中国－现代 Ⅳ. ①I266

中国版本图书馆CIP数据核字（2015）第055926号

出品人　陈　琛
产品总监　郭力家
责任编辑　李天卿
装帧设计　孙　利
排版制作　刘　薇

张恨水散文全集
最后关头

张恨水 著

出版发行 / 时代文艺出版社
地址 / 长春市泰来街1825号 时代文艺出版社 邮编 / 130011
总编办 / 0431-86012927 发行部 / 0431-86012957 北京开发部 / 010-63108163
网址 / www.shidaicn.com
印刷 / 三河市万龙印装有限公司
开本 / 710mm × 1000mm 1 / 16 字数 / 377千字 印张 / 27.25
版次 / 2015年8月第1版 印次 / 2015年8月第1次印刷 定价 / 72.00元

图书如有印装错误 请寄回印厂调换

闲适冲淡与家国情怀

——张恨水散文札记

谢家顺

对于自己的散文创作，张恨水有两次提及，一次是写于1944年五十寿辰的《总答谢》："不才写了三十四年的小说，日子自不算少，其累计将到百来种，约莫一千四五百万字"，"关于散文，那是因我职业关系，每日必在报上载若干字"，"朋友也替我算过，平均以每年十五万字计算，二十六年的记者生涯，约莫是四百万字。"[①]另一次是写于1949年的《写作生涯回忆》："我平生所写的散文，虽没有小说多，当年我在重庆五十岁，朋友替我估计，我编过副刊和新闻二十年，平均每日写五百字的散文，这累积数也是可观的。"[②]"对散文我有两个主张，一是言之有物，也就是意识是正确的（自己看来如此），二是取径冲淡。小品文本来可分两条路径，一条是辛辣的，一条是冲淡的，正如词一样，一条路是豪放的，一条路是婉约的。对这两条路，并不能加以轩轾，只是看作者自己的喜好。有人说辛辣的好写，冲淡的难写，那也不尽然。辛辣的写不好，是一团茅草火，说完就完。冲淡的写不好，是一盆冷水，教人尝不出滋味。"[③]

以上文字，一说自己散文创作数量，一表达自己的散文主张，是张恨水生前仅有的关于散文创作的自述文字。这对研究他的创作成就而言，益发显得珍贵。

---

① 张恨水《写作生涯回忆·总答谢——并自我检讨》，重庆《新民报》，1944年5月20日至22日。

② 张恨水《写作生涯回忆·上下古今谈》，北平《新民报》，1949年2月4日。

③ 张恨水《写作生涯回忆·散文》，北平《新民报》，1949年2月5日。

较之小说创作，张恨水散文创作贯穿于他写作生涯始终，与他的思想性格、感情心态、生活阅历有着更为直接的联系，因而加强其散文研究，将具有透视作家心灵世界、观照作家创作思想的直接意义。

一、张恨水散文分期

早期（1912年—1919年）

张恨水少年时代，即受过严格的散文读写训练，十二岁那年，在两个月内，模仿《聊斋》《东莱博议》笔法作文，完成论文十余篇，其中文言习作《管仲论》颇得（萧）先生和父亲的赞赏。

真正开始散文写作，约在他十九岁那年秋天。他流落汉口，替一家小报写填补空白的稿子，并开始以恨水为笔名发表文章，这些稿子，除诗词外，也包括小品随笔和散文游记。

1916年冬，二十一岁的张恨水回故乡自修期间，在写小说的同时，写作题为《桂窗零草》的笔记，这是张恨水较正规的笔记散文。

1917年春，张恨水应郝耕仁之邀作燕赵之游。这是一次半途而废的旅行，虽旅途艰辛，却开阔了张恨水的眼界，促使他写了一部长篇游记《半途记》。这段流浪生活对张恨水的创作影响很大，“一来和郝君盘旋很久，练就了写快文章。二来他是个正式记者，经了这次旅行，大家收住野马的心，各入正途，我也就开始做新闻记者了”。

1918年至1919年，张恨水在安徽芜湖《皖江日报》工作期间，还曾负责两个短评栏和一版副刊的编辑工作，除写长篇小说外，还写“小说闲评”之类的论评式散文。

以上这些散文，因年代久远，或文稿丢失或报刊散佚，我们已无法见到，尤其是《桂窗零草》和《半途记》。

丰硕期（1919年—1938年）

张恨水开始大量写作各类散文，是在1919年秋到北京以后至1923年，这期间他任北京《益世报》助理编辑、芜湖《工商日报》驻京记者，以撰写通讯为主。直至1924年5月、1925年2月，他先后主编北京《世界晚报》副刊《夜光》、《世界日报》副刊《明珠》，张恨水的散文进入第一个密集发表期。长期新闻工作的锻炼，使张恨水成为一位阅历丰富、才思敏捷、注重纪实、面向社会的散文作家。

1934年5月，张恨水首次西北之行，创作了系列游记散文《西游小记》，内容反映了当时西北地区的民生疾苦。1936年他自办《南京人报》，自编副刊《南华经》并写了大量散文。

全盛期（1938年—1949年）

这一时期张恨水的散文创作贯穿于他在《新民报》工作的全过程。1938年1月，张恨水到达重庆即被陈铭德聘为《新民报》主笔兼副刊主编。自1月15日起，在副刊《最后关头》连续发表《忆南京》系列散文、《杏花时节忆江南》等多篇散文及大量杂感；特别是1941年12月1日至1945年12月3日开设《上下古今谈》专栏，张恨水每日一篇，累计发表杂文一千多篇，字数达百万字，这些是张恨水杂文的代表作。值得一提的是，这一时期，张恨水还结集出版了仅有的两本散文集《水浒人物论赞》与《山窗小品》。此外，张恨水又连续发表了回忆北京、南京的系列散文《两都赋》，以及《蓉行杂感》《华阳小影》等系列散文。这些作品的发表，体现了张恨水在抗战时期的散文创作已呈全面丰收的态势。

抗战胜利后，张恨水除主持北平《新民报》工作外，还以副刊《北海》为园地笔耕不辍，先后有《东行小简》《还乡小品》《北平的春天》《山城回忆录》《文坛撼树录》等系列散文问世，以及大量杂感、杂谈发表。

晚期（1949年—1963年）

1949年1月至2月13日，长篇回忆录《写作生涯回忆》在北平《新民报》连载。1955年夏，病后的张恨水南行皖沪等地，创作的中篇游记《京沪旅行杂志》于当年9月在香港《大公报》发表。1956年春末夏初，张恨水应邀参加由全国文联组织的作家、艺术家赴西北参观旅行活动，并写作游记《西北行》在上海《新闻日报》发表，这些散文，叙写了西北地区面貌的变化并抒发了作者由衷的喜悦之情。这一时期，张恨水还创作了一些描述首都北京风光的游记散文。直至1963年，张恨水应全国政协《文史资料》编辑部之邀，写作长篇回忆录《我的创作和生活》。

张恨水一生到底创作了多少散文？迄今为止，我们尚无法做出具体回答，只能做一个粗略的估计，有人对他已发表的散文作品进行过估算，其文字总量在六百万字左右，其中半数以上是新闻性散文，在中国现代新闻史上具有一定的价值；文艺性散文约两百万字，两千多篇，数量之多，在现代散文史上也属于屈指可数的丰产者之一①。

二、张恨水散文特点

张恨水的散文作品，就其性质而言，可以将其粗略划分为新闻性散文和文艺性散文。限于篇幅，笔者在此仅就其文艺性散文作一评介。

（一）杂感文

这类散文在张恨水散文创作中比重最大。从二十世纪二十年代至四十年代，写作杂文近三十年，创作数量大、延续时间长，与作家长期担任报纸主笔副刊主编有关。这种随写随发的杂感散文，取材广泛，选题随意，关注社会人生，反映现实生活，反应快速敏捷，议叙海阔天空，形式不拘一格，笔锋多趣微讽。题材几乎触及政治、经济、道德、文化以及世态、人情、风物、习俗等社会生活的各个方面。

早在二十世纪二十年代，张恨水作为一个编辑和记者就主张新闻自由。他认为报纸应敢于讲真话，敢于为人民呼吁，直言不讳，揭露社会黑暗。如1928年“济南惨案”时，张恨水在《世界日报》副刊上连续发表了《耻与日人共事》《亡国的经验》《学越王呢学大王呢？》《中国不会亡

① 董康成，徐传礼《闲话张恨水》，黄山书社，1987年版，第195页。

国——敬告野心之国民》等一系列文章，揭露了日本帝国主义者的侵略罪行，表达了与日本帝国主义战斗到底的决心。又如《我主张有官荒》对当时的官场黑暗进行了揭露；《无话可说的五卅纪念》表达了作者对北洋军阀政府镇压学生运动的愤慨、对学生爱国行为的赞颂之情。

抗战时期，要在报刊上讲真话极其困难，国民党当局对陪都重庆报纸的检查十分严格，他的不少杂文被书报检查官剪掉、抽稿、开“天窗”。他主编的《最后关头》，也不得不改名为《上下古今谈》。张恨水谈到这一专栏时曾说：“上至宇宙之大，下至苍蝇之微，我都愿意说一说。其实，这里所谓大小也者，我全是逃避现实的说法。在重庆新闻检查的时候，稍微有正确性的文字，除了‘登不出来’，而写作的本人，安全是可虑的。”①而在实际中，张恨水一方面要揭露黑暗现实，另一方面要不被当局抓辫子，保全自己。他采取多种多样的手法，将鲜明的战斗性与巧妙的灵活性有机结合，将历史与现实巧妙结合，以古讽今；将普通科学常识与社会问题巧妙结合，以此喻彼。比如通过谈贾似道的半闲堂，影射孔公馆；通过谈杨贵妃，暗示夫人之流；通过谈和珅，提到大贪污；通过说雾，提到重庆政治的污浊；通过讲淮南王鸡犬升天的传说，影射权贵们狗坐飞机的事。声东击西，含沙射影，既击中贵要的要害，又使之无可奈何。

这些杂感文，或借鉴历史，以古讽今借题发挥，或以此喻彼运用对比，或以甲衬乙，形式生动活泼，短小精悍，往往一事一议，平易晓畅，适应不同阶层读者的阅读需求。

（二）小品文

这类散文包括两个部分，其一是对文艺作品、文艺体裁、文艺思潮和文艺流派等进行评论和考证的专著和专文；其二是自己作品的序跋、创作经历的回忆和创作经验的漫谈等。

在第一类中，结集出版的有《水浒人物论赞》，散篇发表的有《长

① 张恨水《写作生涯回忆 · 上下古今谈》，人民文学出版社，1982年版，第68页。

篇与短篇》《短篇之起法》《水浒地理正误》《〈玉梨魂〉价值堕落之原因》《小说考证》《中国小说之起源》《旧诗人努力不够》《著作不一定代表人格》《泛论章回小说匠》《北望斋诗谈》《武侠小说在下层社会》《〈儿女英雄传〉的背景》《章回小说的变迁》《文化入超》《在〈茶馆〉座谈会上的发言》等。这些文章选题面宽，论述范围广，议论引经据典，博古通今，叙议结合，寓渊博的学识与丰富的艺术体验于随笔浅谈之中，反映了张恨水在各个历史时期的历史观和文艺观，其中不乏真知灼见。

在第二类中，主要作品有《春明外史》的前序、后序、续序，《金粉世家·自序》《剑胆琴心·自序》《啼笑因缘·作者自序》《作完〈啼笑因缘〉后的说话》《新斩鬼传·自序》《八十一梦·前记》《水浒新传》的原序、新序等，以及一些专门介绍作者自己创作经历的文章，如《我的小说过程》《总答谢——并自我检讨》《写作生涯回忆》《我的创作和生活》等。这些文章，或介绍和评述自己的作品，或回忆自己的写作与生活，均能实事求是，毫无某些文人自吹自擂的恶习，写得谦虚谨慎，诚挚感人。同时也表现了他自强不息、奋斗不已的精神追求，这些文章是我们当今研究张恨水创作道路、文艺观形成的第一手材料。

这些小品类散文包括抒情写景、纪游记事、怀古咏史的小品文和游记等。早期习作《桂窗零草》《半途记》是其开端，二十世纪三十年代的《西游小记》《白门十记》，四十年代的《华阳小影》，五十年代的《南游杂志》《春游颐和园》《西北行》等都是其中的佳作。其抒情写景散文代表作是抗战时期创作并结集出版的《山窗小品》，这本散文出版后颇受好评，曾再版多次。

张恨水的小品文取径冲淡、清新洁雅、隽永多趣，具有较强的知识性和可读性。究其源，一方面，受中国古代散文“言之有物”“文以明道”思想影响，对散文取实用态度；另一方面，可上溯魏晋南北朝散文，直接继承和发扬了明清两代小品文朴质冲淡的艺术风格，主张散文风格冲淡平和，在意境创造、抒写情趣、驾驭语言等方面都达到了很高的水平。这类散文有写名胜古迹、名山大川的，但更多的是写人们时常所忽视的身边小景、生活中细小的琐事。他的《山窗小品》里的六十二篇短文“乃是就眼前小事物，随感随书”而成，虽称小品，但内容大都摭拾重庆乡间的寻常风物着笔，如珊瑚子、金银花、小紫菊等山间花草，禾雀、斑鸠与雄鸡一类乡野动物，以及卖茶人、吴旅长、农家两老弟兄等寻常人物，或描述其仪容姿态、行为举止，比拟绝伦且刻画逼肖，可谓传神写照，文风沉郁浅淡，从平常习见的事物中发掘诗意，富有生活气息，读来亲切感人。展读《路旁卖茶人》《吴旅长》诸篇，感觉历史情境并不久远，山窗风物虽平常，家国忧思犹在肩。

与《山窗小品》连载的同时，是《两都赋》，共二十六篇，其时张恨水任职重庆《新民报》，居住在重庆郊区南温泉三间茅屋之中，面对家破国亡的现实，对于曾经居住的北平、南京，不禁悠然神往，以忆旧笔法，采取日常清谈式白话行文，回忆南北两旧都的旧时巷陌、市井人流，间有斜阳草树、断井残垣的历史沧桑寄寓其中。凡北平之琉璃厂、陶然亭，松柴烤肉、大碗凉茶，南京之中山陵、鸡鸣寺，椒盐花生、铺子烧饼，乃至杨柳、梧桐类树木，均流于作者笔端，处处充满诗情画意，清淡秀雅之中透露出闲情逸致，并在每文文末，将闲适灵动的笔锋一转，时有哀伤叹惋、言近旨远意旨流出，家国前途之忧思、个人身世之飘零，深得杜甫沉郁苍凉之气韵，不尽之意趣与无限之惆怅兼而得之。

两者相较，《两都赋》白话行文，《山窗小品》文言写就，虽文笔取径及描绘对象不同，但其中蕴含的一片抗日救国之心、一腔家国情怀却历历可见。

《西游小记》是作者西行的一组游记，文中尽数描述了所游历地区的地理状貌、文物古迹、风土人情，同时还融合了丰富的历史文化知识、历朝历代的掌故以及作者浓厚的人文关怀，是游记散文的经典之作。

综观张恨水的散文创作，他写在二十世纪二十年代的散文显得有些单薄，三、四十年代的作品则走向丰满和成熟，而五十年代则显得力不从心，行文枯涩生硬，缺少情趣。

张恨水执着于小说创作而又青睐散文，固然是记者的职业需要，但更深刻的原因却在于他的根深蒂固的中国传统文学观念。传统文学观念轻小说而重散文，张恨水是一位旧文学根底极深的文人，自然难以避免这种观念的影响。也许正是传统观念影响加之中国古代散文（特别是明清笔记小品）的艺术熏陶，才使作家养成了特别看重散文、欣赏散文，并勤于写作散文的习惯，由此形成了一种闲适冲淡中寓家国情怀的独特散文风格。

基于此，我们研究张恨水时，理应不能忽视对张恨水散文的搜集、整理与研究。

（谢家顺：池州学院中文系教授，安徽省张恨水研究会副会长。）

目录

最后关头

这一关①

“关”这个字，在中国文字里，已够严重。“关”上再加“最后”两个字，这严重性是无待词费了。

最后一语，最后一步，最后一举……这些最后，表示着人生就是这一下子。成功，自然由这里前进。不成功，也决不再有一下。那暗示着绝对的只有成功，不许失败。事情不许失败，那还有什么考虑，我们只有绝大的努力，去完成这一举，所以这副刊的命名，有充分呐喊的意味包含在内。

因南京的沦陷，一部分报人，或为私为公，来到重庆。在下也是南京报人转进入川的一个（惭愧之至，这惭愧容明日交代）。恰逢《新民报》在重庆重振旗鼓，同庆更生。却约在下来把守这《最后关头》。在下因心绪的恶劣，及病后身体的衰弱，自忖是无可努力，恐怕不胜呐喊之任。然而在下在南京，也办有一张豆腐干型报纸，和《新民报》是好友。而个人和新民报社长陈铭德兄，经过这一转进，更成了患难之交。在许多条件之下，不容我不做一回最后的努力，所以我就毅然地答应了在这《最后关头》来做一个守卒。任务，自然是呐喊！

这呐喊的声里，那意味绝对是热烈的，雄壮的，愤慨的。决不许有些消极意味。我相信我们总有一天，依然喊到南京新街口去，因为那里，是我们南京报人的。我们绝不放弃新街口。我们呐喊，现在就开始。

（原载1938年1月15日重庆《新民报》副刊《最后关头》）

① 《最后关头》这个副刊由张恨水主编。张恨水写的这篇文章，是这个副刊的发刊词。本书《最后关头》所收录的文章均选自这个副刊。

陈散原殉难

散原诗翁，为近世一代宗匠。其诗固已震烁古今，成为大家。而其为人则高风亮节，超乎尘浊，尤不可仰及。往年息影匡庐，已有终老之志。乃前岁忽动游兴，由江南转赴北平。文化古城，得此人瑞，士林争为攀留，先生亦复安之。“七·七”事变后，乃与城同陷。倭寇震先生名，派员敦请出山。先生大怒，以茗碗砸其面，叱之曰：倭奴敢辱乃翁？寇员鼠遁去，转派倭寇兵数人围先生宅，声言保护。先生益怒，拍案曰：我一华人，奚为须倭兵保护！乃嘱宅中佣妇群逐倭兵去。然其境益危矣。自是，先生即不食，亦不睡，喃喃骂贼不绝，越五日夜，遂殉难。其某女公子，由北平逃出，亲以告人者，事甚确。呜呼！八十老翁，有此壮烈之举，矧一代士林不平凡之事迹，实中华民族之光也。书至此，肃然起敬者久之。

恨水曰，郑贼孝胥闻之，不知做何感想？得勿伏地不敢仰视乎？

（1938年1月18日）

见梅花·忆南京之一

由北平逸家南京，卜居唱经楼畔。鸡鸣寺之山林，丹凤街之高阜，于新建筑之一角外，古意盎然。残冬既属，桃符神祃，时露唐家檐下。狭隘之闹市中，卖腊梅虎刺水仙者，挨挤于人群。晨出购物，于其间辄多佳趣。中有一卖花之瘦汉，交易久，遂与予识，遇必点头为礼，俨然久矣。

来重庆后三日，于街头时见老少花贩，执梅花腊梅向人兜售。不禁百感交集，俯首而趋。默念唱经楼畔卖花人，今复如何？大好河山，忍令沦于夷狄耶？好男儿，吾辈其迷起乎！

（原载1938年1月19日《最》）

社前车夫·忆南京之二

予在南京办《南京人报》，差能与同事共甘苦，每晚拂晓归。社前有一人力车夫，深夜辄拉车来相候。有时至日出，亦不去。恋在予给资稍丰也。久之，于灯前见其鬓毛斑矣，良不忍，信价给之。车夫以是益与予稔，虽大风雨亦来。同社人亦渐知其老，群号之曰老头子。每当要闻齐稿时，同人于楼窗下瞰门首曰：老头子来矣。盖言去天晓不远也。

某夕，乘车归新安里，适壮丁队出勤。予语之曰，此防空袭者，汝怕日本飞机乎？彼答，先生且不怕，我贱命，怕奚为？且我业拉车，舍之将无以求活。予曰：我文人，不能拿枪。南京如不守，予必走。汝其降日本乎？彼答：是何言！日本人来，必坐车，我当拉至清凉山，颠而杀之。事败，当拼老命；不败，我当继续为之。予壮其语，更厚络之。未尝以语人，秘其计也。今未知老头子能行其志然否？仅有此语，亦不凡矣。

（原载1938年1月20日《最》）

江边渔翁 · 忆南京之三

前岁春，南京有摄影画展。友人取江边打渔图索题，予为二十八字曰：

满江风雨閗孤身，丈二长竿网寸鳞。

谁是甘鲜谁是苦，樽前敢问吃鱼人。

诗浅薄不足道，但舟渡扬子江，斜风细雨之间，见江滨渔人张网，辄忆此诗，南京失陷后，南京芜湖间，悉为寇舰所蹂躏，大江两岸，几成沙漠。即此风雨孤身，谋此寸鳞者。亦不知何在矣。

（原载1938年1月21日《最》）

孝陵 · 忆南京之四

孝陵在中山之阳，极得山川社稷之胜。虽建筑简陋，非复明代旧观，而一小殿，一隧道，幽深寂寞，于苍林夕照之间，转增游人低徊趣味。此瞻孝陵者类所能言也。登陵之废城连眺，但见岗峦起伏，川谷绵延，连于无际。巨城环绕西偏，所谓虎踞龙盘者，呈现于开阔天宇中，尤令人有奋发为雄之思焉。

洪秀全入金陵，纵有宗教关系，仍大举祭典于此。民国初元，共和政府成立，中山先生以元首地位，亦亲临祭陵。良以朱元璋扫除异族，恢复大汉河山，非复其他帝王可比，祀以往之民族英雄，即表示当前之民族观念也。

今璀璨京华，遍染腥羶，庄严肃穆之孝陵，不免沾惹余臭。太祖在天之灵，能无痛哭乎。

（原载1938年1月23日《最》）

鸡鸣寺·忆南京之五

京寓距北极阁不远，每在晨光曦微，或月上黄昏之际，辄喜小步于山麓。因其虽邻闹市，而树木葱茏，绝少尘氛，每来胸襟必为之一畅也。山之东北角为鸡鸣寺。寺有豁蒙楼，踞山倚城，下临玄武湖。凭栏则峦光水影，悉在几榻。二十四年冬，大雪数日，全城皆白。曾与友好数人，赏雪素酌于是。但见辟玉山头，云雾弥漫。其下湖水浩瀚十余里，转作青黑之色。风景如画。酒酣，予笑语曰：河山犹是也。孙大帝练水兵于此，梁武帝被困饿死，亦于此。龙盘虎踞奚足奇哉？顾人为如何耳。一时朋友兴发，颇多吟咏。二十五年冬，复欲游山，则已列为军事要塞，禁止窥探矣。

两年来，吾人虽不得游山，然以为国际之事随处得见，正复可喜。且戏语友人，一日得重游鸡鸣寺，天下太平矣。今则吾人之游山固已无日，且该处要塞，转为资敌。不堪回首，不堪回首！

（原载1938年2月2日《最》）

清凉山 · 忆南京之六

清凉山在汉中门之北，挹江门之西，山峦重复，草木丛杂，人行其间，几疑不是城市。山之西偏，城垣一曲，遥对长江转折处，足做防守之炮兵重地。故在前三年，已列为要塞区，游人不得过扫叶楼一步矣。

扫叶楼本佛庙之一角，其下有小殿，龛中有神像，蓝面虬髯，圆目重眉，向人做怒视状。像下有神主，题曰睢阳张令公之神位，盖张巡也。张为有唐一代最忠烈之人物，守土不辱，身为城殉。扫叶楼为当年墨客词人吟啸之地，不知是何因缘，独祀此公？若冥冥之中，预有以励要塞士卒者。然而要塞士卒未能守也。蓝面神像，今当尚在楼头怒视。不料千秋之下，公尚有此一度泛沦。南京人（连我在内）得不愧死哉？

（原载1938年2月4日《最》）

新闻学会 · 忆南京之七

南京新闻学会，设于新街口国货银行之六楼。室曲折为二，一宏敞，中置长桌，配以便椅。环桌椅之外层，倚墙更设座位，便于会议；一略小，设精致沙发茶榻数事。报人来，支足吸烟，隔几而谈消息，亦系一乐。卢沟桥事变后，中宣部邵力子先生，辄于傍晚六七时，召集各报负责人，开座谈会于此。愚尝数数与会，每闻紧张消息，辄不觉向窗外视，则见紫金山巍然高峙，中瞰楼头人，且有所照示。更俯视则此地高于一切，通衢回绕，如画棋盘。车马纷纷行崇楼大厦间，渺如小鸟。因念伟哉此楼！胜会能常开乎……

今未知此楼如何，又未知何人于此支足吸烟而对紫金山也。

（原载1938年2月19日《最》）

永仓巷·忆南京之八

南京城北，有城市山林之胜。未定都以前，处处皆有竹林菜畦，固富于乡村意味。其后新建筑蓬起，康庄大道，常伸入平林远岫之间。新街口面北，岗峦起伏，园林密迩。虽夷楼相望，依旧清新可喜。曾访友金陵大学，顺树林而行，忘路之远近。忽得一永仓巷，入巷中，佳木葱茏，绿荫覆地。时当亭午，阳光一线，穿绿峡而拂地。行人二三，悄然走树下，毫无车马之喧。久之，一卖花妇，挽筐慢唤而来。树下一朱漆门，呀然辟。有垂发女郎，衣长衣，白质而紫章，招卖花妇而与之语，此情此景，予直觉此身已在诗句中，亦在画里。视墙上地名牌，则平仓巷也。

闻首都陷后，此地属难民区，倭寇屠平民两万于其附近。今日是何景象，不难凝想，真古人所谓一度思量一怆神也。

（原载1938年2月15日《最》）

傀儡戏不能上演

倭寇演的傀儡戏，现在是一次不如一次。东三省的伪组织，总算弄出了一个溥仪做幌子，北平伪组织呢，就差多了，到如今还是蛇无头而不行，只有王克敏、汤尔和一些无灵魂的老官僚，演了一次先行开张，并不交易的滑稽戏。至于他们导演的华中伪组织，敲破了锣，竟还没有一个傀儡敢登台，这证明了愿做汉奸的人，也不敢信任日本了。

倭寇在南北两方，都想拉比较有声誉的人出来。无论有声誉的人肯不肯胡乱牺牲，就算糊涂一时，被倭寇利用，但一做汉奸，白纸落在墨缸里，清白全无，又何能号召呢？大概这也是傀儡戏不易唱的原因之一。所以在后方的人，只要出全力去帮助抗敌，对于倭寇的政治手腕，倒不必看得太重。我相信我们能打几个胜仗，连远在关外的溥逆，都会发生恐慌，关内的这些汉奸，更不成问题，要销声匿迹了。

（1938年3月15日）

本　钱

从前，韩复榘公开地对人说："军队是带兵的本钱。只要留着本钱，总有办法。"一个带兵的人，不能让军队去保卫国土，根本就讲不通，谈什么本钱不本钱？因为国家要你带军队，本来就为的要你保卫国土的。退一步说，就算军队是带兵的本钱吧，有本钱就应当做买卖，去生利，把本钱锁在箱子里不动，那是一块死铜，有什么用呢？

本钱之多，莫过于银行。而银行家的钱，是越流通得广阔越好，可见有本钱的人，决不应当学韩复榘。

（1938年3月16日）

山雨欲来

很平常的天气，忽然暴燥起来。寒暑表突然由四十度升到八十度。天上没有一点阳光，半空里阴沉沉地。人被空气压迫着，觉得呼吸都有些不灵。于是大家嚷着，必然有变，小心屋漏，小心池塘水满。一小时，两小时，三四五六小时，始终是无变动。大家有些奇怪了。

云布满天空了，天脚下闪着电了，大风刮着门窗乱响了，很有些可怕。胆小的，希望一阵风把暴雨刮过去。其实，这是愚人的幻想，天气变了，大雷雨一定要来。暴雨不一定是可怕的，我们一般的可以利用它。疏浚好你的沟渠，播种好你的种子，雨过天晴，就有你的收获了。

我们这样看着欧洲的动荡！

（1938年3月17日）

日与意之比

德奥合并，英国已声明对德为最后之容忍。其实于法岂不如此？于意亦然。设墨索里尼非于去岁阿比西尼亚之役，削弱国力过甚，此次决不满赔笑脸，熟视希特勒之轻车而入奥境。而希特勒非估计意大利力量未能与奥保镖，当亦不能如此放手做去也。

日本军事上之准备，未必优于意大利。其侵华所削损之国力，则与意在阿所削损者尤多。且吾国准备长期抵抗，日本国力之消耗，将至如何程度，更不能估计。故吾人能咬紧牙关，生死与日本纠缠，一旦国际发生变化，日本外增强敌，内增怨民，必有总崩溃之一日，眼前事尽多引证，固非书生幻想也。

（1938年3月18日）

潼关有多远?

科学越进步，地球上的空间越缩小。现代军事科学化，作战国的空间，当然也随之缩小。

重庆到南京，直径也有三四千华里。二十年前，南京天倒下来了，重庆人尽管高枕而卧。现在呢，日寇停在大校场的飞机，以四小时的工夫，可以把炸弹送到这里来了。这绝不是危言耸听，重庆人已经谈机色变了。

那末，潼关对岸，到四川的距离有多远？四川的人民和武装同志，可以翻阅地图查一查！

（1938年3月19日）

运动战与川军

最近两个月的战事，我们的战略与战术，都有了进步。淮南展开了运动战，使渡过淮河的倭寇，不能不撤过淮河南岸。山西全境展开了运动战，使窜抵风陵渡的倭寇，不敢偷渡黄河，而卒至后退。倭寇想学第一期作战，消耗了我们的主力，一进就几百里，不会有这样的事了。这是值得国人欣慰的。

但是，运动战有两个条件，一要展开广大的多边战绩，二要有多量的各以单位作战的军队。以第一条论，我们有的是广大的土地，尽量发动起来得了，这不难。第二条呢，当然我们在前线的队伍不少，但运动战对于作战单位却是多多益善。现在四川还屯集着十万以上的大军，按兵不动，把实力沉掉了，未免可惜。而况川军是善于山地作战的，正用得着呢！

（1938年3月20日）

安徽活动了

据家乡人来信，自李宗仁做了主席以后，安徽省一切都活动了。虽然还有许多事，在战时不能达到人民的理想，但至少限度，你要抗战，你要从事救亡工作，有的是路子。

安徽的土地，还是安徽的土地，安徽的人民，还是安徽的人民。何以从前大家感到苦闷，现在大家活跃起来呢？这理由很简单，是行政首领肯联合大家来干。由此可见哪个地方的人不能动员，完全是政治首领的责任了。

（1938年3月21日）

关　于　诗

《最后关头》常登些旧式诗词，因此投稿的越来越多，积在抽屉里的诗稿，有一百多首。除了一部分要慢慢发表而外，有三种我们不愿发表，（一）颓废的，没有抗战意味的。（二）自我宣传的。（三）不很成熟的。

我始终认为填词作诗是一种高尚的娱乐，独自或和朋友同来，都好。我们正不必唱什么高调，说是诗言志。只要提倡这种娱乐，而能绝对不吟风弄月，打情骂俏，对于人，对于己，并无大害。

大家不要以为旧诗有格律，就是一种可以遗弃的尸骸。其实它之可以受人迷恋，正是这种格律。犹之于唱歌，动听之处就在有音节。不然，胡嚷一阵，没什么意思。文坛上崭新的人物，思想尽管前进，能哼两句诗的很多。鲁迅能诗，郭沫若能诗（应该说是喜欢作才对），不用说了。而这位新得不能再新的朋友毛泽东先生，他也是常常大作其七律。所以我们不以作旧诗，有碍于思想前进。而也正愿一般老先生们，也成为一个“起来，不愿做奴隶的人们”，把“采菊东篱下”的意识，改为“大雪满弓刀”。

（1938年3月21日）

周县长兑现

山东滕县县长周同，在一个月前，对新闻记者发表过意见。他说国内有许多城池失陷了，没有一个县长殉难的，他决计与城共存亡。当时笔者也在本刊夸赞过，以为居然有一个县长打算殉城，便觉难得。自然，并不希望有这种事，更不必去推测周县长所说，是不是真话。

消息传来，滕县日前失陷，有王师长等殉职，而周县长也就跳城而死。不幸而言中，周县长开出一张支票，到期真兑了现，惋惜之下，还真让人兴奋不浅。

倭寇要打通津浦路，是举世皆知的。滕县这地方，对于倭寇的凶焰，适当其冲。周县长身临危地，他未尝不明白，这顶纱帽是要命的。他明知之而不去，且预先声明了要做个殉城的榜样，可见他早抱必死之心。现在一死，可谓求仁得仁了。成仁是不幸，而求仁却是每个县长所应有的态度。举世茫茫，有几个能像这位县长不开空头支票的？我主张中央重重奖恤一下，以资鼓励。

（1938年3月24日）

登　记

登记虽是一个老名词，把它当为戏法来变，却是抗战以后的事情。

青年失学，公务员失职，人才失业，难民失所，一切都要找关系机关救济。一部分关系机关为了许多原因，不能完全漠视，又想在救济里面升官发财，并援助他的亲友，于是对于这些求救济的人，想了一个假公济私，一炮双响的妙法，请来登记。其实，他要救济的人，早胸有成竹，登记只是一道手续。那不愿救济的人，却把登记来搪塞敷衍，延长大家哀呼的时间，逼他去另走别路。自然，真为救济人而办登记的，也有，但很少很少吧？

登记登记，只便宜了那些发国难财的小人。

（1938年3月28日）

直把杭州作汴州

宋高宗南渡，建都杭州，无复收回中原之志。西湖本具天然之美，既为国都，其环境可以想象。于是有诗人不耐，如林梦升者，赋诗一绝曰：

山外青山楼外楼，西湖歌舞几时休？

暖风熏得游人醉，直把杭州作汴州。

八九岁读《千家诗》时，即烂熟此诗，了无感觉。今来重庆，于车水马龙之间，既忆北平，复忆南京，遂深觉此诗冷隽，辄独自吟之。且悔恨儿时将诗当曲子唱，深负古人也。

（1938年3月29日）

在书摊上想起

据我所知，汉口、广州、长沙、西安、重庆……这些都市里，每个卖杂志的店中，是终日里挤满了人，在那里搜寻战时读物。将这些人加以分析，学生为大多数。此外是公务员、军人、记者、少数商人。农工可以说是没有。

由此，可以证明以下三点：（一）学生如何需要战时知识，而缺这项教育。（二）文字宣传，还不能到农工里面去。（三）知识分子，抗战情绪相当浓厚。

事实如此，如何补救，如何利用，是教育当局的责任。但我们这位当局，却在重庆发表过惊人的伟大演说：以为八卦五行，是合乎科学的。

（1938年3月30日）

北方军人

临沂大战，庞、张各记大功一次，这是胜利消息，一个绝大的证明。他们的士兵，完全是北方人，向来大家认为是不怎么精锐的。又迂回嘉祥汶上，攻济宁界河的我军，是韩复榘旧部孙、曹两人的队伍，原来也没人对他们存着大希望。可是他们击断敌军后路，在津浦北段有特殊的表现呢。

由此看来，中国军队的实质，我们虽不必过于信任，却也不可估计得太低。我敢说，中国士兵个个都愿和敌军拼命，只要领导得人而已。

（1938年3月31日）

宇垣不坐汽车

日本《现代杂志》发表宇垣的谈话，认为汽油已成问题，他每日由家里到官舍去，坐电车而不坐汽车。这虽现出日本军需品的恐慌，也可证明日人之不肯浪费。他们只要有现款，可以尽量地买汽油，不像我们的海岸是被封锁着的。然而他们连宇垣这样的大军阀都在充量地节省着。

反观我国，怎么样呢？单就重庆市上，那些来往如梭的汽车而论，就有百分之九十几，是不需要的。由此类推，其他可知。欧战时代，德人是两三年没有吃过糖和拍达油。中国抗战，后方人民感到了些什么呢？这样只管舒服下去，就说不阻碍战事，良心上也说不过去吧？

（1938年4月1日）

我国之坦能堡

我国军事家，以临枣一带，为我国之坦能堡，盖非虚语。笔者常经过此路，其形式可得而言之，津浦路既抵临城，区域陡狭。西为微山、独山、南阳三湖，一水汪洋，宽处几十华里，窄处亦十余里，而长则与铁路平行，达三百华里，欲由铁路而西，无可西也。东之临枣支线在群山之下，其北为有名之抱犊崮。敌虽由东北角来，然无宽大之平原，与平坦之公路，敌之机械化部队，无术施展其所长。且敌局促于狭窄之地形中，进退皆易遭我军之袭击，此又其短也。至于正面韩庄、台儿庄之间，吾人有天然之防壕运河二道，足堪凭藉。运河数十里，独于此处由东及西，做双流平行，岂古人亦为保卫徐州而设欤？有此地形，敌不能迂回，亦不能直冲，我军善保守之，虽以半年为期，不久也。

（1938年4月4日）

现阶段的战事

三个月来，每个战区里鏖战以后，紧接下去，就是胶着。胶着之后，敌人困守大小各据点，出现了疲倦的样子。而我们呢，得了充分进行游击、零碎消耗敌人的机会。

敌人最凶悍的部队，现在全在鲁南作战，观察近日的趋势已经胶着了。这次我们有了地利人和，加上新式的武器，敌人若疲倦下去，要困守各据点，恐怕都不可能。加之我们的战略，已经主动地攻击鲁北，不仅是游击而已。所以战事到了现阶段，是转败为胜的绝大关键。全国人民，无论前后方，要一齐努力，去把握住这个机会。

（1938年4月5日）

凤鸟不至

乡有某先生，思得天下英才而教育之，榜于门曰：“有教无类，苟来学，虽至不能作束修之献，无伤也。”顾始终授徒二十余人，无所增，“天下英才，尽于吾徒二十余人乎？”先生窃疑之。

一日，游他邑，遇一青年，邀至家，殷殷执弟子礼，多所请益。先生曰：“若既好学，曷不早往就我？”青年默然。因诘之，答曰：“先生门中，为三数无类文人所据，以大学长自居，非党于大学长者，不及宫墙，辄受靴尖，顾党于大学长，又非所愿，是以止焉。”先生喟然叹曰：“吾过矣！世未有植荆棘于园，而能引鸾凤之至者也。”

（1938年4月6日）

周同未死

据本报前日电讯，一度传说甚盛之殉城的滕县县长周同，并没有死。我们为这位抗敌不屈的战士祝福！

“留此身以有待”，为贪生怕死、含羞失节之辈所惯用的一句话。于是这六个字，不为抗战时候所重。其实，抗战的目的在成功，不在成仁。因为成功是国家之福，成仁是个人之荣。像周同这种人，既肯干，又得民心，他一天不死，他一天可以为国家尽力，这正是应当留着身子以谋成功的人。他说：他即刻到滕县组织县府办事处和组织游击队。这，比听到他殉职的新闻，更令人兴奋。

天下只有不怕死的人，最能生存。我想，一定有一天和这位县长握手。

（1938年4月7日）

生活奢侈的人们

古人说俭以养廉，并不是一句抽象的话，许多贪官污吏，全都因为花容易钱花惯了，收不起心来，不能不贪污下去。我们试看华中伪组织，这一批新登台的傀儡，哪一个不是平常生活奢侈的人？他们要花钱，他们又没有本领去弄。于是日本人一勾引，他们就上不顾祖宗，下不顾子孙，去做汉奸了。

那些行尸走肉，骂他也是无益。只是我们看到后方，还有无穷无尽，过着豪华生活的人，又不见他有什么技能，这教我们联想起来，有点不寒而栗！

（1938年4月8日）

小　愈

记不起是谁，说过这样十个字："事败于殆成，病患于小愈。"无论什么问题，在转忧为喜，转败为胜的当儿，要加倍地小心。因为再有忽略，就不可收拾了。

徐州前方，这几日打胜仗，国人都喜形于色，其实，这是重病小愈之时呀。这时，医药固然是不可断绝，而病人自己的调养，还要慎重又慎重。因为他比较自由点，急于恢复常态，饮食行动上，是极容易出乱子的。

（1938年4月9日）

释　喜　捷

台儿庄这次打胜仗，实在不是一回小事。我们所以欢喜的原因，有以下各点：（一）粉碎敌人打通津浦线的迷梦，南北两伪组织不能合流。政治上意义很大。（二）保持了中原联络线陇海路，武汉减去威胁。整个国防上意义也很大。（三）山东敌人，没有了主力，我可以指定了地点去攻击他。无论他由哪里去调援军，都来不及阻我北上。（四）减轻了东西战区的牵制。（五）给予夸大的日阀一个精神上的打击，显出中国人的潜势力。（六）获得国际上的荣誉。

明白这些，那末，国人庆祝，当然是值得有此一举的。

（1938年4月11日）

一块招牌就够了

重庆市上，来了好几万“下江娃子”。随着“下江娃子”添了许多新招牌。如国货公司吃食部，××部，北京花柳病院，××院之类。这就点缀得山城如火如荼。

我也在此住了三个月，实际地调查，觉得点缀只是点缀而已。其实，这些招牌都名不符实。有一块总招牌就得了。而且这招牌上三个字也现成，就是“养老院”。

（1938年4月12日）

敌增援　川出师

日军在台儿庄吃了败仗，一声不响的，立刻就向山东增援。虽然他增援的部队，到了什么地方，还不得而知。然而不出一星期，他已经派了救兵到山东去，那一定是事实。

四川方面，似乎也不肯向敌人示弱，口头一说再说，书面大书特书，决计出师杀贼。而且时间也都定了，传闻是三个月以内，开拔完毕！

（1938年4月13日）

同 乡 会

凭我个人的管见，对同乡会的看法有两种：

（一）把故乡只当作一个行政区，同一个行政区里的人，对于这一行政区的人情风俗，比较熟悉。于是团结起来，作国家许多政区单位之一的民意表示。因此，不免有联络。

（二）相袭封建意识，主张某人治某，在某言某。甚至更歪曲些，便利于某些人在故乡政治上去活动。

照第一项说，也可以说是最时髦的民主集权的体现，当然是抗战时代所应有。若是依第二项说，那简直实行封建制度了。重庆人有言：“要不得”！

（1938年4月16日）

祖 师 爷

七十二行，行行有个祖师爷。裁缝奉轩辕，唱戏的奉唐明皇，推车的奉周世宗，屠户找不着皇帝的同行，但也把三千岁张飞抬了出来呢。哪个的祖师爷，不是阔人？

本来吗！每个人有他的职业自尊心，找一个伟人来为一行的标准人物，这也不得说他是胡乱拍马。而历史上只有帝王最尊，祖师爷准向贵胄或贵族里去寻找，那也是当然的。

可是话又说回来了，不见几十万分之一的屠夫，有张飞那种义气。奉祖师爷也只取他那身份罢了。谁能跟着祖师爷去学做伟人呢？

（1938年4月17日）

不甚爱惜之官

桐城老宰相张英，是个状元出身。他中秀才的那篇八股文，题目是《不患人之不己知》。这文里他有两句警语：“不为朝廷不甚爱惜之官，亦不受乡党无足重轻之誉”。那位看文章的大宗师看到这里，拍案称赞，说是“此人他日成就，在我之上”。

由此，可知有本领的人，决不做顾问谘议这种终年伴食的冗员。也不需要乡下人叫声老爷。若是用顾问谘议，去拢纳人才，也就南辕北辙了。作《花月痕》的魏子安□黄金台有诗说：“士为黄金来，士可丑。燕王招士之意亦已苟。胡为乎大金台既不朽，小金台且继有？”今古一叹！

（1938年4月18日）

忘了四川民众

抗战时代，到前线去，是最光荣的事。无论什么人，要为国家尽力，也都觉得非到前线去不可。其实这是不通的，把全国的优秀分子，不分男女老幼，一齐摆到前线，那成什么话？和敌人比角色吗？

因为大家喊着上前线，竟没有人鼓励四川人士下乡的。于是在四川人民贫富对立之外，又来了一个南北极。便是天天喊二十万川军出去，而却把四川七千万未曾动员的民众，放下不提。这真是举一羽而不见舆薪。我以为兵是杀敌的，当然要出去。而这样广大的民众，也该动员全川知识分子，立刻下乡去训练与组织才好。自然，这里面还有个大前提，要改良民众生活。

（1938年4月19日）

谁永不能忘

有人开过墨索里尼的玩笑，说是德国若要威胁到地中海去，意大利联苏俄都有可能。这也不全是玩笑。两年来英、意的冲突，远在意、苏以上。然而英、意携手了。难道这不是德、奥合并的反映？

希特勒并奥以后，因为墨索里尼表示不反对，就宣言对意相此举，永不能忘。这倒是真开了意大利一个玩笑，事实上是瞎子吃汤圆肚里有数，乃是墨索里尼对德元首此举永不能忘。

又有一说，欧战后，列强瓜分奥匈帝国，南特罗尔一块奥土，割让给了意大利。根据希特勒的看法，奥国土地就是德国土地，那末这件事他也永不能忘。

中国只要能持久抗战，国际变化多着呢，日本的外交路线是不足惧的。

（1938年4月20日）

决不是玩笑

——设立机关ABC图书馆

据昨天汉口电讯，行政院令后方各机关加紧工作。除了星期日例假照常办公而外，每日工作，应延长到十小时以上。在渝言渝，不才对于一部分由夔门“外”迁来的衙，就抱着杞忧。平常的工作，已经由看报写航空信谈天（四川人说是摆龙门阵）几项科目去凑足钟点，若再延长到十小时以上，香烟很贵，重庆又没有好茶叶，真会把公务员闷死。尤其是位居课长以上的人。

不才愚见，建议在每机关设一ABC图书馆，专陈列各种ABC及科学常识、作文初步……等书，以便公务员翻阅，藉惜光阴，而增知识。这并不是玩笑，是否相当？敬候公决。

（1938年4月21日）

甘人不如川人

民国二十三年，去了一趟甘肃，亲见十七八岁的大闺女，因为没钱买布，不穿裤子，盘腿坐在炕上，我认为这是奇迹。前几天，我看到一批荣昌的民工，周身破烂，面无人色，每人背上一束稻草当行李。这已觉得奇怪。后来一问，那还是县长的德政，每人代办这一束稻草。其余各县民工，远涉千里，连一束稻草也没有。于是，我觉得这是与甘肃不穿裤子的大闺女比美。

但是，甘肃除了那些不穿裤子的姑娘而外，无可惊异者。四川不然，每县有很多的大洋楼，用花园来陪衬着。每条马路上，有无数的川字漂亮汽车，来往逡巡。这就是甘肃人士不如四川人士得天独厚之处。

（1938年4月22日）

“民信”与“人和”

孔子说：“足食，足兵，民信之矣。”孟子说：“天时不如地利，地利不如人和。”中国的知识分子，远在两千年以前，就把战争的基础，建筑在民意上了。

讲民权的学说，详细透彻，当然是今胜于古。而全面抗战的计划与理论，除了不公开的不算，报章和杂志上，几乎每日都有发表，也当然比《论语》和《孟子》上那些简单而落伍的学说，要超过万倍。照说，怎样把民意发动起来，谁都知道了。可是，我们若把“民信之矣”同“人和”这六个字，去问发扬民权主义的演说家与著作家，我想他的答复，不是一个问号，便是一个叹号。

（1938年4月23日）

关　于　干

此十年中，常闻有三干之口号，即实干，苦干，硬干是。语固甚佳，为期亦久。然试问干成，干好，干完者，果有几事？八九年前乍闻此苦实硬干之语，固觉其简练透彻，今仍闻此苦实硬干之语，岂但烦腻，竟觉言之者之近于戏弄矣。

天下正多事，并非无事可干。中国地大物博，人力财力，取之不尽，亦非欲干无由。而且至今日大时代之到来，犹须以实苦硬干之口号勉人者，一言以蔽之，肯干者不能干，能干者不肯干耳。

（1938年4月24日）

由看电影想起

为了过雨天，应着朋友的约请，把一张一年前看过的影片《铁血鸳鸯》再看一回。同时因这片子描写欧战时的间谍生涯，也想在其间找点刺激。初次在南京看这张影片，对于一个奥籍的德国女间谍，放走他的爱人英国男间谍，也只觉得他重了爱情而已，并不含什么严重性。可是昨晚上再看呢，便觉得他的内容，充满了汉奸意识，简直该禁止。

自然这张片子放映，最初是受过检查的，但那时检查，是不带着抗战意味的。于此，我有两点感想：一，重庆抗敌后援会，应当添一个戏剧检查股。二，一切艺术，为适合于抗战，皆有重新检讨之必要！

（1938年4月25日）

洋楼外之露尸

“一丛深色花，十户中人赋。”“朱门酒肉臭，路有冻死骨。”在这几句诗里，我们就可知道唐代长安与洛阳，是一种什么社会。唐代无穷尽的大诗家，没有肯这样客观地说。为什么？我想是因为他们本人也要或正在做官，接近了吃酒肉看牡丹花的人。

重庆，也算是现时的长安与洛阳吧？有一晚，由沙坪坝回来，路过化龙桥之东，冷月穿过了暗绿的槐树林，破碎的白光射在水泥人行道上。竹篱下，蒙茸的细草中，直挺的一个人睡着。叫他不应，上前一看，鼻息也无呀，是个倒路的，竹篱里是所钢骨水泥的洋楼，银色的电光，穿过了玻璃窗上的绿纱，映照着迷离的花木。一阵婉妙的歌声，飘在那倒路的上空。这是诗，这才是现实的诗料，很可以套一套白居易的调子。但我在归途中，万感交集，没想出一个字。

（1938年4月26日）

四川八哥肥

八哥，官衔是鸠，绰号拙鸠。但为他起绰号的人，是一种幽默。它并不拙，它除了能学各种鸟叫，并且能学人说话。不过，要被人关起来，经过一番训练，才这样做罢了。还有它更聪明，并不用血汗去做窠，等别个鸟做好了窠，它就用力去占领过来。两千年前，诗人已经夸过它了：“维鹊有巢，维鸠居之。”

安徽人对于它，也有一种幽默。在某种场合，常说：“打苍蝇，喂八哥。”来四川以后，发现了四川的八哥，特别肥美，而且很多。于是联想到安徽人的幽默，这是打死多少四川苍蝇喂起来的！它们经过训练与否，我不知道，但是我碰到过好几只会说人话的。

（1938年4月27日）

敌 人 急 了

这次敌人重犯津浦北线，除了军事上的意味外，而他的内政外交，也逼得他不能不来狂拼一下。不然，就要坍台了。所以这种拼的出发点，根本就是悲观，不足为惧。你看过押宝输急了的人，为了翻本，把衣服都要脱下来做赌注吗？现在倭寇就是这个做法，而这种穷凶极恶的赌法，向来是输到底的。

《左传》上说过，“一鼓作气，再而衰，三而竭。”看敌人这次来势汹汹，未尝交手先发狂，正是这个解数。只要我们沉住气，待机而作，我相信徐北二次大会战，胜利还是我们的。明天再说说我们自己。

（1938年4月28日）

徐防巩固

关于抗战整个局面，我们只能说民众没有动员，军事方面，那就一年以来，片刻没有停留过。详细情形，我们不知道，也不能说。但敢断言的，一切会比“八·一三”的时候好些。“八·一三”，我们在上海能抗战三个月，那末，今日的徐州，在李德邻先生坐镇之下，一定老早有了打算的。

在地势和士气方面，对徐州的军事，至少我们不必悲观，胜利的把握，在对折以上，敌人的战略，现在是由陇海东段迂回，是不得已而思其次的办法，因为威胁徐州，是应当出津浦线之西的。舍西而东，分明是敌人在西方碰了壁。据此，也就可以想象徐防是很巩固的了。

（1938年4月29日）

仙家还是仙家做

江西人劝人不要出家，有一种不见经传的理由，他说：“仙家还是仙家做，凡人哪个做神仙。”同时，江西人对于帝王之尊，不作妄想。也有一种不见经传的老证：“千古以来的皇帝，都是由十八个罗汉轮流转劫。”

这样看起来，吾侪小民，只能抱着那“君子安贫，达人知命”的话以终身，纵然那些仙家，混蛋如吕洞宾三戏白牡丹，好吃无赖不知耻如天蓬元帅，都不必红眼。因为吕洞宾一变而为纯阳祖师，天蓬元帅一变而为猪八戒，横变直变总在云端里跑来跑去的，他生成有那种福气，你又奈他何?

（1938年4月30日）

我们的五月花

欧洲人的习惯，五月里开的花，统通叫作May flower。假如以五月为血汗纪念的话，我想把一切的花，都叫着May flower是不大妥当的。譬如蔷薇、玫瑰、芍药、绣球……只是秀媚、温馨，并没有热烈的表示。

“五月榴花红似火”。中国的May flower却也不坏。但他代表的是阴历五月，与此无干。我想，在中国不论何者，只要是有杜鹃花的所在，五月里都烂漫地开着。我们若是到乡间去，在这时，可以看到满山冈上，在丛草里燃起一丛丛的红火，那就是杜鹃花（俗称嫣山红）。记得袁随园记此花有诗句：“啼罢满山都是血”。我来凑上一句吧：“杜鹃唤出汉人魂”。

（1938年5月1日）

小心得可怜

抗战快一年了，民众依然没有动员。于是我们就发生了两个疑问：是中国民众，完全是低能儿动员不起来呢？或者是负有动员民众责任者，还不曾着手呢？我不知道毛病在哪一点上，但两者必居其一。

中国民众，真是低能儿吗？试举几件事情，证明一下：（一）辛亥革命，武汉白旗一举，不到四月，全国光复。（二）“五四”运动，不但阻止了北京政府的卖国外交，而且在民主政治上，撒下了革命的种子。（三）十六年北伐，革命军处处受着欢迎，得着便利，一切有办法。衮衮诸公呀！这里面有一个很大的力量在帮助着的，你们忘了吗？

不善读线装书的人，把“水能载舟，亦能覆舟”八个字囫囵吞下去，以至于绕道三十里，而不敢过河。实在小心得可怜了。

（1938年5月3日）

教育部训令颂

顷读教育部训令，提倡中小学用毛笔写字。这件事，我们不反对。可是抗战的现阶段，教育部要做的事很多，何必忙着这件小事？愚见以为纵然把全中国中小学生，都练得会写一笔韩柳欧苏，也吓不了日本鬼子吧？但训令的文章，却是很好的。其中“不知中国之笔，宜于中国之纸，中国之纸，宜于中国之字”，友鸾以为富有《镜花缘》笔法，不可无“油”。

因做狗尾之续。

不知陈先生之才，宜于中国之教育部长，中国之教育部长，宜于中国之教育，中国之抗战教育……

未便向下续了。

（1938年5月4日）

徐州人心安定

我们在后方的人，在十天以来，几乎无日不为徐州担心，但相反的，徐州的市民却十分安静。据那方面来的消息，市面很繁荣，新近还添了许多铺子。这是他们有防务巩固的自信心呢？还是神经麻木？

当然，那是属于前者。我们且不问这种胜利自信心，是不是可靠，但在现阶段的抗战局面中，却是必要的。唯其紧邻火线的城市，一切如常，能够鼓励士气，能够发扬军民合作的效力。话说回来了，远处后方的城市，却不可一切如常，要严肃，要紧张。不然，却真是麻木了。

（1938年5月5日）

空 心 粉

希特勒先生到了罗马，除饱览那古典式的建筑外，自然要尝尝意大利的拿手菜，空心粉。我想，这空心粉，很可以代表意大利的欢迎仪式，很粗很长的每根粉条，里面是空的。

自墨索里尼以至意大利每个法西斯党员，决不是认贼作父的糊涂蛋。卐字旗已插在布勒纳的关口，紧邻着意大利的后门。换句话说，就是墨翁也想在这里走的一条路，已经为惠临的这位嘉宾，先下手为强了。主人翁能忘了这件事吗？不能忘这件事，而又要表示欢迎，这仪式是不是空心粉呢？

（1938年5月6日重庆）

寇无忍耐性

军人在前线自杀，这是一个极大的矛盾。与其自杀，何不在火线上拼一下呢？然而在日本的“皇军”里面，就常常发现这件矛盾事情，讲武士道的日本人，对此也无以自解。

我想，这是日本人没有忍耐性的一种暴露。他们不像中国人，事情失败了，或者环境受了压迫，可以长期忍耐着，等光明之到来。他们在失败与受压迫之下，甚至像青年爱上一个妓女，不能自由结合时，也肯去切腹。换句话说，他们只有一鼓作气的胡干性，而没有再接再厉的奋斗精神。

明乎此，长期抗战是必要的。但打久了，也许荒木贞夫、末次信正之流，都要切腹。

（1938年5月7日）

敌人想不到

“知己知彼，百战百胜”。日本人总以为可能的百战百胜，而却忘了百战百胜的因素，知己知彼。于是就弄得百战之后，再一个百战，也不能保证胜利。

他绝想不到占领北平十个月了，还要在门头沟防御我们的游击队，更想不到津浦路只有一小段在我手，他还吃了一个开仗以来唯一大败仗。他也想不到，将炮兵阵地摆在山西的极南风陵渡，而我军仅向北跑威胁太原。这些想不到的，现时在他面前摆着，他未尝不明白，还有许多“想不到”在后面。然而他还拼死想打通津浦路，这是他的内政外交逼得他如此。他们也当自省一下，有什么“想不到”的没有，这话愿对后方民众多说两遍。

（1938年5月8日）

钻进敌人后方

十个月的抗战，增长了我们许多经验。我们的经验越多，也就让日寇的困难越大。以前我们东方失地，人向西跑，北方失地，人向南跑。所以日寇越攻越向前。三个月以来，我们不这样做了，自从豫北晋南战局开始，抵抗得住，就越抗着；抵抗不住，我们的军队却是更向北跑，跑到敌人的后方去。日寇是线与点的进攻，没有法阻止我们的军队由空档里钻过去。一钻过去，就随地可找弱点进攻了。

这种做法，收复了豫北与河北上十县，山西二十多县，鲁北十几县。最近，我们的游击队，且进敌北平之门。天下无后方多事，还有力量去攻他日寇之理，所以在这一点上，对津浦战争，也有几分可以乐观。而况我们守军的力量，又是相当的雄厚的。

（1938年5月5日）

临江门火灾后

重庆这地方，无论在现时，或者在将来，它都有做一个新都市的必要。而新都市成立的条件，并不是电灯电话自来水，再加上几条柏油马路，就算了事。简单地说，在市政上，至低的限度，要顾到市民的安全与健康。

这样一说，就难了。光说重庆的房子，尽管悬崖陡壁，搭屋四五层，却全是木板木架钉起来的，大风一刮，可以倒几十幢。大火一烧，可以烧千百间。在这种交通不便的都市，有这样简陋的建筑，真是燕雀处堂的生活。盖屋是人生十年百年之计，为什么这样含糊呢?

有人说：你这是“何不食肉糜”的看法。重庆人穷，你不知道吗?重庆人穷，我知道。但他们不是自古以来就穷。也不是能在小梁子、都邮街盖房的人，也穷，何以这样普遍用木板子钉屋，自骗自?

都市自然是人民集合成的。但要人民怎样做市民，却另外有个导演。市民不会做市民，像演员不会做演员，负责还小，而这个导演的人，对于一部影片的摄成，却由演员糊弄下去，那……那……他自己应该明白。

从今以后，没有砖墙的房子，应当绝对禁止建筑：穷朋友住的房子，买不起砖头，筑土墙，总不比钉木片贵多少。望导演先生，赶快设法，填补缺憾才好。不然，重庆人口一天密一天，临江门的惨剧，不难重演。而况还有空袭时间，那烧夷弹的恶魔，是更为可怕!

（1938年5月9日）

明天一准还钱

从前有个负债人，在债台筑得不能再高之下，被债主子终日包围着，连吃饭拉屎，都发生了问题。当债主声明将用非常手段对付的最后一天，他眼见性命交关，就半夜起来，在大门上挂了一块牌子，上面大书六个字：“明天一准还钱。”

天一亮，债主纷纷驾到。看到这块牌子，想着，多的日子也借给他了，何争这一天！于是相率回去。可是明日来取还债款时，那块牌子，还挂在大门上，依然上面写着：“明天一准还钱”。债主见了，自然有些疑惑，但又想着也许是有了不得已的原故，只好展期一天。

诸位！你想这牌子上的明天有一个到看的时候吗？“欠债的还钱”，“得人钱财与人消灾”，究竟是一句俗话罢了。

（1938年5月10日）

一角之争

有些下围棋的人，喜欢全力和人争一角。在十分吃紧的时候，他可以把全盘的棋势，都忽略过去，对于这一角，却志在必得。争而得，在全盘棋上往往造成颓势。争而不得，大输是不用说了。假使打仗和下棋是一样的，这次倭寇把在华的军队，调了十分之七八去争徐州，就正和棋手争一角无二。因为攻徐州若是意在沟通津浦全线及威胁武汉的话，东于江南，北于晋豫，不配置重兵，那依然是中国一手一脚的毛病，正怒吼着的狮象，他是不介意的。

自然，会下棋的人，虽明知对方单攻一角的战略不足惧，但为保证全局必胜起见，对这一角用死力去保守，却也是必须的。

（1938年5月11日）

招 待 品

有人接到南京一位工友来信，说幸免于难。但家中煤米，一切都已做了“招待品”，现正设法请人接济。猛然一看，没什么感觉。仔细想起来，这位工友，不死于锋镝，将死于饥饿，这个难，似乎还不能像他那样想象着可以幸免。

“招待品”三字，可说是崭新的名词。把自己度命的米粮，都让“皇军”搜括去了，还不许说是抢去的，要作为中国人的招待。推想所及，他爱什么拿什么，都算中国人招待。甚至寇兵掳去的妇女，他也不难用招待品相看了。把一切糟蹋中国人的行为，都认为是中国人应有的招待品，有什么事干不出来？

这位工友，识字极有限。他在这里很自然地写出“招待品”三个字，可见这一名词，在南京用得怎样的普遍。可怜那些没有逃出虎口的同胞呀！

（1938年5月12日）

店伙的话

一天，到布店里买川绸。第一家只有厚的，店伙说：这绸子多结实，可以穿七八年。第二家只有薄的，店伙说：比纱都要轻，热天穿着凉爽。第三家也有厚的，也有薄的。店伙说：厚的六毛一尺，薄的三毛六一尺。但劝我买厚的为宜。理由是薄的虽轻，穿在身上皮（恕我一时想不起用国语来替代这个字）得很。厚的呢？经穿。而且绸子的性子本凉，无所谓薄的凉而厚的热。结果，我不知所可，厚薄各买了一件衣料。回家之后，恍然大悟，对镜子痛骂我影子，没有脑筋。掏我的血汗钱，买衣服自己穿，我为什么听那伙计代财东说的话，而自己不拿出主张来？至少的失败，我是多浪费一件衣料钱了。

有些人兼收并蓄，以为可以面面顾到，其实越那样，越浪费得多。自然，当今之世，要干任何一件事，不浪费不行。因为正是店伙说嘴的时代。

（原载1938年5月13日重庆《新民报》）

管测津浦战事

最近几天，朋友见着我，总有这样一句问话：你看徐州怎么样？记者不是军事家，怎么能随便答复这个问题？但朋友们总以为从事新闻业的人，消息灵通一点，观察力或比较近是，所以有此一问。由此类推，读报人对新闻记者都有这么一个要求，那是必然的。

那末，我们客观地来估计一下罢：（一）徐州的防御工事，十分坚固，是无疑问的。（二）郯邳一线，现在已不成为主力战。（三）苏北敌劲旅，似为牵制作用。（四）淮北敌来虽猛，记者系皖人，微闻彼方我有善战之军。（五）济宁一线，敌有企图，是事实。闻我系李××名将率军守此路。（六）沿长江北岸，我已开始运动战，袭敌后方。这样看来，我们不必乐观，也决无悲观的理由。一城一镇之得失，不足介意，只要我们的力量，能始终在津浦两侧运动着，敌人沟通南北的迷梦，是决难实现的！

（1938年5月14日）

一动不如一静

在北平，常到来今雨轩（中央公园内）吃西餐。久了，我不用得看他们的菜单子，掐指一算，事先会知道他们预备的是一些什么菜。尤其开首第一样是鸡绒汤，是万无一失的。

自然，茶房也成了熟人，就对他说："你们这厨子，也该费点脑筋，每日把菜单支配一下了。这样刻板的菜单，老主顾把口胃吃腻了，将不再来，新主顾那又有许多呢？北平这大地方，什么菜也买得着，这样，大菜馆的厨子也不至于只会老做这几样菜。你们菜单子不变，是不肯变，不是不能变。我为你们叹惜！"茶房微笑，没有答复。直到我离开北平的最后一次吃来今雨轩，菜单上第一项，依然是鸡绒汤，令人真气不是笑也不是。而茶房似乎知道我要久别，也就泄了底。他说："有来今雨轩这好的地方，这好的牌子，自然有主顾。一动不如一静，换菜单子做什么？先生你明白吗？"

我怎么不明白，中国一切都办不好，就像来今雨轩这张菜单子。

（1938年5月15日）

包　办

昨日曾说来今雨轩的西餐不换样，因联想到往日北宁路饭车上的西餐，午餐每客一元五角，晚餐每客二元，只有一些焖羊腿沙丁鱼之类，实在价不廉物不美。但坐火车的人，不吃就得挨饿，因为饭车上不预备“大家要吃的”中餐。若说逢站下车，在小饭摊上买着吃，又有碍卫生，只好忍痛上饭车去。这弊病路局未尝不知，不过收了北平某饭馆的押账，饭车由他包了，在尾大不掉的情形中，只好假痴假呆。

由此，可见包而不办，虽为时病，包而办也好不了。谅你非吃不可！北宁饭车看了这个，就落得偷工减料。所以，天下事谈不上办不办，压根儿就坏在这个“包”字。

（1938年5月16日）

焦大流亚之言

昨日到上清寺去看朋友，听到他们邻居家里，有苍老的骂人声，其言如下：

“这小子别在我前面充大爷，我连屎渣子都瞧出他的来。当初他到咱们家来的时候，穿件灰布大褂儿，满身油渍，头发长得一尺多长，哪有人模样儿？主子念他认得两个字，让他当名传达，我就瞧着过分。后来在外面跑跑腿儿，换了一身干净衣服，就是先生了。没两年，升外账房。把川庄上的佃户，公司里的经理，一齐联络个够，我就为我们老爷发愁，不定让他搂了多少。于今又管内账房，连丫头老妈子，都成了他的人，都得听他的，干脆，这老爷让他做得啦。我这老帮子，就不服这口气。我只当老爷的奴才，我不当奴才的奴才。大家逃难逃到这山旮旯里来也该醒醒，不定哪天全完，他不要狐假虎威的找碴儿！”

不知其人骂谁。但因为他是一篇纯粹的北京话，颇觉有红楼焦大之风，句句听得入耳，字字记在心头。回来写在纸上，搪塞《最后关头》一天文债。

（1938年5月17日）

不必忧虑

自寇军向鲁西进犯以来，徐州的形势，日见严重，这是事实，也不必讳言。但就我们全盘战局来说，却不必怎样去忧虑。试看前日寇军沿同蒲线进窥河洛，炮击潼关的时候，形势怎样险恶？到底为了我们采取运动战，尽管连山西南界风陵渡都失陷了，可是我们的军队，不但没有一兵退过黄河，而且还收回了晋南一二十县，现时正在进攻临汾。可见只要我们的军力，始终在津浦线两边运动着，一二据点的得失，是不必看得过分重大的。

准此，敌人以打通津浦全线，来威胁武汉的企图，是无效的。因为我们前方用运动战，可以控制敌人。而保卫大武汉的防卫力量，也决不是前三月的力量了。

（1938年5月18日）

可怜人形牛马

社会，国家，宇宙间，需要劳动者，但除了担架疾病伤亡而外，却绝对不需要人力车夫与轿夫。社会上有车夫与轿夫，不过增加人类一种懒惰性，出少数的钱，叫他人来当牛马代步。这是十足封建社会的遗毒，也是人类一种耻辱。国家有了办法，首先一件事，就是要解放这无数万的人形牛马。并将消费者改为生产者。

同是父母生的一个人，为什么有的坐着车子，坐着轿子，有的拉着车子，抬着轿子？还不为的是有钱与无钱吗？为了混饭吃，将身子当畜生去伺候人。这种人，无论他怎样无理，他总是可怜虫。社会既不能想法子，把他们解放出来，在人类同情心上，稍稍改良他们的待遇，这是天经地义。

（1937年5月21日）

仇人土肥原

这几天，“土肥原师团”五个字，是不断地出现于报纸重要新闻所在。若是曾在华北住过若干时候的人，一定觉得这与板垣、矶谷等字眼，还要加倍的刺眼。我们愿意认清我们敌人的。“土肥原贤二”便是最著名的一个。

他是一个浪人，是一个日本间谍，原在张作霖手下当顾问。奉系与任何一派战争，都有他运筹帷幄。北伐军克平津，他想造成东三省的大混乱，皇姑屯炸死张作霖的主谋者就是他。为了张学良不再给顾问当，他又一手造成“九·一八”这一幕惨剧。隔年，日阀给了他中将头衔，他也越发加紧毒害中国，索性把溥仪弄到东北去，造成“满洲国”。日后，华北发生问题，总离不了他主谋。于今，做了师团长，更是抖擞凶威，率兵二万，渡黄河，袭陇海，威胁开封。这一笔账，简直无法去记。

土贼不除，中国之难未已也。我们怎能把他活捉来出这口气！

（原载1938年5月27日重庆《新民报》）

曹锟之死

在总统这个人人爱的名词上，加上“贿选”两个字，实在是不当总统之为得。而曹锟就戴着这么一个可喜而又可丑的头衔，有十几年之久。

天津来的消息，曹锟死了。他这一死，本人总算逃去了第二个丑头衔，对于国家呢，无形的却减少了政治上一种困难。因为，日本人是怂恿他在北平当伪组织傀儡首席的。他干了一辈子的军事政治，毫无建树，却不如他在野之时，什么都不干，来得伟大。虽然是贿选总统，历史决不埋没他的——

假使他不加考虑，答应日人的要求，现在就遗臭万年了。仅仅三个月的挣扎，关系这样大，站在染缸边的人，年纪大的人，都可以想想。

（1938年5月21日）

算盘要天天打

在“八·一三”以前，我们估计得自己的力量太低。抗战以后，又估计得太高。估计得太低，所以许多人赞成在上海取挨揍的守势，为了政治上的意味，不肯撤退到苏锡间做湖沼战。估计得太高，因三个月的挨揍，以为人家撞不破铜墙铁壁，后方留下漏洞，结果是首都沦陷。

既往不咎，但既往不能不究。鉴于前事，自己的力量，必须天天打一番算盘。诚然，我们实在有长期抗敌的力量。纵然放弃徐州，只要我们的主力不消耗，津浦路的局面可以造成和同蒲路一样，也许还要好些。可是也不能认为毫无困难，只看我们的政治，与军事还相去千万里，而一班臭官僚，又在开始歌功颂德的老调。这就是一个大险症。

行市天天不同，算盘也要天天打。手不离算盘子的人，才会赚钱。

（1938年5月22日）

离开染缸边吧

一个人，假如没有什么不得已的话，决不应该站在染缸旁边。因为那个所在，时时刻刻，都有机会向你身上洒着颜料与污秽的。

现在有些站在染缸边的人，既不谋所以走开之道，而且还要写信告诉后方的人，“我是苏武”。哼！苏武是容易做的吗？他那支汉节十九年不曾丢掉，恐怕现时在染缸边的人，办不到吧？至于有些在后方的人，借了苏武这块招牌，设法向染缸边跑，那简直不够为李陵，而是张邦昌之流了。

（1938年5月23日）

攻　心

日本报纸，对于五一九我空军的夜袭，只一二家轻描淡写的登载。这原因有二：其一，对于以前藐视中国空军的狂言，不能自圆其说。其二，我们扔的是传单，不是炸弹。说出来了，既显出我空军不伤害非战斗员之伟大，而且正引着日本民众探索传单之好奇心。但长崎一带，既有警报，又曾实行着灯火管制，我们的传单，散了几十万份，何处不到。这消息，终于是隐瞒不了的。

兵法：攻心为上。对于我们军事领袖之筹划，只有佩服。可惜政治是一万个赶不上。请问：我们玩政治的，能攻敌人的心，又哪个能把握住老百姓的心？

（1938年5月24日）

给人戴帽子

送破帽子给人戴，这是政治上对付敌党的唯一毒着。这种手段用惯了，不必是敌党，只要是自己所不愿意的人，也把帽子扔过去。因为这件法宝，往往是可以追魂夺魄的，何乐而不为呢？

现在做这破帽子的材料，莫过于“汉奸”二字。譬如老爷向太太说：在外面熬夜打牌的，就是汉奸。太太就不敢打牌了。但太太也向老爷说：娶姨太太的就是汉奸。于是老爷和姨太太离婚。有人说，天下不会有这样容易的事吧？我说：当然不会有这样容易。但至少落得骂这一声“汉奸”而聊以快意呀！

（1938年5月25日）

禁止男女手挽手

明人笔记上，载过这样一段笑话：某太守禁酒，对于藏有酒器的人，也一律判罪。一日，同某名士郊游，看到男女同行，某名士说，他们犯奸，把他拿下。某太守说：青天白日同行，不算犯奸。某名士说，他们身上有淫器。某太守大笑，便改了藏酒器犯罪的禁令。

最近，四川某地以男女挽手同行，有伤风化，加以禁止。这正与某名士身藏淫器犯罪的笑谈，不谋而合，当现在前方与敌人拼命的时候，后方要办而未办的事，不知道几千万，好整以暇的从政者，却有工夫管到男女同行，真奇怪！也许敌人逼近了夔门，摆出了千百部《礼记》来，敌人就会不战而退吧？

（1938年5月28日）

王克敏与金佛郎

北平伪组织王逆克敏，虽久经宦海，而以前十余年办金佛郎得名。此案详谈之，非万言可尽，总之，藉此为财部谋少数收入，国家吃大亏，而二三官僚，则得赃款二三百万而已，亦卖国事也。于是有人拆“金佛郎”三字，制联送王逆。文曰：“不看金面看佛面，未必郎心似妾心”，此“佛”字指银圆；不但用成句恰到好处，而批评王之为人，亦入木三分。盖王生平弄钱，所办固不止“金佛郎”一案，且好色，无气节，至以娇妾媚曹锟嬖人李彦青，在当时，制联者颇具匠心。如此等人，何事不可为？乃平津当局为安反侧计，竟予王要职，终不料其下流性成，反藉此机会以做汉奸也。

（1938年5月28日）

怜苏武

二十五年岁首，周作人为《立报·官林》写五律一首，对宋哲元，颇多讽刺。中有句云：“关门存汉帜，隔县戴尧天。”对宋不能消灭通县之冀东伪组织，已意在言外。曾几何时，周之行为，固不若宋远甚也，怆怀前事，亦赋一律：

屈膝怜苏武，先天覆此身。谁家悬汉帜？尊室是胡人。茶味座中苦，芝颜报上真。九泉起鲁迅，无泪也伤神。

（1938年5月29日）

张学良与倭皇同庚

东三省易帜之役，日人阻挠之殊甚。最后以某议员赴沈阳见张学良，为恶性之劝告。某故张作霖顾问，与学良年长以倍者也。某见张曰："南京党人之言不可听。总司令年过少（时张二十九岁）阅历殊浅，当信我，我与大元帅友善，若父执也。"张以某言狂妄，笑曰："然！我固年轻，与贵天皇同庚耳。"某语塞，踉跄而去！

（1938年5月29日）

叛逆的解剖化

北平伪组织，除了它是一个叛逆机关而外，而这些叛逆的背景，也极其显著。高凌霨代表土豪，王克敏等代表旧式买办阶级，潘毓桂等代表劣绅，汤尔和等代表知识界的反动分子。其余各汉奸，也都有他所以做汉奸之道，这事情并不偶然。

明乎此，我们可以知道怎样肃清汉奸。

（1938年5月30日）

某博士避警化猪精

某博士，不便举其姓名，精申韩之学，善英法语，习惯欧化，重视卫生。愈老，愈珍重其千金之躯焉。“八·一三”后，寇机日袭首都。博士早有戒心，已安排妥帖，警报至，即穿上防毒衣，扣戴防毒面具，坐独用汽车，急驰赴防园某处。解除半小时后始缓缓归。每警报复至，则又转转急回，殊不惮烦。其防毒衣为深青色，将手足完全包裹。面具黑，两眼处有镜如杯大。呼吸器长尺余，垂胸际。穿戴已，骤视之恍如舞台之猪精，招摇过市，颇不雅观。有人忠告之，博士始免此衣冠。仅于警报声中，将防毒衣具置车上，携之同行云。

（1938年5月30日）

津浦线之游击战

这次我们因战略的关系，放弃徐州，数十万人全师而退，可以说没有损失。唯其是没有损失，将来津浦线的两侧的游击战必定比同蒲线还要热烈。

就现在中央社已公开的消息而说有石部×万人，入鲁南山地。于，孙、樊三部×万人，至苏北湖沼地带。而铁路西侧，沿霍山山脉，我更有大军配备。在怀蚌以南，全椒以上，将有多支队的游击军，以资策应，又是可以断言的。

天热了，高粱玉蜀黍，迅速地生长。淮河南北，虽是平原，可是青纱帐起，一碧千里。毫不夸张地说，里面可以藏下千军万马，这也是我们游击的一个好机会。

（1938年5月31日）

代　　邮

某君：

七星岗无新蜀报馆。幸来信有编者名，已交到，张冠李戴，眼前事且糊涂如此，尚言读史耶？仆因说笑话，误忆一则笑话，至多健忘（但亦不致将所读报名亦复错记），决非罪大恶极之事，足下抬出贵部长来，意欲何为？吓我乎（同日，报社接另一信，亦抬出贵部长，逢迎至此，殊属可笑？）仆不姓简，君举简雍事，以为仆数典忘祖，正是君引典错误。窃以为必与姓吴者谈《水浒》，不知智多星为何人，始能引用恰当耳，更有进者，仆为一文字佣工，决不引公司报纸为私人利器。凡所主张，均属正义感，忠言逆耳，不悦者自大有人在。其实从政者应在社会上多留几个诤友，以求进益，如见逼，仆何敢抗？当遁迹入山，不复多言。但足下衰朽之年，备位小吏，当无依附可图，何必怒目相视？足下又谈及教科书，当注意经史，虽属戏谑，事出有因，可谓三句话不离本行。敬以一言奉劝：国难严重如此，足下权令所及，应当注重科学精神，发扬抗战情绪，引经据典，不妨俟之太平之日。万不宜于此，将线装书之毒，灌入青年纯洁之脑（熟读“十三经”，能抵抗坦克车否）。一旦不幸亡国，君我同沦为奴才，欲书汉字不可得，谈何经？数何典？君其思之！日来苦热，部中电扇，当不如南京之多，十小时枯坐，烦躁奚似！曾读《左传》，翻《辞源》否？不为无益之事，曷遣有生之涯，得恭贺某公某老诗几许？能见示否？此信本不欲公开，但足下匿名投函，殊欠光明。虽知君为谁，正式函复，恐不承认，故发表于此，恕之恕之！又请转告贵同事，在今日争论经典，事出无聊，不必将此函剪呈贵部长，呈亦无功可录，因彼所注意不在此也。

（1938年5月31日）

敌机炸假机自毁

长沙某埠，东门外有飞机场，“八·一三”后，常有练习机停放，及首都沦陷，此事遂废。敌机初不察，犹时向彼处投弹。越二月，知系空场，始不复往骚扰。驻城某长官，欲消耗敌人炸弹，乃以木板制三假机设场上，且略加掩蔽物，以状其真。敌果中计，以轻轰炸机挟多弹往毁之。投弹时，敌机欲三假机全毁，且欺我无防空设备，低飞不及百尺。及轰然一声，巨弹落地，碎片反激上升，竟将敌机油缸击中。立时火光熊熊，机人全毁。我因意外收获，而其事之奇，亦恍同稗官文字也。

（1938年5月31日）

收复风陵渡

有些人这样说，我们在山西的胜利，可以补救徐州的损失。这话虽过于笼统，但在山西收复了许多县城，在中原大会战的战略上，意义是很重大的。尤其是最近收复永济、风陵渡两个据点。

敌人占领风陵渡以来，不但郑潼间一段铁路，受着威胁，陕西沿河潼关、朝邑，都受着敌人炮火的控制。而西安也感到动摇，自我游击队在晋西南遍地活动，敌人两据点，才摇摇不定，以至于崩溃。要不然，敌军正在开封以东乱窜，风陵渡敌人，再向潼关捣乱，整个陇海路，都要感到紧张。现在晋南敌败，减除我们后顾之忧，这力量不小得很。

听说，潼关现有大军渡河。若是此行顺利的话，克运城，复临汾，东以长治为据点，北出东阳关，南出五峡关，侧击平汉路之西，那时，敌人必撤豫东之兵，回救豫北。中原的局面，又可一变了。

（1938年6月1日）

北平李丽何人也

汉口捕获一间谍嫌疑之女子，传系北平李丽。此君为人，向带有神秘性，被疑不无因也。民国二十年冬，有女子率大批舞女到平，而李丽之名以出。年岁籍贯，均不详。但操汉语极熟，亦能作广州语。在北平说北平语，则一听即知其南音。识之者曰："此天津二等苏妓月月红也。"但于其为妓以前之历史，仍不得知。唯彼甚识字，且能操英语，则一度曾为女学生可知。厥后李南下，因另有两李丽在，遂于其姓名上，冠北平二字，其实，不但非北平人，且决非扬子江以北人，甚有人疑其为朝鲜人者，则近谑矣。李在沪，长期为舞女，收入甚丰，间亦当电影演员，演话剧，游泳驾车打网球，无所不能。近数年，常来南京，来则住首都饭店，举止豪华，不知其银钱自何来。自飞机线遍国内，李亦漫无目的作空中游，或南或北，芳踪遍至，达官贵人，西装恶少（逐臭）者广集，李应付裕如，友谊均佳。冷眼者则断其人不可恃，劝友远避．李体不甚健，以形态言，少时态美，面长圆，鼻高，皮肤白皙，时以目睨人，则令人回肠荡魄，不克自持。以其历史言之，岁决在三十三四之间矣。为令后方人士注意起见，详述所知如上。

（1938年6月1日）

再怜苏武

前作怜苏武一律，本为打油之作，不足言诗。乃蒙读者纷纷赐和，并对该诗为字句上之商榷。是则过于郑重其事，以萧长华当谭叫天看矣，反正是打油，再来一律：

不信知堂老，关门味昔因。命留文相国，身变息夫人。
妻是床头敌，仇为席上珍。李陵休惜别，皓首卧胡尘。

（1938年6月2日）

改组冀省府

最近，中央改组河北省政府，并以鹿钟麟为主席。这是一件很有意义的事。

敌人虽占据了平津保等重要城市，但河北的县城，有许多还在我手。尤其沿太行山脉东北各县，能联成一气，在军事政治上，很多便利。“马上得天下，不能马上治之。”那末，游击可收复失地，游击不能治之，也很明显了。而且我们早就应当在这里立下政治根据，去发动河北省民众，因为任何失陷区域，乡村总是我们走得通的。

今山西战事，逐日胜利。太行山是我控制整个华北的轴心。利用这轴心，我们还要到察绥去发动民众呢。所以，根据这一点，我们对抗战前途，丝毫不必悲观。

（1938年6月3日）

还拿得出什么来

飞机、坦克车、大炮、毒气。这一切武器，日本军阀都在中国施用过了。还拿得出什么来？

组织大本营，通过全国动员法案，内阁容纳五位大将。这一切暴力，日本军阀在国内也都一一实现了。还拿得出什么来？

仗越打越久，日本军阀的能耐，也就越显得不过如此！我们自然不可藐视敌人。但我们老保持着这样打下去的精神，日本也就没有什么可怕！

他还拿得出什么来？

（1938年6月4日）

豫东战事概观

豫东皖北一带，全是平原，在历史上虽做过无数次的大战场，在今日看来，却是不大合宜于防御。因为所可守者，除了各村的寨子外（即小型城垣），并无广大的河流，和纵横的山脉。所以我们今日在此抗战，尽管战略上取守，战术上必取攻。

敌人既陷徐州，其次是想沿铁路线西进，即刻攻下开封的。自兰封被我夺回，土肥原师团大败。他们似乎已变更战略，意在中央突破。由亳州、鹿邑向西南行之，遥窥许昌，郾城，企图截断平汉线。但此地我有庞大的军团防阻，敌人的阴谋难逞。同时，南线合肥，北线陇海路，我们可以取外线包围。敌人对这两翼，似乎不能不感到压迫吧？

总之，豫东战事虽然紧张。但敌人的阴谋也完全暴露。我们既明白了对方战略，只要能占据时间，就能占据空间的。所以，我们不可大意，也用不着忧虑。

（1938年6月5日）

怎样制裁寇机

半个月来，寇机迭次轰炸广州，这是有计划地要毁灭这个华南大都市，决不能说是出于偶然。尤其令人发指的，在美国务卿赫尔发表谈话，谴责日本之后，英相张伯伦训令驻日大使克莱祺向日抗议的第二日，寇机又大举轰炸广州繁盛市区，平民伤亡三千多人，这表示了倭寇的不顾人道，人家越打抱不平，他越要凶暴起来。换句话说，也就是给英美一个下不来。

对于这种兽性的人类，有什么理可讲，有什么人道可谈？我们只有团结起来予打击者以打击。住在后方的富人，触目惊心之余，应该快掏出钱米，为国家建设空防。躲下乡去，不是办法。因为任何都市被毁灭，受损失的还是富人啦。

（1938年6月7日）

可怜淮上农人

四月南风大麦黄，每想到这一句诗，就联想到产麦区域的淮河流域。在每年这个时候，庄稼人都忙着割麦田上庄，改种夏季作物。今年夏季农产品，不能播种，是不必说了。就是黄云遍地的麦田，也为敌人的车辆马匹，踏了个精光。大家只看到敌机轰炸广州市，惨无人道。敌人把淮河流域，洗劫千里，有谁知道？广州同胞遭难，还有人替他呼吁。淮河流域这几十县的农民，在死亡线上挣扎之后，又要踏上饥饿线去，谁替他们叫屈呢？为打倒专制而革命的刘邦，为解放民族而革命的朱元璋，不都是淮河流域的好汉吗？现在的好汉哪里去了，那里的同胞受屈无处伸，自己也不能不负责任，这是好榜样呀，在后方的朋友。

（1938年6月8日）

豫 东 喜 雨

重庆下了一个星期的雨，真闷人。但看到报上，豫东也在下着淫雨，这就让人转忧为喜，豫东平原，利于敌人机械化的部队，这是不必讳言的。但一下久雨，那种黄土的地质，一齐成泥浆，平常一辆骡马大车，都要陷入地下两尺深，坦克车，装甲车，炮车，那样几千斤重的东西，如何得动？我军趁此机会反袭，一定捡便宜不少。日军穿大皮鞋，走泥路也不便。

平汉路西，有一条沙河，北自中牟，经过朱仙镇、周家口，南入皖北颍上，是一个天然的防御线，大雨水涨，在我们争取时间上说来，是很有利的。至于阴雨天敌人飞机不能活动，这是人人所知道的，就不用说了。

天时，地利，人和，都是战争所需要的，我们不必迷信，说天佑中国。然而天得其便，也是我们所愿意的呀。

（1938年6月8日）

黄河决口

报上曾揭载着，兰封西北，黄河决口的消息。假如这决了的口子，没有人去堵塞的话，这是眼前值得注意的一件事！

黄河自绥远来，由北而南，到潼关一曲，改为由西向东，直抵冀鲁豫三省的交界地贯台，才掉头北窜。在这里，水势是极汹涌的，很容易出乱子。在贯台的对岸，是黄河的故道，痕迹还在。河水若流入这里，那就淹遍了陇海东段，灌归德，围徐州，甚至南下蚌埠，夺淮入海，也未可知，真是浩浩乎大观；但决口的消息，还很简单，又没有继续的报告，或未必能演变到这程度。

（1938年6月9日）

失败乃成功之母

“失败乃成功之母”。这不仅是一句格言，也不仅是一种理论，这是有必然性的一事实。

我们因战略关系，在京沪线退却，得了许多教训。于是四面受敌的徐州，我们守了四个月。我们又因战略关系，放弃徐州，当然更得了许多教训。于是我们相信保卫大武汉，最高统帅一定有办法。我们相信最高统帅，我们相信中国有不可克服的人力与物力。同时，我们相信自己，自己决不闻挫而馁！

我们必须在心理上建设起坚强的堡垒。

（1938年6月10日）

“民可使，由之。不可使，知之！”

孔子是个有教无类的人，我想他不会取愚民政策的。朱子注《论语》，把“民可使，由之。不可使，知之！”囫囵吞枣的，圈点为“民可使由之，不可使知之。”殊不像话。果如此，孔子又何必费那么大劲，删《诗》，注《易》，作《春秋》呢？

这十个字，有人又这样读：“民可，使由之，不可，使知之”。但无论如何，老百姓程度不够，先得让他知道，这是今古一样的事。

不让老百姓知道怎么叫抗日，只管喊出去有力出力，有钱出钱，那一定是白费劲。

四川这地方，新文化固不弱于他省。而以孔子思想为标准的人，也不在少数，我们就研究研究《论语》吧！

（1938年6月11日）

去 年 今 日

到七月七日，只有四个星期了。回想去年今日，有几个人料到有今年今日？又有几个人已料到有今日，曾做过什么打算？反过来说，也许有人坚决地不信有今日吧？

旧账当然是不必去算，算也无益。但账可不算，却不能把账忘了。一个店家，抹煞了过去的生意经，还开什么铺子呢？然而我们觉得今年在重庆所见的升平景象，与去年在南京所见的，不分上下。这些终日沉醉在声色酒色之场的人，尤其是南京来的，他们就忘了旧账。

对明年今日，打算怎样？朋友！

（1938年6月12日）

黄河决口之后

黄河真的决口了，本刊所预料要在兰封西北泛滥的，现已在郑州东北开始。预料由涡河南下的，现已在贾鲁河入淮。总而言之，平汉线以西，陇海线以南，广大的平原，都要成为泥沼。苏皖豫交界区的春季，本就被寇军蹂躏完了。黄河再一洗刷，夏季庄稼又不必去谈。等不着大兵之后，已是荒年了。

但聊可慰藉的，便是洪水的范围愈广，对我们的军事愈有利，假使河水夺淮入海，横断豫皖联络，前线寇兵不战而退，都有可能。

（1938年6月13日）

碧 沙 岗

于报端见寇迫郑州，遂忆及碧沙岗。岗在郑州西六七里，为冯玉祥先生所经营，葬其阵亡部下之地也。其地并非山岭，系于平原上，广辟花圃，外绕圆垣。垣内树木葱茏、配有三亭，名曰：民族，民权，民生，一望而知为冯先生家数。正南有大殿一，遍悬旧国民军人遗像。更进一院落，为第二殿，即阵亡将士神位处。殿后小冢列百十行，各有小碑，书冢中将士之名。其有碑特大者，则为友人所代立。统观全园，虽少曲折，然广阔幽深，自系郑埠唯一有价值之点缀。至无岗而曰岗，殆取其象征高大，字音响亮。而“碧沙”二字则迳取碧血黄沙之意也。

在革命史上观之，此虽冯纪念其属下者，与一般要人建筑园林，修理名胜之行为，固显然不同。敌人炮火现已飞腾于此碧沙岗之上空。回念旧游胜地，搁笔惘然。

（1938年6月13日）

好 人 之 流

敝乡有位张君，诨号“好人”。其得名之由，殊不可考。但是有人真当面叫他一声“好人”，他一定恶言相报。我曾问他为什么不愿人家以好人相称？他说，你知道吗？俗言道得好：好人不在世，祸害一千年。别人叫我好人，是咒我短命。我笑说，那末，就叫你祸害吧，祝你活一千年。

他红着脸说：意思虽好，名义难听。

这就难了，要得好名，却讨厌有了好名声要负责任，不管一切，去谋实在的好处吧？又怕坏名刺耳。天下事怎能两全？于此，就想到“民族英雄”这个好名词，也不是随处可以送人的。遇到张好人之流，他是一定心里说你有意推他跳火坑。

（1938年6月14日）

做长子难

在中国封建制度下，做长子的人，在家庭里是占尽了便宜。先吃，先穿，先读书，先娶老婆。父亲死了，立刻继承父亲的法统，由脚行老板以至于皇帝家里，这规矩并无二样。自老二向下数，无论有多少兄弟必须让老大一著。

但是有一件，老大继承法统之后，也有他的义务，上要供养寡母，下要抚育诸弟妹，对内对外，还要负担着经济上的责任。我也是个长子，我吃尽了这苦头。假如这老大是个无用之辈，或是个不成器的东西，那末，少不更事，一朝权在手，必致把家产葬送干净而后已。在这种情形下，诸弟当然是吵着分家，以免同归于尽。还有那卖弄才能的小兄弟，故意袖手旁观，等老大穷死荒唐死，然后他独树一帜，改造门庭，以反证老大之无能。自然，老大没得话说。可是，全家人也就焦头烂额了。

我是过来人，我知道这些。我就得怨老天，不在我上面生个哥哥。这社会还有人争着做长子呢。怪！

（1938年6月15日）

潜山人说潜山

安庆既陷，桐城之寇，遂急谋南下，期与登陆之敌合流，其阴谋当在分兵两支，一沿京川公路，北窥潜山，一沿皖水之东，西谋石牌。然后出太湖黄梅间，迂回达赣北之对岸。太平天国之役，军队出入于此十余载，可资证鉴也。

虽然，军事非如此简单。潜山遍地皆山，无十里平方之平原。北部高峰突云，天柱山（即潜岳）海拔四千余尺，山脉绵延，与豫鄂接壤。南部平峦叠嶂，与怀宁（安庆）龙山衔接。以地势言之，随处可守。石牌为安庆太湖间之锁钥，固军事上所必争。而其处湖沼山冈相与参差，亦非敌所能长驱直入。且无公路，机械化部队不能往也。山地战与湖沼地战，既为我们所采用战略，以意度之，我国军事家，必早有布置矣。

故敌纵合流，必阻塞于潜山石牌之间。我潜山人，以我观察当如此。

（1938年6月17日）

皖江战事概观

平汉路东之寇，阻于黄水，于是，又施其全力，求在长江一逞。迩来长江水大，似便于寇舰之活动。然按之实际，亦非易易。盖由大通以迄湖口，南北两岸，我军节节布防。寇舰深入，非徒无益，且甚易受我陆空两军击攻。故其最近阴谋，必在两岸多夺据点，然后以芜湖宣城之敌犯皖南，以桐城舒城之敌进犯皖西。长江两岸无大战，敌舰暂当不敢离安庆远上也。

于此，吾人即当注意长江两岸地势。北岸由怀宁之北，潜山之东起，冈峦起伏，西至鄂东而不尽，南岸自芜湖西上，愈南山愈多，敌纵多新兵器，于此等处即无所用其技。以台儿庄狭小之山地，我军尚能获一大胜，今江南江北，遍地皆山，则吾人之有利，可以想见。

（1938年6月18日）

潜山出头了

潜山县是以山得名，可是这名县的潜山，比庐山伟大，比庐山雄奇，比庐山壮美，反而湮没不彰了。在南宋以前，这山似乎走过一时运，石崖上有着东晋到宋许多名人题名，是老大的证据。南宋亡了，这山也就消沉了，未知何故。

前年金大生物系，光顾到这无人理睬的潜山主峰天柱山来，测量出它海拔四千余尺（零头似乎是七百），带了许多稀有的标本去，这山才略微出点头。去冬在故乡，我曾深叹此山之不幸。只恨人微言轻，不能发扬光大它罢了。

大时代来了，保卫大武汉的炮垒，已经架在潜山之麓。报纸上杯口大字标题，印出潜山二字。疾风知劲草，板荡识忠臣。潜山出来了！自然，潜山在此日出头，依然是不幸。但无潜山，武汉无东向的大门，潜山是自有他的价值的。别辜负了这伟大的古时南岳吧！我希望卫国的健儿，做一番地灵人杰的事！

（1938年6月20日）

控制住安庆

太平天国之役，曾国藩认定要攻南京，必须先拿住安庆，好取得建瓴之势。而陈玉成也觉得要出入上游，必稳定安庆这座门户。因之曾军围安庆，陈军又围曾军。两方有五十万人。胶着在潜山之东南。最后是曾军在上游取得联络，陈玉成大败。假如历史是人生的镜子，现在安庆附近的战争，就大可斟酌一下了。

自然，因今古武器不同，利用地势，也就大有分别。但军队究是人的运动，而山岭湖沼，又是运动的障碍物。在这一点上，怀宁潜山间的山岭，太湖望江间的湖沼，并没有变迁，攻守之势，也就不会完全更改了。所以，我们现在仅可避免敌舰的炮轰，放弃安庆。但我们必得据有安庆西南隅的山地，控制住这个据点。

（1938年6月21日）

哀陈独秀兼及高语罕

将国民参政会名单，阅读一过，其间不少为意料所及者，颇自负英雄所见略同。然所猜十有九取之陈独秀先生，竟名落孙山，而所猜可做一半希望之高语罕先生，亦遍寻不得。初思之而觉事颇不然，继思之而觉理有固然，三思之而觉势所必然。吾曩所猜者过矣。

吴稚晖曾曰：陈先生已不是出色当行的人物。夫以不出色当行之人物，而欲为出色当行之事，当然不可！况就事实论之，尚不仅“不出色当行”而已乎？敢以老乡资格，告陈、高两先生曰：当参政而能有补于国当参政可也。当参政而不能有补于国，抑或甚焉，则必不可当参政矣。不但此也，使不当参政而能有补于国，纵此次被选为参政，吾人亦断然不愿二君之就聘也。虽然，以二君老战士，乃不能于同舟共济时操一把桨，亦可哀矣。

举世不乏英雄豪杰，不见几个为二君哀者，而乃“令世人所目为鸳鸯蝴蝶派之小说匠”哀之，金圣叹之言曰：“吾欲痛哭矣！”

（1938年6月22日）

太湖自古是战场

纸上谈兵，究竟是书生们所闹的笑话，我以为要在潜山山地展开一场血战的想法，已是场梦呓了。这几天不见江北岸的详细电讯，潜山是怎样进退的，不得而知。大概敌人由安庆向西北进犯，并不沿公路来，是以石牌为据点，由黄泥港窥太湖，由三桥窥潜山，绕开了一部分山地。潜山四分之三的山地，不会失陷的。

昨日报载，战场在太湖以东五十里，那一定是小池驿，这里四面是山，中间一个盆地通公路。太平天国，在这里血战过多年的。太湖于光绪年间，曾演习过一次惊动全国的秋操（江南新军演习）。这地点是天生战场，人人共知的。我不敢预言了，且听下回分解吧！

（1938年6月23日）

长江马华堤决口

在报上看到一道短电讯，马华堤溃决，这又是值得注意的事。

马华堤在长江北岸，怀宁望江一带。最要紧的所在，便是华阳马当之间。现在决口点，当就是这里。此堤一决，战区中一半湖沼地的望江宿松，必成泽国无疑。西太湖南部，怀宁西部亦必上水。长江正在涨水，相信堤决之后，洪流是有进无退的。

电讯自南昌来，大概不是讹传，我们静观形势之演变吧。

（1938年6月25日）

这才是统一战线

由于最近国军屯聚某地，让我想起太平天国战事。那时，虽为拥清与反清两派的对垒，其实是广西人与湖南人的较量。其间夹杂一部分粤军、川军、豫军、淮军。不想八九十年间，时事大变，这些对垒者的子孙，将小我的民族意识，变为大我的民族意识，在原地方受着最高统帅的指挥，携起手来，一致向外。要说统一战线，这才是统一战线。

八十年前的洪秀全、曾国藩，他们哪会想到有今日？这就是中华民族的进步，我们何必悲观！

（1938年6月26日）

天主堂敲钟

据人说：重庆市上的市声，实行统制了。所以类似警报的钟声，已经一律停止。其实也不尽然，你若是经常过武库街附近，你可以听到一所天主堂的钟楼上，不断地敲钟。明白一点说，就是有上帝的地方，不受统制。本来吗，谁还能统治上帝？

这自然是件小事。至多，有警报的日子，附近人家受到惊扰而已。但于此以小见大，有下三点：（一）有洋气的所在，法令依然是具文。（二）沾着洋气的人，靠洋气势力，以能抗令为荣，甚至利害在所不问。（三）防空设备，重庆市还得加以绝大的努力。

（1938年6月27日）

纲 鉴 无 用

十二岁的时候，被先生强迫着看袁、王合批《纲鉴》。直到十四岁，把全书看完，脑子里所留下的，连朝代都有些缠夹，不用说历史了。因为每次打开书来，看到每条纲字上或鉴字下的文句，干燥无味，还有许多不懂，简直头痛，教我怎样受益？说来笑话，连那“纲鉴”二字，做何解释，还是后五年，看到《纲目》和《通鉴》才明白的。可是，同时我对《水浒》、《红楼》、《儒林外史》、《三国演义》却大看特看。我不撒谎，我略知道一点文艺，还是由这些书上得来的。

由此，可知纲领纲要这些原则一类的东西，实在笼统空洞。无论撰得怎样好，教人无处着眼与下手，小民何知？还是多来点演义看看吧。

（1938年6月28日）

日本算盘

看过日本算盘的人，就知道日本人遇事都有一番经济打算。他们的算盘上格，代表五数的算盘子，每行只有一个；他以为用到两个五时根本就要进一位，另一个五是多余的，所以省了。

一个算盘子，他们也不肯浪费，一切要用算盘推算的事情，他肯浪费吗？对华作战，费了许多钱，这真是他没想到的事。而这笔钱，他又是预备向苏联打四圈的。现在把赌本掏出了百分之五十以上了。中国人坐在桌面上，并没有打算下场，而苏联已摆开了场面，叫他放过马来。就算日本愿意把赌本输给中国了事，而苏联却不会让他干嚷一顿充了好汉逃席。请问，他怎不焦急懊丧呢？他把算盘一拨，幻想着要如此如此，才可以保本挣钱。于是国际上就有了东京透出来的和平空气。

（1938年6月28日）

怎样动员老爷

在汉口报上，看到许多参政员发表意见，都主张第三期抗战，必须动员民众，其实，这还是在夹层外的观感所反映出来的话。

因为除了沦陷区域，民众是不能随便自己组织的。民众要动员，必等握有政权的官吏起来领导。不客气地说一句，中国的官吏就十有八九不接近民众。甚至还怕接近民众，或不屑接近民众。在这种情形下，对于吏治，不做一番精密的澄清，勉强叫这些大人老爷去动员民众，也不过是把千万道公文搬来搬去而已。所以问题的关键，是动员民众之先，要研究怎样动员老爷。

（1938年6月29日）

想起南京的建筑

十年前的南京，是一所带着农村意味的老城。在“八·一三”的前夜，却变成近代化的大都会了。据一位建筑家说，十年来所用的建筑费，包括水陆交通在内，大概是五万万元。这数目自然不十分准确，但花了一笔很大的款子，是无疑的。假使这些钱，自始就用在国防上，那要做多少事情？至少是甘新铁路，川滇铁路，都成功了。如今呢？只是损失。

过去的事，追悔有什么用？不过在报上看到花钱百万元建筑的交通部，已经被日本人烧掉了，偶然有这个感想。自今以后，我们应当学学苏联，非关生产的建筑，应当完全停止。社会上少浪费一文，国家就多加一文的元气。至于像交通部这样的建筑，仅仅是让一部分公务员去住皇宫，更所必禁了。

（1938年6月30日）

招 牌 太 多

自民国十七年以来，许多人就有一种感觉，同胞们话说得太多，事做得太少，这毛病一直到现在，似乎还没有改掉。其实说话太多，也不过费时旷日，多发空头支票而已。毛病是毛病，还不算心腹之疾。现在另有一种感觉，教人大大不快的，便是招牌太多，工作者太少。

招牌不是一挂就算的。挂了招牌，多多少少，就得预备一点开支。所以招牌越多，开支越大。开支果然是为了进货，雇店伙，制造出品，当然不是消耗。可是就为了招牌挂得太滥的原故，把挂招牌当了一种手段，招牌下面店门大开，鬼毛也没一根，还谈什么生意？于是招牌之于生意，成了一个负号，徒然消耗开办费而已。说句焚琴煮鹤的话，有人能把全国招牌，加以彻底的清算，也是功德无量的事。

（1938年7月2日）

破家与希望

“只要抗战到底，求得民族解放，个人任何牺牲，决不计较。”在“七 · 七”事变后，许多朋友这样说，而且也实在履行了诺言。

且以区区不才而论吧，北平毁家一次（兼所办学校），天津毁家一次，南京毁家一次（兼所办报馆），安庆毁家一次，最近潜山又毁家一次，共五次了。但不才毫不灰心，只希望最后胜利到来。我认为我们只要苦干下去，这希望并不渺茫。江浙豫鲁一带，比我牺牲胜过万倍，比我兴奋胜过万倍的，更是不少，也不过为着这一信念，只是求民族解放而已。我们希望着，我们希望着呀！

（1938年7月3日）

野人寨好比小宜昌[1]

“野人寨”这三个字，看到颇为吓人，其实那是潜山风景区开始的地点了。那里在天柱山脚，潜水后河东岸，到县城二十多里。有一条不大好的公路，是预备沟通岳西、潜山两县的。因为由野人寨前进，慢慢上山，兴工不易，所以再向西北十里，路就断了。

在那个地方，两面是山，中间是一条后河。山清水秀，美丽极了。山势平均海拔千尺左右，河面阔约一二里，水浅，只能行竹筏。这种形势，四川人最容易明了，像川江任何一段相同。若把后河比作长江，野人寨就是宜昌了。

寨是一个小小镇市，约有五十户人家。东靠山，西靠水，围有寨墙，行人必穿而过寨。寨东北约半里路，是三祖山，山上有寺，叫三祖寺，到地面约一里路，这是皖中最有名的一个庙，与青阳九华山相伯仲。在山上，可以控制野人寨，在野人寨，又可以控制潜山，而且做了岳西的锁钥，所以这里有争夺战了。

（1938年7月3日）

① 当时有我军在反攻中已抵潜山城外的电讯，这是配合新闻而写的。

不白来

皮黄戏，对于社会的讽刺，有时透着过分。但当时看到，却很给人一种浅显的欣赏。譬如《双摇会》这出戏，描写秀才家里妻妾争风，邻居大小胡子，冒夜来敲门调解。调解的结果，妻认他们有些偏袒，逐出门去。结果，大胡子在怀里掏出一把酒壶。小胡子说："我也没白来，闹了一支蜡。"由袖笼子里伸出他所得的半截康密沁。

"作中作保，自讨烦恼。"社会上作中的人，曾这样觉悟着说。但尽管烦恼，社会上也没有断绝中保。世界上当然不少好人，这除了一部分七剑十三侠之徒而外，就属于大小胡子之流了。你想，谁肯为了替别人炒豆子，炸了自己的锅？

（1938年7月4日）

公路

皖西战事，现在相持到了两周以上，似乎敌人为南路的湖沼地，北路的皖山山脉所阻，毫无转动的余地了。而另一原因，潜、怀、太之间，仅仅只有一条公路，使敌机械化部队，不能行驶，也关系很大。

这条公路，除二分之一在小山岭而外，其余便在水田中间。当此夏季，又值淫雨，自然任何一处稻田，都盛满了水的，假使我们再能把公路加以破坏，决不像华北平原，敌人可以舍路而走麦田。皖西如此，江南也是如此，所以我们对于公路之与国防，从今以后，必须另做一番打算。

（1938年7月5日）

“七·七”的前夜

今天是七月六日，在去年今日，乃是“七·七”事变的前夜。那时，四万万五千万人，恐怕没有几个人料到大祸已在目前。自然，也就没有人预备着，万一有变，应当怎么办？

在去年今日以前，我们是竭尽可能的范围，对日本退让，忍辱，友善，总想免掉以炮火相见。到今年今日，我们才恍然大悟，那完全是幻想。过去的事，让他过去，不必后悔了。但自今日起，我们应当警惕着，时时刻刻，都可认为是一个难关来到的前夜。何以故？因为我们是个弱国，又是一个宝库，终年是有豺狼暴客，周旋在我们前后的。

（1938年7月6日）

岳　西

在中央通讯社的新闻稿上，近日常有“岳西电”三个字。读者纵然对地理很有研究，恐怕对于岳西这个名字还是陌生吧！

她是安徽一个新县，五年前，还没有产生的。这个县，奇怪得很，完全在海拔两千尺以上的高山上，全境没有平原。县治设在旧天堂，原是潜山县属一个乡镇，因此，没有城墙，也没有一切县治所应有的东西，仅仅一条长不过半里的小街而已。全县土地，二分之一由潜山划出，另二分之一，是由霍山、桐城、舒城、英山划出。

她既是山地，而四周的邻县，东南两面是战区，西北两面是紧邻战区的后方，所以照地势言，她决不亚于山西的五台，也许更重要些。此县北境，山脉绵延，与河南大别山脉相连。我们由南方上山，自山脚下到县府所在地，步步登高，不折不扣，五十华里。那末，这地方是如何险要，可想而知了。

至于取名岳西，则因为她的县治在天柱山以西的原故。

（1938年7月6日）

努力延长时间

时间是这样的冷酷，恍同昨日的卢沟桥事变，已经一周年了。在这一年里，我们受尽了有史以来所未有的耻辱与痛苦，但也创造了有史以来所未有的英勇与团结，时间虽然过得极快，而时局的变迁却极大，我们所受的磨炼，也十分紧迫。

唯其如此，我们绝不悲观。敌人预算三星期可以亡中国，变到说五个月可以让中国屈服。五个月过去了，直到现在，敌人只好说是战局结束还早，不能限期了。他决不想到我们能在武汉、广州、南昌、郑州等处举行抗战一周年纪念的。这不必是我们的胜利，却很显明的敌人军事上的估计失败了。

延长时间就是我们的胜利。唯有时间能消耗敌人的人力与物力。我们要知道，得着今日的纪念，已是不容易，我们更要努力去延长时间。

（1938年7月7日）

请希特勒嗅一嗅

德国顾问已经回去了。据报上所载，他们临别依依那种情形，似乎对我们的情感很深。这批顾问，又都是有科学头脑的，自然更富于理智。于是猜想到他们回国之后，必能斟酌于情感与理智之中，来应付他们必然遭遇到的关系中国的问题。

当然，希特勒必定召见这批由华回去的人才，有所询问。据人说，希特勒感觉很敏锐，他应当在这批顾问身上，嗅出中国人对德国人怎样的友善吧？果而，他对于承认“满洲国”这一举，我想或者有些内疚于心。

（1938年7月8日）

告伯夷叔齐

许世英先生，终究是个长者，他把逃难的难民，改名为义民。那意思是取义于“义不食周粟”。觉得难民抛家别祖，宁可流亡他乡，不受敌人或汉奸的指挥，其志可嘉。不过在另一方面看来，不食周粟，是一种消极的办法，便都做了伯夷叔齐，饿于首阳，于殷何补？

再说现在的义民，有钱的，依然花天酒地，不必提了。其次一等的，身上带着几个川资坐待花光，一筹莫展。下等的，根本身上光了，过一天是一天，四处乱钻，危险性更大。长久下去，变成不义之民，也未可料。

我以为义民们，要赶快觉悟，第一步离开都市。第二步，变更生活。

第三步，莫讲身份，帮助生产，连小工也做。庶几乎能维持这个“义”字。要不然，“满山薇蕨吃精光”，怎么办？

（1938年7月9日）

改善富人生活

“抗战必须改善民众生活”。这句话，有许多人不愿意说。就是能说的，他们也只看到正面，没看到反面。

壮丁骨瘦如柴，农夫不得一饱，以致出力的无力可出，从事生产的不能生产，他们贫苦的生活，当然要改善。再看资产阶级，肥头胖耳，花天酒地，住洋楼，坐汽车，这种生活尽良善的吗？他们是浪费得来的不义之财，他们是暴殄天物，他们是大量地消耗国家元气，一味听他们胡闹下去，纵不损害抗战，也让驰驱火线的兵士，流亡载道的难民，看了不服。而况他们既不生产（也许还剥削生产者）又不出力呢！所以劳苦民众的生活，必须改善向上，而特殊阶级的生活，也必须改善向下。

（1938年7月10日）

姑　　塘

姑塘在鄱阳湖稍西岸，湖口上游六十里为星子，九江交界所也。镇市在庐山之麓，仅有街一条，不甚繁荣。唯出小茶饼，来往客商多购以赠人。镇背山面湖，傍岸不能泊船。去镇二里许，有山环抱一塘，俨然船坞，木船通湖时，恒入其中避风。往昔西阻于山，东困于湖，于军事上无任何意义。今则以交通工具发达为星子、九江间之一联络点，形势大异矣。

（1938年7月11日）

偶像前的驴子

——《伊索寓言》读后感之一

驴子经过佛殿的偶像前，看到行路的人，都朝着佛殿鞠躬。它以为人家是恭敬自己，高兴得把毛直竖起来，立住脚不肯走了。驴夫给了狠狠的一鞭子，骂着说：笨蛋！现在还没有轮到人信仰驴子呢。

我说：这驴夫也不是好人。他不是有心佛头着粪，把驴子赶到神像面前去，也就粗心万分，以致把蠢货挡了人家敬礼的路线。驴子既是笨蛋，其高兴也，吾何责焉，唯驴夫不可恕！

（1938年7月11日）

牛 与 车 轮

——《伊索寓言》读后感之二

一群牛拖着一辆货车在路上走，车轴在翻腾吱咯地乱响着，牛就掉转身来对车轮子说：喂！你凭什么干嚷着这大的声音？卖苦力的是我们，辛苦也只该我们，吆唤出来，轮不着你。

我若是车轮，我就这样答复：牛兄你不愿意我作声，我就不作声吧。

可是你要是拖着我，一路唔吗唔吗地叫了去，不挨上两鞭子，那才怪呢。世界上永远是这样，出力的出力，干嚷的干嚷呀！

（1938年7月12日）

酸　葡　萄

——《伊索寓言》读后感之三

一只饥饿着的狐狸，看到藤上悬着一串烂熟的葡萄，他想了许多法子去摘它，但总是够不着，反把自己弄得疲倦了。最后，他只好走开，把鼻子对空气里嗅嗅，走着说：这葡萄是酸的，不是如我所想的已经长熟了。

这个笑话，谁都知道。不过那是前半截。后半截是这样，葡萄很得意地说：我若不是悬在半空里，你所嗅到的，就不是酸味了。乌鸦站在架上说：是呀！我所嗅到的是甜味呀。亲爱的葡萄，你的主人翁在家吗？

（1938年7月13日）

富人的矛盾

四川的穷人多，四川的富人也不少。这次献金运动，并没有看到一个富人出头，大家都认为是很奇怪的事，以为不富的人舍得钱，而富人倒舍不得钱。其实，这一点不奇怪。假如他把钱看得轻，他何以能发财？孔雀有好尾，爱其尾。象有好牙，爱其牙。富人有钱，爱其钱。禽兽与人一也。

有人说：那也不尽然；赌一场钱，可以输三五十万。送一位美人的礼，也可以花十万八万。这样的富人，触目皆是，富人真舍不得钱吗？有道是贵不再传，富不三代，富人如舍不得钱，何以不能三代?

这个，我不是富人，恕不能答复。说句最摩登的名词，也许这是“矛盾的统一”吧?

（1938年7月14日）

鞋　山

近日，报上常登着鞋山的消息，鞋山，又叫大孤山，因为它像一只女人的小脚鞋子，所以叫鞋山。又因为它在鄱阳湖梢的水中心，和小孤山相同，比较大一点，所以叫大孤山。

鞋山到湖口县四十华里。三百年以来有两次大水战，都在这附近决过雌雄。一是朱元璋和陈友谅，一是太平天国军与清军。因为这里到罂子一段，是鄱阳湖最狭的一段（湖面约等于长江），过了湖口，必须由这里厮杀到湖里去。

（1938年7月14日）

《县太爷外传补遗》一文按语

本刊前发表之《县太爷外传》，删去姓名地址，不欲实指谁何，不过为小民呼吁，使闻者足戒之意。该县人民，近又投来一稿：供给太爷史料甚多。除涉及私人者仍为删去外，仅就稿中所论，有一于此，已民不堪命矣，而该太爷在川，似尚以能吏见称者，吾人早已感到四川吏治非彻底改善不可，证之一邑情形如此，其他可知．兹将史料撮录数段于后，以为考察民情者之助。

（原载1938年7月4日重庆《新民报》副刊《最后关头》。《县太爷外传补遗》，作者署名“小民”，发表于同日及15日《最后关头》内。）

蟹的路线

——《伊索寓言》读后感之四

一只螃蟹对她的儿子说：为什么你这样横着一边走呢？孩子，这离着向前的直线是太远了。小蟹子说：实在的！亲爱的妈妈，假使你能够指出这条直线的路来，我就照着你指的路走。等着这母蟹试着走直路时，可是她自己不能办到，她也就不在孩子身上去找过失了。

这母蟹走了一辈子的横路，她自己并没有知道。直等到儿子请她走直路时，她才发觉她没有这能耐，大概她生平没有照过镜子的。

不过，这也可以得着一个教训。专走横路的人，一般的也知道离着直路太远，于是坐汽车的喊着节省汽油，一毛不拔的喊着献金，那全是“正义感”了。

（1938年7月16日）

全川县长献金

据四川人说，四川的县长，收入都很可以，早若干年，有做一任县长，就成了十万富翁的。过去的事不必说，现在虽还远不及从前，一折八扣的比例，大概还有，各凭各良心，应该拿点钱出来献金吧？

劝人出钱，并非易事，何况对于一县之长？我以为由省当局规定一个适中办法，令各县长照出，或者他们无可推诿。以愚见而论：一等县长留任三年者，献薪金三月，二年献二月，二年以下献一月。二等县照上例减三分之一，三等县减三分之二。平均起来，每县约可收三百元以上。全川一百多县，有五万元以上的金可献了。

这个办法，决不苛刻。四川老百姓知道，做县长的自己也知道，事情是很容易，只要人去办。

（1938年7月16日）

中年人的悲哀

四十岁以上的人，国家就免除他的兵役，在怯懦的人看来，他是可以不上战场去吃苦了。而更一层的看法，是国家嫌他无用，把他遗弃了。

世上是没有被遗弃再可耻的事。四十以下的人，正不必为这免除兵役的人灾幸。

虽然这些被遗弃者，有热血的，不妨瞒了年纪，跟着上战线，可是他们的精力不够，也许还会误事呢。青年人听着，这就是中年人的悲哀!

（1938年7月17日）

送财主一条妙计

时代变了，做人也就跟了时代转。举一个极粗鄙简单的例子，在上海摆香烟摊子的，都要会两句不通的英语。在都市里三寸金莲的女人，青年看到要作呕了，于是她们都不嫌和男人穿一般大的鞋袜。

做官如此，做财主也如此，必得跟时代跑。新时代的财主，要和政治发生关系，要和民众联络感情。往年的财主，关起门来靠一本账簿，一把算盘，做银子生银子的办法，于今非被时代淘汰不可。最好一个榜样，就是学学胡文虎，他只是一个卖万金油的商人，有什么了不得？可是他现时在国内，居然跻于名人之列，那是什么原故呢？我不惜金针度人，告诉财主们：就是胡文虎会以捐款出风头。那末，财主们的机会到了，等着你献金呢。

（1938年7月18日）

征求战区消息

本刊为免除稿件腐滥起见，曾征求战区通讯。近来陆续发表数篇，颇得读者欢迎。盖此项文字，全属事实，足补新闻之所未及。而战区流亡在后方之人士读之，思乡东向之心，油然而生，亦复可资鼓励。现由前方来渝者，各战区人士均有，家乡消息，当不致完全断绝。兹征求读者将所得家乡信件，删去私人事项，交本刊公开发表。其有必须修润之处，编者可代为之，文字但求逼真，毋须多事修润。（一经发表，当较平常叙述，批评文字倍酬，以答雅意。其有新自前方来者，将所见闻，分别记载见赐，尤所欢迎！）

（1938年7月18日）

除非如此

在前方的人，用血肉代我们抵抗敌人的钢铁。在后方的我们，就应该买些钢铁，去保护为我们牺牲血肉的人。

钢铁有钱可买，血肉无钱可买。人家出血肉，我们出钢铁，这已经我为其易了，人为其难了。

可是，现在要后方的人出钱买点钢铁，比叫他们输出血肉还要困难。他们所希望的是：既不出血肉，也不出钢铁，而且更不愿做亡国奴。有人觉得大家都存着这种思想，任何办法也不能挽救中国。我说：也还有一条路，就是盼望日本再来一回更大的地震。

（1938年7月19日）

放　　鹰

昔寓北平未英胡同，右邻为一旗籍旧家。颇于往还中，得闻掌故不少。邻自夸为黄带子（最亲宗室），尝曰：少年富贵无所事，弹歌走马，栽花养鱼，驾鹰逐犬，无所不能。不料今沦居陋巷，寒酸增人谈笑也。予漫应之。

其家有老仆，以衰病谋去未能。一日于院中树下缚老鹰，将割之。予曰：噫！其肉可食乎？仆曰：当吾主人坐高车，住华屋时，是曾捕杀多禽，深得主人欢者。吾不彼若也。今主人贫，当谋自立。不复以杀生为乐，是物留之无用，嘱吾释郊外。然吾殊不耐，有斗酒，将烹之以谋一醉也。言时，鹰目灼灼视予，若欲为之乞命。予怜之，以二角钱向老仆购取，纵之去。鹰受伤不能高飞，纵翼复落予院中。小儿辈喜其驯，以厨中腊肉喂之。三日，为狸奴所创，死焉。后为其主人所闻，深为太息曰：主人穷，奴才散，况鹰犬乎？予亦深有所感。今北平陷贼经年，未知邻何若，然鹰成粪土矣。

（1938年7月20日）

贼　　智

贼徒弟问贼师傅，假如偷东西的晚上，惊醒了事主，由后面追来，看看要追上了，应当怎么办？师傅说：你大声喊捉贼（重庆就叫捉强盗了）。贼徒说：我根本是贼，我叫人捉谁？师傅说：你这个傻瓜！你在前面跑，人在后面追，别人叫捉贼，你不作声，分明你是贼了。人家叫捉贼，你也叫捉贼，别人以为你是勇敢的小伙子，独追在前面，谁会来捉你呢？

贼徒学了这个乖，以后常常用着，居然没有犯过一回案。

（1938年7月21日）

理论家

这当然是社会的进步，任何一种事业的组织，都要寻找两三位理论家参加，以发挥他们的精神。但所可怪的，便是有一部分理论家，一方面是万事通，一方面又做了吃十方的和尚。

这话怎样说呢，譬如酒商收买这种理论家，他就在笔头舌尖，拼命夸赞酒好，人生非饮酒不可。同时，如何种糯稻，如何酿酒，他全能说出数目字来。过两天，他在医药界了，他立刻发挥卫生要诀，攻击酒之害人。自然酒害人的程度如何，他又能说出一番道理。一个人样样全懂，在事业和思想上，却又能够前后完全矛盾，这岂不是一奇。

许多理论家，把眼睛放在头顶心里，自命为通人，为学者，为正人君子，无论如何，你不敢批评他一字。但是你有机会送钞票或委任状给他时，你就要叹一口气了。自然，这并不包括全体理论家。

（1938年7月22日）

敬告“学官”

昔桐城张英相国，归林泉，清廷不能忘其耆德，犹不时派使询晚景。时小相国在朝，声誉甚茂。状元做宰相，复有此子，不徒富贵炫世，即道德文章，五百年不能有此盛事也。然则张之“学者达官”地位当何若？

一日京中有使至桐邑，随从如云，漫行田亩间。遇一白发老人，大布之衣，拄杖缓行。从者以其犯卤簿，叱之。老人拱手笑语鞍上使曰：吾衰老，贵人幸谅之。使以鞭挥之曰：宰相府何在？老人曰：张英家乎？使叱曰：老奴无礼，何得呼相公名？老人曰：无礼乎？吾乡父老均如此呼唤，而老宰相以为乐也。言毕，曳杖径去。使者抵张氏居，恭谒老相国。相国出见，赫然，所呼之老奴也。使者叩首若奔厥角，再四请罪。相国笑慰之曰：子毋恐，所贵乎读书人做官者即此也。使者归京，宣称老相国为圣人，自贬鼠目寸光，终身不复以盛气凌人矣。

此为吾族家乘，足为后人借镜。敬以善意，录告“以学者称”之某达官，纵请出太上老君丁文江来，不能以世界各国无此事之语相搪塞也。

（1938年8月5日）

一代做官

拿国家的俸禄，为人民服务，公务员一般用他的心思精力，混一碗饭吃，这与从事其他职业者，并无不可。可是社会上对于公务员，总是另有两种看法。一种是羡慕，羡慕他们生活悠闲，一种是怨恨，怨恨的也是他们的生活悠闲。

羡慕公务员的，是也有做公务员可能的人。当然占绝对少数。怨恨的，却是不能做公务员的人，不愿做公务员的人，不屑做公务员的人。像现在人民思想这样进步，大概一天比一天多吧？这并不是我们危言耸听。你只看重庆这地方吧，一方是饥饿与流亡载道。而一方面呢？酒食馆里终朝醉饱的是公务员，娱乐场所座上客满是公务员，汽车往来如飞是公务员，洋楼望衡对宇是公务员，总之，一切与战时的艰辛对照，一切与穷人的寒苦对照，全是公务员。俗言有之：一代做官，七代打砖！以今之道，无变今之俗，哼！恐怕结果不止此！

（1938年8月6日）

庐山与重庆

庐山是仙洞，重庆是火炉。往年今日登仙洞的人，今年今日多数来烤火炉，令人回味当年仙洞不置。但往年居仙洞，却不料有今日烤火炉的一天。

今日烤火炉，也未必热死。早知如此，悔不当年少居仙洞，也免得今日回味黯然。

（1938年8月6日）

眼不见为净

小和尚在溪边洗澡，洗完了，放下菜篮，在松阴下歇凉。野狗经过，向篮子里撒了一泡尿。六祖站在山门，远远地看见了。小和尚回来，六祖迎着问他：你怎样才相信菜蔬是干净的？小和尚说：亲自洗过了，就相信是干净的。六祖说，非也！一切东西的来源，眼不见为净。

所以，我们不曾参加的那一种机构，都是正大的，纯洁的。虽然也有站在山门，看到过野狗撒尿的人。但他不遇见小和尚之流，他也就懒去说那句“非也”。

（1938年8月7日）

人 情 如 此

甲乙丙，总是甲乙丙，决不能写成乙甲丙。

但现在人心大变，居然也有人写成了乙甲丙。

其实也不是人心大变，只因为他这一宝押在“乙”字上。

（1938年8月7日）

与穷小子无关

“节约”这两个字，根本与大多数民众无关。在街上贴标语，在农村去演讲，都是多此一举。这些标语和演讲词的对象，多半每日吃饭还有问题，哪里还肯浪费一文钱？（抽作孽式的鸦片者除外）你不劝他节约之前，他已节约得不能再节约了。

节约这一行为，是要向都市中高楼大厦里面去劝告的。而这里面的人，他就最怕人家劝他省钱。纵然为了抗战这个大前提，不好意思坐汽车去看电影，但在家里做家庭娱乐，二百元一底的小牌，两小时就连输三底，这倒是为节约更浪费了。想请有钱的人省了不必花的钱来救国，等于与虎谋皮。所以，节约这一行为，一方面是无须办，另一方面是办不通，但节约之不能实行，其责任当然不能由穷小子负责。

（1938年8月8日）

讨饭要讨得漂亮

穿着破衣，蓬着乱发，瘦着焦黄的脸，终日喊老爷，叫太太，流浪街头，追着人力车，伸手求一个大铜板，这是叫化子。

或穿长衫马褂，或着西服革履，终日奔走于各机关，各公馆，候见室里一等几小时，见了人鞠着九十度的躬，喊主席，喊司令，求一点工作，这是小政客。

叫化子为吃饭如此，小政客之流也为吃饭如此。叫化子诚然无补于抗战建国，这些求工作的小政客，又有什么补益于抗战建国？只见重庆驱逐求一个铜板的乞丐，不见驱逐一求千百元薪金的小政客。

有人说：每个乞丐脱去破衣，换一套西服，就不致被逐了。问题不在乞不乞，只在乞得漂亮不漂亮。这话也有理，但这套西服从何得来？再说，有西服他就不求铜板而求工作了。那时他不逐人也就罢了，谁敢逐他？

（1938年8月9日）

假使苏联和倭寇决裂了

苏联和倭寇，会不会打起来？看报的人，都这样疑问着。可是谁也不敢下一个断论，来决定他们的命运。最近，苏联和倭寇的形势，虽然是严重一些了，而我们不是斯大林或宇垣，又怎敢说一定会打？但也不妨推测一下，假设，他们决裂了，倭寇对我们怎么样呢？

我想，那时倭寇一定在长江两岸，猛犯武汉，以求短时内解决中原会战的局面。因为倭寇对国内民众打气，在国际争面子，有此一着必要。倘短时期内不能如愿以偿呢，他必定把长江军队，撤守南京，据守杭州、芜湖、徐州两三个大据点，同时，用大兵出平绥路，绕攻外蒙，北平、天津、太原、山海关、张家口、承德、包头，都必用全力保守。以对苏联遥取包围之势。至于新乡、临汾，能守则守，不能守，或者会放弃的。

这当然是书生纸上谈兵，不值一笑之言。但倭寇不能同时侵犯中、苏两国，必须按下一头，是可断言的。

（1938年8月10日）

狼　狗

家居南京时，大洋楼的邻家，有一只狼狗。每当他们家汽车夫听差在门口时，狗仗人势，常追着小孩子咬。妻为了这，常亲自送孩子上学。她愤恨地说：我要离开南京，有钱人家的狗都欺侮人。

去年此时，洋楼主人匆匆向上海去了，把狼狗关在大门外。它饿了三天，常在我家大门口探望。孩子们要用棍打它，妻说：人别和狗一般见识，怪可怜的。于是每日赏两碗饭给它吃，他摇着尾巴，嗅着孩子们脚跟，很感激我们似的。

一别经年，在重庆市上，又遇到了那狼狗。它跟着穿西服的新主人，翻着大眼，鼻子嗡嗡作声，有咬我之势，幸是妻还没来，不然，她又得说：我要离开重庆。

（1938年8月11日）

五等华人

一等华人，拿很多的钱，不做事。

二等华人，拿相当多的钱，指挥别人做事。

三等华人，拿吃饭穿衣的钱，替别人做事。

四等华人，拿不够吃饭穿衣的钱，卖命替别人做事。

五等华人，要卖命替人做事而不可得，当然是没有钱。

（1938年8月11日）

“奢侈特甚”之外

越冷越打颤，越热越出汗，越穷越没有，越有越方便。

北极始终冷，冷也无妨。赤道始终热，热也无妨。社会始终穷……不，不，不能这样推算下去的。

有了“越穷越没有”才有那“越有越方便”。所以“奢侈特甚”之外，必有个“贫困特甚”！

（1938年8月12日）

忆上新河

去夏沪战起，移家南京西郊之上新河。杨柳江村，水木明瑟。久居都市人，一日置身豆篱瓜架间，耳目一新。辄念战事平后，能久居于此，计亦良得。旧历中元之夕，晴空如洗，月下无微尘。扶病步村后长堤上，见柳林如墙，中围稻田数百亩，远处楼阁，隐约月色中，风景如画。忽有野火三四丛，自村镇尽头作闪烁状。询之同行家人，则乡民祀鬼也。予曰：京市空防虽好，乡镇终不免疏忽。今夕月明如画，为敌人空袭良好机会，奈何纵火予人以目标。苟国人均麻木如此，则明年中元，吾人不复知在何所矣。家人认予病中作悲观语，哂之。

为时几何？又中元矣。上新河之月无恙耶？杨柳江村无恙耶？烧纸钱吊野鬼之人亦无恙耶？白月如冰盘，照寓楼几榻若梦，熄灯玩孤影，不胜凄怆。复忆二弟啸空，去年今日死于北平，又不知今夕北平月色如何？彼一棺卧萧寺中，老母妻儿均在故园烽火前。鬼若有知，其凄怆得毋更甚于人乎？

（1938年8月12日）

上海之役

第一期的上海之役，我们曾争持过三个月。当时用常识判断，都觉我们所表现的力量，足寒敌人之胆。而事后所听到许多军事家的批评，却可为我们舍去太湖的湖沼地形不用，守在上海边上，去受敌人海军空军的威胁，是一个绝大的错误。

这种“事后有先见之明”的看法，自然不能说全无道理。但由“八·一三”直到我们退出苏州河为止，所给予国际上的影响，也不小了吧？假使“八·一三”炮声一响，我们立刻放弃上海，退守苏嘉路，纵然战略上有利，但对于全国的民气，也有莫大的打击，未必不影响到全面抗战上去。上海失陷了八个多月，今年的“八·一三”敌人还不能不如临大敌，充分的戒备，又何尝不是抗战三月留下的因之有以使然呢？

我们不懊悔，我们只有检讨过去抗战加以取舍，我们继续地干。

（1938年8月13日）

一 正 一 副

随处听到疏散人口的声浪，而交通工具却缺乏到万分。

随处听到节约的声浪，而售奢侈品的商店，却一天比一天多。

喊着冷，便是热，喊着热，又偏是冷。是天地间固有这些矛盾，还是人故意向矛盾上做?

（1938年8月13日）

“父在母先亡”

江湖上有一种不问先知的星相家，他于主雇来到以后，默然注视一下，写出一张字条来，推算出你的身世。经他照字一解释，把你的家庭和个人状况，简直说的无事不对。你说怪不怪?他那字条第一句五个字，是“父在母先亡”。你父在，母亡，他说对了，你父亡，母在，他更说对了，不是写明了父亲在母亲之先而亡故了吗?你若父母都亡故了呢?那也对，他那个亡字，是在名词之下赘着的。只是父母俱存，不大好解释，但他也可以说，将来的命运是如此。

这个办法，让现代的理论家学得了，于是每一事情发生之时，他八面玲珑，胡扯一起。事情有了结果，他的大作，总有一段或几句对的。于是吹起牛来，“予不幸而言中”，“英雄所见略同”。有了这个诀窍，可以骗社会、事要人，升官发财，名利双收。然而天下无真是非矣。

（1938年8月14日）

误尽苍生者

——为自负无所不知之徒

古之学者，讲个知之为知之，不知为不知，才算是“知”。今之学者呢？不知的他认为知，知之的则以为空前绝后，绝对为他们所不能知。换句话说，就是他无所不知。宇宙里会有这样的人吗？

知识分子，都抱着这样自满的态度，在平常时期，已是可以阻碍文化的发展，到了现在这抗战时期，无处不暴露着我民族科学知识落后，赶不上时代。我们正当人人自省，人人自励。然后有力者出力，这力才不会错出，才不会白出。若是站在民众前面的知识分子，都是万能博士，不用无所不知的态度来帮助抗战，那就所得的结果怎样，可以不言而喻。

自然，知识分子不表现无所不知来，是不能出风头，以钻进政治网里去的。但今之学者，还离不开这个“官”字吗？误尽苍生者，必是这班妄人！

（1938年8月15日）

繁华市场的幕后

没有人抽烟，谁种鸦片？没有人吃肉，谁开屠店？没有人谋享受，重庆市哪来许多新设的酒馆绸庄与娱乐场所？

重庆人还是重庆人，并不曾由天上向各家下了一阵钞票雨。他们决不能突变常态，大讲享受，以致引来这些奢侈的商业。显然的，这些奢侈商业，是为那“义不食倭粟”的义民而设。

重庆市越繁华，越显着义民奢侈，义民以党、政、教三项人比较有办法，那末，我们不必揭开繁华市场的背景，可以知道这幕后是些什么？呜呼！我欲哭矣！

（1938年8月16日）

敌窥六霍

由于半年来山西、鲁南、皖中的战争，我们发明了山地战非日人所长，尤其最近一月，江南庐山山脉之战，江北大别山之战，敌人都吃过很大的亏。所可惜的，在山东泰安，在晋北雁门，事先不曾准备，让敌迅速地度过了两个难关。

据这几日的电讯，敌人有集合兵力于皖中，进犯六安、霍山的企图。但那里正是大别山险要的所在，他敢穿山而过，深入豫南吗？再说，那一条路，与侵入长江中下游的敌人既取不到呼应，而向北又是黄水灾区，也无可联络。敌人若真犯这条路以窥信阳，那真是目中无人了。因此，我疑心他又是声东击西的战略，当另有阴谋。

（1938年8月17日）

只怕货比货

不怕不识货，只怕货比货。

苏联飞机，在张鼓峰，在朝鲜，做了十几天的空中逍遥游。日本飞机的影子，也没有一点。

日本没有飞机吗？报上正登着敌机狂炸某处某城的消息。

这就是“只怕货比货”了，眼前摆着这样大的镜子，大家为什么还不照照自己？

（1938年8月17日）

希特勒赢了

现在国际上的掠夺，简直和赌扑克牌的人一样。这不光是看手上的牌说话，而是看同桌赌客的脸色而下注的。日本没有把苏联的颜色看透，在张鼓峰下了一大注钱，预备投机一下，结果是碰了个大钉子。希特勒先生，颇感到他的伙伴不够“忍”、“狠”、“滚”[①]里的那个“狠”字，接着再投一牌机，下了一百万人的大注。且不问他手上的牌怎样？这一下子，除了同桌的赌友面面相觑之外，连看牌的美国人，都连连地暗叫：“这是怎么回事？”

① 张宗昌说：押牌九，先要等机会，这叫忍；看中了机会，大大的下注，这叫狠；赢了就跑，不必贪多，这叫滚。

不必说，希特勒先生赢了！只要赌友相顾失色，他手里便是一小对，也会做出一副“同花大顺”的架子来。你们不敢出注来比，他也不希望你们出注，但原来已出在桌上的注子（或者是捷克吧），他要掳去了。

（1938年8月18日）

倒转来说就成了

差船不得搭载旅客，但旅客要有手段，可以搭载差船。

为节省汽油，不得坐汽车，但有手段坐汽车，就不必节省汽油。

官吏不得兼为新闻记者，但新闻记者有手段，可以兼官吏。

用人行政，一切作如是观！

（1938年8月19日载副刊首条位置）

鹿钟麟之壮举

传说河北省政府主席鹿锺麟赴任的时候，洛阳、郑州、潼关的军政要人，都送行到黄河崖上。鹿氏带的省府全部人员和卫队，再加上冀南某区游击队，合并起来，不过一千人上下，也在河边集合。鹿氏就凭这一千人，要突破敌人的防线，向河北前进。

这决不是悲歌慷慨，易水送行充满着伤感情绪所可比拟的。因为他们认定了艰苦而不畏惧，充满着义愤而不悲哀，他们要深入虎穴，唤起全河北民众来奋斗，更不做壮士一去不复还之念。我想当时鹿氏站在渡口，看到黄河浩瀚,自天上而来，象征着中国生命之悠久，对岸黄霭扑地，旷野接天，象征着他的前程。挤出健儿之群，迎了漠北大风，执着远道而来之朋友的手，道一声再会！此情此景，多么兴奋！

消息传来，鹿氏果已经过敌人防线，深入河北腹地。引起了民众的鼓舞欢迎。这真是有声有色的一个壮举。燕赵古多慷慨之士，今岂不然？我们为这位好男子祝福。

（1938年8月20日）

解决重大纠纷

——我有一个笨主意

“重大纠纷”四个字，在报上刊出来，四川以外的人看到，必定会把这个重庆的重，念成仄声，变成轻重的重。这也许是什么不祥之兆，这么一个人事更张的小问题，居然当看一件重（读仄声）大事来干。

我们是第三者，一碗向平处放。以曹四勿先生之才，那里不可教书，和自己一班高足闹什么意见？再说挽胡各位说，胡庶华先生本人，事实上已不能回校，何必回校？以他的学识，哪里不能去做事？中国没有胡先生，重大就不开门不成？

大学教授和大学生，现在应当干些什么？想各位比我们念的书多，还用我们废话吗？若是双方一定要相持到底，不才倒有一个解决的办法，就是大家离开沙坪坝，到江西吉安或湖南长沙去上课。

对重庆大学挽回原校长胡庶华，拒绝曹四勿接任校长的事件而发，此中包括国民党的陈立夫排胡因素。

（1938年8月21日）

点　滴

起而行，已经嫌着不够救国。现在救国的人，能够办到坐而言，已经是上中人物了。

那末，还有人不肯坐而言吗？光是不言，还没有什么，就怕所言的还是徒乱人意。

（1938年8月21日）

两种大炮

国际斗争的工具，有两种大炮。一种是钢铁制的，一种是唇舌喉齿牙凑合的。会放炮的，放唇舌喉齿牙的炮，不会放炮的，才放钢铁制的炮。因为唇舌喉齿牙，是人人所具有的，敞开来使用，不必花费一个钱。至于使用钢铁，那就耗费大了。

但使用唇舌，你也必须以钢铁为后盾。而你所说的，也就是要使用钢铁。这样，你才可以不花费使用钢铁之钱，而得使用钢铁之实。

现在的政治家、军事家、外交家，都是使用着这一个法子。

（1938年8月22日）

抗战与升官发财

抗战必须改善民众生活，有一部分人这样喊着，另一部分人却又以为抗战高于一切，等改善了民众生活，再来谈抗战，是时间上所不容许。其实改善民众生活与抗战，并不是两极端。除了上前线的士兵不算，恐怕每个从事抗战工作的人，都与生活有关。我们就说中华民族为了生活而抗战，也未曾不可。

为生活而抗战，是指目前的作为，延长了时间来说，也就是为着每个人本身与子孙的生存而抗战。谈到求民族生存，这正是天经地义，有何可议？所可怕的，是或为升官而抗战，或为发财而抗战，一旦官既升了，财也发了，志满意足，已无抗战之必要，那就非怠工不可！更进一步地说，既是志在升官发财，但能达到目的，便于尽抗战这天职，也是所乐从的了。读者不要以为这是梦呓，一部分知识分子，自始就是这样做着。

（1938年8月23日）

认清敌与友

敌人的朋友，不见得就是我们的敌人。但敌人的盟友，决不能作为我们的盟友。

敌人的敌人，不见得就是我们的盟友，但我们的盟友，必定要到敌人的敌人里面去找。

由此，今日犹苦捧德意，至少是不知趣。而轻视苏联呢，却是孤客夜行，疏远同路人。

（1938年8月24日）

寇之作恶与反战

战区里倭寇非人道的行为，是不能以常情评论的。其初，大家都以为人吓人，决不如所传之甚。半年以来，经过千千万万难民的叙述，我们才觉得不是“事实不如所传之甚”而是“所传不及事实之甚”。例如十余倭寇轮奸一七旬老妇之事，我们就不相信宇宙间会有。而你要去问任何战区来后方的难民，都会告诉你类似如此的惨闻，其普遍也就可想而知。

这正可以反映倭兵之反战心理。他们觉得前途太黑暗，过去的事更不堪回首，只有在眼前的现在，尽量地图一刹那的享受与麻醉。在这一刹那，让他忘了抛妻别子远离家园的痛苦，任何丑恶的行为，都在所不辞的。倭寇已出征的兵士是如此，难道倭国内将出而未出来的国民，及家有出征兵士的国民，他们全是土木所作，毫无动作吗？最近传说倭政府捕反战国民数万，这就并非意外之举了。

（1938年8月25日）

桂林号事件

张鼓峰事件发生后，苏联飞机，在日军防地内侦察轰炸了半个月，日本空军死也不敢露面。

毫无军事设备的民航机桂林号，明明是有美国关系的，日空军却用五个飞机来包围袭击。

这里可以看出苏联是什么国家，美国是什么国家，日本又是什么国家！

（1938年8月26日）

代　　邮

《最后关头》文字，完全公开，凡与为抗战及为劳苦民众呐喊之稿件，皆所欢迎。文艺水准，不求过高，但枯燥无味之抗战八股，亦不欲揭载耳。本报篇幅小，稿子不得不做经济打算，故与他报副刊取材略异。此复

是公先生

（1938年8月29日）

一 位 旅 长

到前线去的呼声，高唱入云，当然，有许多新中国的儿女们，是果敢地去实行了！然而，无可讳言的，许多人只是唱口号，喊别人去干，自己却舍不得去实行！咱们这里，有一位王×先生——现任×军旅长——是个会唱高调的口号家，每当他见着你时，他总是极诚恳地劝你："青年朋友：到前线去吧，为国，为家，为自己的出路，你们都不能辞这次辛苦呀！"……他的话说得那末亲切，动人！

去年十月，×军开赴前线呀，他老先生即请假回来，据他说："将私事办完，即赴前线。"自然，每月都有薪水领。每次，我们见着他问道："王旅长，要上前线去吗？"

"是的，我将私事办完就去！"他微笑着回答。

一直到昨天（八月十三日），他还是说："我将私事办完就赴前线！"这，使我疑惑，怎么这末久还没将私事办完？我想——中日战争结束时，也许他的私事方能办完。

按之事实，本文所述，似不可能。盖军次请事假，甚难。请病假，必须医生证明。王旅长果有何术，逗留不走乎？然笔者所云，似又识其人，姑存之以待证。

（1938年8月26日）

这 样 也 好

这宇宙里，始终是不平等，同是逃命，有些人想在轮船厕所里挤一挤而不可得。而且，有这想头的就不错，他腰包里还存着一张船票的钱。可是大多数人眼睁睁敌人的铁蹄已到，却只好一命相拼。

另一方面，有钱的大爷，坐着飞机，云端里飞来飞去，不怕土匪，不怕空袭，不受拥挤，重庆，昆明，香港，河内，这些国里国外的安全区域，高兴到哪里就到哪里。他人三月两月不会达到的地方，他们几小时内就到了。有钱人真好，命也可以保险。

自从桂林号事件发生，有钱人也就要耽着一分心了，我听到许多穷小子说，这样也好，逃不了，要死就大家死在一处。当今之世有钱人越安全，就越失掉人民的同情心，于此也就大可想见了。

（1938年8月28日）

日本怕什么公愤

美国对于桂林号事件，已向日本提出抗议。措辞是“此事已引起美国人的公愤”。假如所传不虚，那也不过等于日本人收到一回罗斯福的广播演说，一点钟以后，会忘个干净的。

“公愤”，有多少斤重？请问：自“九·一八”以来，“公愤”这名词，日本人听得多了，何惧之有？炸了一只巴纳号，引起美国人的公愤还小吗？日本人也不过向美国人说句抱歉得很而已。他所怕的是如“狂风骤雨”的苏联炮火，所怕的是有四个以上发动机的苏联飞机，所怕的是英法美联合舰队，所怕的是永远找不着中国主力军队决战。不在这些问题上着想，只拿引起公愤的话去对付日阀，无论出自哪国，只有遭到冷笑的答复。

（1938年8月29日）

说　票　人

日本人对付中国，始终就是一种绑票行为。他先造成一项既成事实，绑了票去。然后再要挟我们重大的代价，和缓那事实不再扩大。但赎票越快，而第二次案子也就跟着做得越凶。任何财主要向这类绑匪谈妥协，只有家破人亡而后已。

代绑匪向肉票家庭接洽的主儿，俗叫“说票的”，而说票的主儿，必然是绑匪友人，又可断言。那末，狗口里会长出象牙来吗？所以真有和绑匪一拼死活的人，对于说票人是应当以靴尖报之的。这次敌人散布谣言，说我们已同意赎票，而且指出了他们法西斯盟兄是说票人。好在这事，我们既已郑重否认，不必管他。可是我们既已知道此国已甘为说票人，似乎可以觉悟一点，不必再向他谈交情了吧？

（1938年8月29日）

幼稚的疑问

——看过《列宁》影片以后

看过《列宁》影片以后，可以知道苏联的革命元勋，都是些穷小子出身。于是我发生了如下的疑问：

他们“也”盖了许多大洋楼吗？

他们“也”有千万卢布存入外国银行吗？

他们“也”有私有汽车若干辆否？

他们“也”在家里预备做英国菜法国菜的厨子吗？

他们“也”各在名胜之处，建筑下许多别墅吗？

他们“也”提拔提拔他们的表兄表弟姑丈姑舅吗？

这当然是极其幼稚的问题，然而穷措大是无法知道宇宙间元勋人物生活的，犹之帝制时为乡下人，说皇帝是两耳垂肩，两手过膝，幻想出来的断语，那幼稚是可以原谅的。

（1938年8月31日）

欧战如再起

一般人这样推测：一旦欧战再起，英、法、苏、美，都要把视线移到欧洲去，日本一定调陆军去侵犯苏联，调海军去侵犯香港，对于中国的前途，害多而利少。

我以为不然，苏联在远东的红军，足以对付日本，姑不必论。把问题放在印度、安南、南洋群岛上，英、法、美也未必就让日本在远东猖獗。欧战对中国的利害成分，还是看中国自己奋斗精神如何。只要我们始终和日本纠缠住，德、意并不会有海、陆、空军到远东来。日本的力量，还是一般力量，他也不能因有欧战，每个人长出三头六臂，照样不能多面迎战的。但日海军在华南作怪，却是不可避免的，对于以香港为安乐窝的高等难民，倒是可以担心的一件事。

（1938年9月2日）

老 爷 庙

庐山南麓星子县，与对岸老爷庙诸峰对峙。巨潮汪洋南来，束而成为一港。风入夹缝，激急流成巨浪，澎湃汹涌，状极险恶，舟子过此，必宰牲滴血，焚香叩首，向老爷致敬。否则招老爷怒，覆舟必矣。老爷何人？一鼋也。俗传朱元璋乘舰战陈友谅于此，舵废，突有一鼋浮水面，以身代之。战胜，朱封鼋庙食于此，赐号曰："将军"。其说荒唐，识者所不齿。然人深信之。客或自吴城赴湖口，辄谈鳖色变。有大蔡[①]之嗜者，尤兢兢然。儿时一次避风山下，曾入庙谒老爷。其地白沙为峰，蜿蜒数十里，荒芜无草木，日光曝之，银色灿然，庙在山腰，不甚大，中殿祀蓝脸赤髯之神。舟子曰：老爷在上，速拜。余虽幼，知其为鳖。私念曰：人也，拜鳖乎？急趋旁殿。其间有船模型数百，大小三五尺，樯帆篙楫，无不备。询之，盖过鄱阳湖舟子，敬此以代其船者。若曰，已以舟献，老爷勿覆我江上所有矣。老爷之威风如此。

今报载，倭舰日轰老爷庙炮数百发，未闻老爷有何反应。是则老爷之

① 蔡即鳖之别称。

为物，徒欺小民耳，敢向暴敌一顾乎？今而后，吾知所谓“老爷”矣！

（1938年9月4日）

知　死

不怕死，然后可以求不死。

怕死，没有心力以求不死，往往是死。

达人知命，并不是相信命运。他看到人生总有一死，不为了死，耽误了正事不做。

知命，就是知生死的大道。也就近乎勇了。

（1938年9月4日）

在潼关摄影

二十三年，我到西北去，在潼关勾留有一星期之久。因为我想摄一张黄河落日的照片，曾跑上城墙北门，屡试镜头。当时虽有城楼上的驻军，前来干涉，而且说是怕有日本人偷摄要塞照片。但是经我说明了身份，就很蒙优待。事后想起来，彼此都不对，根本这地方，是不容许任何人带了摄影箱上去的。

潼关西北锁钥，要塞防务，这样松懈，他处可知，四年前，去今为日无多，要塞不禁人游览。比这遥远的岁月，无所谓要塞，更是可知。这要说日本偷绘的中国地图，比中国人画的还要详细，绝对可靠了。风陵渡又告失陷，联想起来，中国人之不长进，真是可耻可恨！

（1938年9月5日）

我 们 的 账

中国近一百年的历史，我们不能不读，却又不忍卒读。说句公道话，不能不怪我们的祖先，全是糊涂虫。当别国的轮船已经在扬子江来往如梭的时候，我们的知识分子，还在勉励他的儿孙作八股。宇宙里尽管千变万化，他们还在百千本线装书里兜圈子。

这样的国民，怎么去对付无数张牙舞爪的列强。积弱到了“九·一八”，疮口溃烂了，就演成了现在的局面。这一笔总账，完全写在我们三十岁以上的国民身上，当然有些冤枉，可是写在我们身上也好，要不然，这笔账写在我们儿女身上，恐怕那不是年节结账，而是倒店结账了。因为在“九·一八”的前一天，还没有一个国民是抖擞精神，打算料理债务的。不是日本的大炮把人惊醒，中华老店这本滥账，只有永远亏蚀下去的。“九·一八”七周年快来了，我总是这样想。

（1938年9月6日）

请川人吃美桔[1]

美国桔子，在上海卖一块钱两个，但送给四川人吃，不足为奇。他们在重庆，吃过一块钱二百枚的广柑，样子一般，那滋味也许比美国桔子还

① 张伍附识，此文三注，为父执陈理源先生所写，陈先生与先父同在重庆《新民报》任职。

好吃些。

钱，自然是好东西，但一万二万的，放在大银行家的眼里，却不算什么。所以对于银行家之奖励或优恤，用银钱来表示，正是对于饱啖广柑的四川人，请他吃两个美桔，现不出好处来。

胡笔江、徐新六[①]两人，对于国家抗战上，在经济方面，尽过很大的力量。这是事实。不幸在桂林号上因公殉难，国家对他们身后，要加以褒扬与哀悼，自然是应当的。但每人抚恤一万元，却又是请川人吃美桔之类了。而这两万元，移作任何别一件事，总会比这出色些吧？就眼前的事看来，我联想到四川的伤兵[②]，与街头的路毙[③]。

（1939年9月7日）

骂亦有道

骂人是一件招忌的事。新闻记者见了好的得捧，见了坏的得骂，他的行为，似乎有一部分是招忌的了。而且这年头，可捧的人与可捧的事太少，新闻记者简直只有招忌而已。那么，我们干新闻职业的，不是太难和人谈友情吗？

不！骂人虽是减少人缘的事，要看我们为什么而骂。若是不为图升官发财而骂，不为党同伐异而骂，不为营私而骂，不为挟嫌而骂，虽骂不必怕招忌。反过来，为抗战建国而骂，为人民请命而骂，为公益而骂，为义愤而骂，那就大骂而特骂，也许只有引起社会的共鸣吧？

① 胡笔江时为交通银行董事长兼中南银行总经理，徐新六时为浙江兴业银行总经理．于一九三八年八月二十四日由香港到重庆途中，因所乘飞机失事遇难。

② 抗战中回川的伤兵，处境很苦，有的人连经过重庆转住原籍的旅费都缺少。

③ 当时重庆街头，死于贫病的平民，每月有多达五百余人者。

我们不怕骂人，只自省骂人的出发点何在？

（1938年9月8日）

收复朱仙镇

当陇海路东段大战的时候，土肥原这贼子，紧逼开封，朱仙镇这名词，是屡次登在报上。我们这晓得几页历史的人，总希望在这里有一个胜仗，结果是悄悄地过去了。

开封附近的人，对于赵宋一代，印象是非常之深的。我想，那些炮火下的老百姓，和我们一样，感到失望吧？最近，传说游击队收复朱仙镇了，不知道这首领是谁，当他举着青白旗踏入镇上土地的时候，他一定想起了岳武穆，接着很自负地望着天说：大丈夫不当如是耶？

（1938年9月8日）

城门闭，言路开

北宋到了宣和以后，金兵屡犯边，大势去矣。那位玩花石纲，学神仙，嫖李师师，立党人碑的混蛋皇帝徽宗，也就下诏求直言了。但和议有点希望，又不要人说话，于是东京城里有了童谣，乃是：“城门闭，言路开。城门开，言路闭。”只这十二个字，抵得一篇亡宋论，真是沉痛之极！

其实，就是言路开了，也是无用。大学生陈东等数人，伏阙上书，请诛奸佞。勤王诸帅，当金兵饱掠而去的时候，请兵追击，那位替老子背包的钦宗，一概不许。有什么法子呢。

后来他父子二人，被金兵掳去永无天日，丢尽了中国人的脸。这不是“活该”两字，可以减却天下后世的怨恨的。

（1938年9月9日）

忆沈鸿烈

“把敌人的后方，变成我们的前线。”在这一口号之下，鹿钟麟渡河而深入河北了，这是举国钦佩的一件事。但是我们不要忽略了一位始终不离开山东一步的省主席沈鸿烈。

他在海军界有山东派之称，关于这一点，国人往年颇不予谅解。但他为人，沉毅，俭朴，忠实，品行颇好。死守青岛，以掣韩复榘通敌之肘，挽救了大局不少。最后将青岛二万万元的敌产，付之一炬，是最有意义的一种焦土抗战。他对省主席一职，毅然受命于危难之时，将省政府设在四面迎敌的县，也是人所难能。开封既陷，鲁西交通已断，他并不抛弃守土之责，四处移作省府，去把握着民众。现在不知道他在什么地方。他遭敌的仇视，与处境的艰苦，是不下于鹿钟麟的。我们为他祝福。

（1938年9月10日）

“官吏吃脂膏，人民吃粪土”

在希特勒喊着用大炮代替牛油的时候，德国的人民，又过着吃黑面包的日子。昨日在一本杂志上，看到德国人民一个新口号，乃是：“官吏吃脂膏，人民吃粪土。”关于法西斯统治下的人民，有了这种怨恨的话，那问题且放到一边。我们另发生着一点感想的，便是天下老鸦一般黑。何以无论国家在哪一种境遇里，官吏和人民比起来，官吏总在天堂上。

比较地说，大概社会主义国家的官吏，他的生活水准，不会超过人民多少，此外就都是神仙。唯其如此，棒槌画上两个眼睛，它也想做官。我们老百姓并不想离开粪土生活，总希望有一天，官吏的生活，也和我们一样。

（1938年9月12日）

保护游览

当欧洲政局在开始激荡，英首相张伯伦，曾闹了一回好整以暇的钓鱼雅事。新闻登了出来，不知者都以为怪。其实张伯伦之闲与雅，正是他的忙与苦，他不是为钓鱼而钓鱼，乃是为撒烟幕弹而钓鱼。

为了这，就联想到夔门以内的贵人。在为了全面抗战，办公时间加到十小时之后，却不断地有人游峨眉，游青城。人之爱国，谁不如我？要说他们个个是陈叔宝，为游览而去游览，绝无此理。当然也是张伯伦那一套，是撒烟幕弹，也许就在漱泉枕石之间，已定下收复南京的千秋大计了。

我何以知之？我于荣受保护行踪上一点知之。若光是游览，谁去保护？而游览者，亦不便接受保护也。

（1938年9月13日）

速平物价，市政当局其有意乎？

重庆市的物价，现在还是拼命地上涨。不但号称义民的流亡者，已不堪命，就是原住在重庆的无产者，和以劳力博得固定工资的民众，都已焦头烂额，无产者本来就买不起什么，以固定工资为活的人，收入依然，支出却与日俱增，自然也是不好活下去。

这样下去，除了富户不在乎而外，只有商人和房东，可以将他所有抬高价值，以对抗物价之增进。其余的人，都是被压迫者。这件事情，若再不谋救济，也许会演成市面上一个严重问题。区区之见，以为市当局应当与财经两部协议，赶快组成一个平价委员会。

我们知道，物价高涨，非完全由于来源缺少，有一大部分物品，是由商人居奇涨价的。假如能有一个平价机关，必定可以减少市民很大的困难。

（1938年9月14日）

连云港之坚守

读了政府嘉勉连云港守军的新闻，令人很感到兴奋。徐州失陷了三个多月，连云港还在我手，这是全国人民意料所不及的。此港既为我有，固然可以拦阻敌海军登陆。同时联系着苏北，鲁南，就近威胁徐州，也是很有意义的。

于此，也可知道敌人的军力，顾此失彼，实在分配不过来。连云港到徐州那样近，又是一个良港，而敌人全力西向，却只好把这里放过。就凭他这种力量，要一口吞下中国，那怎样能够？只要我们抱定了抗战到底的决心，在顾此失彼的情形下，敌人就疲于奔命了。

连云港之坚守，证实了敌人的力量，也加强了我们抗战的决心。

（1938年9月15日）

进步与变节

从前梁启超发表文章，常说："以今日之我，与前日之我宣战。"当时有人说他朝三暮四，也有人说他思想进步。由今日看来，到底是好是坏呢？

我以为这个问题不能囫囵吞枣地去批评。要看故我站在那边，由秀才变成变法维新派，这是进步。由变法变到保皇，甚至反对革命，这是退化。鼎革以后，梁氏参与云南起义，这又是进步。由作《欧游心影录》，变到整理国故，梁氏简直是失去了勇气了。这是就思想方面说。至于他私人的政治道德，大概是很干净。所以他的“我与我宣战”，有时是对，有时不对。

那些由战士变成奴才，由文字劳工变成食客，由野马变成鹰犬的人，也说是学梁启超改正既往，那简直是厚诬贤者！

（1938年9月16日）

在人家门楼下怎能避风雨

欧洲局势，逐日严重，香港和上海的谣言，也跟着逐日增多。最近一星期以来，那逃难在租界里过天堂生活的人，大概很是恐慌吧？

我们不是那样无情感的动物，还要去挖苦难民。只是这可以促醒我们觉悟，在人家大门楼下躲暴风，绝对不是办法。在暴风雨里，把屋漏补好，把墙柱栽稳，策之上者。万不得已，也只有在自己家里去想办法，人家的大门楼子，根本在墙户之外，一旦有事，他自己也认为是危险地域，怎能顾到家外之人？也许以为这种人碍事，要加以驱逐呢！

（1938年9月17日）

今年在重庆[①]

过了七个“九·一八”，就我个人说，觉得算是去年的“九·一八”最紧张，也算去年的“九·一八”最痛快。

① 这期的《最后关头》，为“九·一八”特刊，内容除本文外，还有《积极纪念起来》（激天）。《远着啦？》（南）、《感谢“九·一八”》、《当有捷音》（补白）等文。

去年今日，事先敌人大散谣言，说要把南京炸成粉碎。我们在南京，沉痛中回想着过去，又不住地抬头仰望天空，看敌人的大批飞机，可曾来到？与其说是我们焦虑，不如说是我们愤恨吧！与往年寄居北平，偷偷摸摸地度过这纪念日，自是两样了。

“九・一八”之不能沉痛去纪念，也不但是北平。由一周年到五周年，各地都是如此。这一种苦闷，只有新闻记者最敏锐地感觉到。因为他逐日地记着新闻，老早就可以想到这日。而老早所想到的话，却有十之七八要忍回去。到了去年就大为不同了。关于我们誓雪国耻的话，不但可以尽量地说，而且只怕我们说的不够劲。

今年躲到远在后方的重庆，无所谓紧张。说了一年骂日本的痛快话，转觉得无补于事，现在也无须只在纸上快意。这个“九・一八”，我们回想到要在南京过那紧张生活也不可能，对于纪念国耻，觉悟到要另作良图，才是有益之举了。

如何才是有益之举呢？由前线的战士算起，直到最后方，到在灶口上烧火的老太婆为止，应当各尽其所能的，各在抗战上，做一件实实在在有用的事情。这事情不妨小到像打开箱子，检出千件旧棉袄来，送到前方去。这事不必今天办好，可是就请从今天开始！

（1938年9月18日）

感谢“九・一八”

病理学告诉我们：当一个人身体虚弱，大病将发的时候，身体一定发生发烧的现象。这发烧虽然不是舒服的事，却是对于病人的一个好警告，在治疗上是很有价值的。

“九・一八”对于中国，恰就有这种生理上的发烧作用。

华盛顿会议以后，直至“九·一八”以前，太平洋上的均势未破，日本对华政策大体上比较温和，中国也就自忘其虚弱，苟安于国际均势之下，没有一点戒备，甚至人家磨刀霍霍，我们还在做着梦！

这个大梦，毕竟给“九·一八”的炮声震醒了，大大地吃了一次亏，这才发觉自己的虚弱危机，慢慢地又知道了国联的不可恃。我们才决定下自力更生之路，沉着准备，以至于有今日的英勇抗战。所以从今天回看“九·一八”，这的确是对于我们国运的大警告，没有这一度警告，恐怕我们至今还在梦中。

英勇抗战中，到今天又是“九·一八”纪念了，我们以极度悲愤之心迎这个纪念日，同时也得以感谢之心体认这个纪念日的价值！

（1938年9月18日《最后关头》的“九·一八”特刊）

挑选牛马开刀

规定车轿力价，在重庆市百废待举的今日，居然成为多数人拥护的政策，我真觉得这社会残忍到万分！

房租超过旧价对倍的对倍，房租并不想法去评定。日用品物价，超过百分之百，或百分之五六十，物价也不想法去评定。只在这牛马生活的苦力头上去转念头，这是什么原故？我敢问！

诚然，车轿价涨过了对倍。但这有什么关系？人有脚，应该走路。经济力不够，就应当刻苦自励，根本无须去坐车子轿子。有钱的人，把人当牛马，多花几个钱，不应该吗？我认为轿夫车夫敲竹杠，是可怜虫的行为，不足计较。房东奸商敲竹杠，才是不可恕的罪恶。然而这社会，却只是挑软弱的牛马开刀。奈何奈何！

（1938年9月19日）

京字牌汽车

每次看到京字牌汽车跑过，就想到南京的中山大道。有走过中山大道的，就会想到汽车在南京的威风。

这条长约二十里的中山北路与东路，中间是其平如镜的柏油路面，只许汽车走。柏油路面两边，栽着路树，算是汽车阶级的夹道仪仗。两行仪仗之外，是石子铺的路面，归马车人力车走。再在石子路外，有水泥路面，有石板路面，有土质路面，那是人行道. 这告诉你，汽车受特别优待，其余车辆，让他来左去右，一律压石子。行人则听其自然，不在理会之列。

在专用马路上奔驰过多年的京字牌汽车，逃亡到山城来，只有两三条曲线马路可跑，而且其宽不过四五丈，与一切行人车辆共之，实在太委曲了。现在有人说驾驶京字牌汽车的车夫，颇不听巡警指挥。这真是大错。重庆市政府为什么不把南京中山路搬来，叫他们英雄无用武之地？

（1938年9月20日）

未免吕布笑人

在这个日子，出映《貂蝉》这种影片，似乎有些不合潮流。但在导演的看来，着重在女子牺牲肉体，为大汉除贼这一点上，也许以为是上海

“孤岛”上引人深省之作了。

这且不管他，我觉得董卓之被干儿手戮，这倒是给予爱蓄鹰犬者，一个严重的教训。一旦被社会上爱做干老子的看穿了，从此不花钱广收十三太保。而吕布周德威之流，找不到出路，也许另作良图，反以其方戟大刀，来欺良善，那就糟了。

吕布也知道扶保大汉，怪不怪？所幸也就妙在这一点，不然，有谁能诛董卓？假使他也会做文章，那一定要写一篇比《出师表》还要动人的大作。像阮胡子有那样一支生花妙笔，只是拜倒在太监膝下，落个权奸下场，未免教吕奉先笑倒九泉呢。

（1938年9月21日）

戴家巷[①]案

首先，我们向侯先生[②]表示哀悼，以侯先生的立场，不死于敌手，不死于憔悴政事，不死于研究学术，而在很远的后方，死于小盗之手。但这样一来，缉凶，加意市区安宁，最近必有一番努力，重庆盗风或可稍敛，又是侯先生之赐了。

假如戴家巷死的不是一位参政员，只是香烟店里老板，茶馆子里么师[③]，既不足以引起中央震惊，也不会让社会注意，过去也就过去了。譬如水面上落下一点飞絮，毫无影响可言。现在侯先生之死，却是在水面上投下了

① 戴家巷在重庆市中心区内。

② 侯先生为侯树彤，系河北省宁河县人，曾任燕京大学经济学教授，交通部专员，当时任国民党政府财政部贸易委员会常务委员，国民参政会参政员，军事委员会参事室专员等职。一九三八年九月廿日晓间，匪徒六七人至侯宅行劫，时侯由财政部开会回寓，拉住最后退出之匪徒一名，问彼等“来做何事”，另一名匪徒由袖内出枪击毙侯氏。

③ “么师”为四川方言，又称“堂倌”，即餐馆、茶馆、旅店中的服务员的通称。

一块巨石，其必生出很大的浪纹，是可断言的。因为在山城里，比侯先生更富贵的人，多着呢。万一小盗得意再往，那可了不得！理有固然，势所必至，最近市区盗风，或可稍敛！[①]

（1938年9月22日）

文化人向后转

因为文化人（这名词本不妥，社会上也听惯了，姑用之）群集后方，于是发生了很大的反响，社会上都主张他们到前线去参观一下，免得做出来的文章，和在亭子间里幻想出来的宇宙观一样落空。参观一下，并不是要他们执干戈以卫社稷，这要求也不算苛刻。可是除了几位有传声筒资格的能者而外，其余的所谓文化人，压根没有放在人家眼里，要文化人自动到前线去参观，似乎不是喊出口号来就可办到的。

据我所知，有人在十分热望的期间，以不要钱，不要官的誓言，有所请命，结果是碰壁，那原因就是还没有学会做传声筒。由此，拿笔杆的人，整群的向后方跑，甚至另寻出路，向沙漠里走，也有不得已处。社会上只凭正面的看法去下批评，那是错误。

至于传声筒，当然跟发音机跑，就无所谓前方后方了。

（1938年9月23日）

① 张伍附识：上述三注均为父执陈理源先生所撰。

犬　吠

“犬吠水村中，桃花带雨浓。”写犬吠的诗句，以这十个字最艳。“隔篱黄犬吠生客，曝背老人弄幼孙。”这虽然有点情致，已写出了犬的本色。其实犬总是犬，生定了有饭吃就是主人的信仰心，生定了穿破衣就是盗匪的势利眼，怎样把它抬高身份，它的那种汪汪乱叫之声，决不能入耳。

有人这样计划，把鹦鹉学人说话的本领，传授到狗脑筋里去。这样一来，既可以吠客，也可以唤茶，一物二用，倒也合于经济原则。可是宇宙怎样进化，也不会把狗舌变成鹦鹉舌。所以爱听学舌的主儿，只可喂鹦鹉，不可喂狗。要知道狗一张嘴，听者就毛骨悚然了！

（1938年9月24日）

寒衣何处催刀尺

“寒衣处处催刀尺，白帝城高急暮砧”。老杜这两句诗，证明了直到唐代为止，在家的妇女们，还赶着向前线出征壮丁送寒衣。年头是改变了，现代出征的军人，不但休想家里送寒衣，还得留下一笔安家费。

十足的封建社会，既不能存在，古今兵役不同，我们还希望民间为出征军人制寒衣，这当然是不识时务的话。可是看看现代的妇女，实在太舒服了。由头上直到脚底下为止，全得拿钱去买。便是农村妇女的衣服，也很少是自织自做的。她们所省下的劳力，未必就可抵偿身上的消耗。都市里妇女，那更不必淡，重庆市一双高跟鞋，起码在十元以上。

自命思想前进的小姐太太们，是不是为粪土堆下那些落伍的妇女见笑？她们无民族思想，无独立人格，还在秋天里替出征人赶寒衣呢。我说这话，各位自然明白，现在正是募衣运动的日子。

（1938年9月25日）

听谎有瘾

夫人不有言，言必救国。于是难为了许多做梦不曾晓得“救国”两字的人，绕了一百八十度的弯子，总得说声救国，卖绸缎的说是提倡国货，生产救国。卖烧饼的说是提倡粗食，节约救国。卖五淋白浊丸的，说是为人民提倡健身，强种建国。大家都这样歪曲了事实来说话，就举目皆救国之人，充耳皆救国之言了。

念书的人，最会撒谎。念过洋书的人，学了一些洋鬼子的法门，更会撒谎。许多小刊物，分明为的升官发财，或者为了好开报销出版的，而他们七扯八拉，也是篇篇皆救国之文。有时露出了狐狸尾巴，捧捧伙伴，或者攻击异己，却没有一个字与救国有关。社会上无人说话，他们也就这样一直把国救下去。

撒谎的不足怪，偏有人拿着老百姓的脂膏养活一班撒谎专家，真有那种爱听谎话的瘾。

（1938年9月26日）

严肃起来

武汉外围的战事，一天比一天激烈。我们就认为国家还有无穷的力量，不必忧虑！但想到百万武士，浴血抗战，千万难民，流离失所，我们也不忍逍遥事外之余，再来个尽情享乐。加之欧洲风云动荡，全世界人类浩劫，已到眼前。法西斯魔王撒下的疫苗，难免不撒到我们身上。便从乐观上说，我们和第一次欧战的比利时地位相同，我们又得付出多大的代价，才达到复兴之望。为此，我们应当顾念着将来，警惕着现在。

重庆以及其他后方城市，照常歌舞升平。这不是表示人民镇定，是表示人民麻木。“镇定”这两个字，现在只有苏联共和国能用。我们要加倍地勉励，加倍地严肃，最好停止一切快乐！

（1938年9月27日）

现在的敌空军

一个月来，敌人的空军，专一避实就虚，不如以往凶横，大家这样想，敌空军的实力，大大的削弱了。这种观测，无论对是不对，但空军所怕的，就是时间。我们一年前估计敌人的力量，现在决计不对。除了在我国作战，消耗敌人的飞机已在一千架以上而外，而木更津这一类的飞机，一齐落伍。所以去年我们所说日机三千架的数目，在战斗上今日已是等于零了。

在半年以前，敌人在长江肆虐的飞机，都是新来自意大利的。据内行说，经过了半年，这类飞机，又已落伍。例如九六式驱逐机，速度已赶不上新的九七式机。因之九六式，也渐渐由少用，而变到不用。在这种无情的时间消磨上，说是日空军，能够永保持三千架的数量，我们也是不相信的。

（1939年9月28日）

奴才与盗

吾乡有富绅郑某，田产甲一邑，子侄数辈，或为法政大学生，或做委任小吏，复有势以助其焰。于是郑出入县区公署，莫或敢侮。其家佃工及牧牛童，若鸡犬之皆仙，横行闾里，道路以目，在郑氏田庄一两里内，无一贫户，非得周济，以郑家奴才辈，恐其稍分郑氏惠，逐之使去也。民十九，乡间盗风炽，郑氏奴才辈，知力不足以御匪，乃四出结识乡人，虽昔日所逐，亦笑靥相迎。乡人踌躇曰：非不欲共除荆棘，但恐老爷一旦高枕而卧，其门中挑粪担水之徒，又将咄咄逼人耳，郑绅闻之而叹曰：吾以是知门内之盗甚于门外之盗也。乃尽逐佃工牧童等，迎乡人居之，乡人乃与郑共患难，盗卒不至。

笔者曰：郑氏真聪明人也。

（1938年9月29日）

恢复察省政权

自鹿钟麟渡河而后，河北民众随着加倍地活跃起来，于是引起了东北人的思乡心，喊出恢复东北政治机构的口号，这一层，无论在事实上能否办到，但东北流亡同胞这一个希望，是值得我们同情的。

据我想，我们游击队的力量，已是从容地出入察南，而怀柔、密云以北，也常有游击队的足迹，把这力量伸入热河，已无困难。在唤起民众，及表示中央的威力起见，似乎可以先恢复察哈尔行政机构，依次轮到热河去。察哈尔南境，还有若干土地在我们手上。恢复察省行政机构，也并不是凭空楼阁。中央果有这意思，鹿钟麟、沈鸿烈之外，也未必没有入虎穴寻虎子之人吧？

（1938年9月30日）

妙　联

有人自汉口来，为道一联。其文曰：

见文言和，见武言战，见斌言和战并用。

对甲骂乙，对乙骂甲，对丙骂甲乙双方。

联盖赠一文人者，唯文、武、斌、甲、乙、丙六字非原文，乃记者所改代耳。士生今日，不知联中所云，富贵何自来乎？

（1938年10月4日）

可惜唐绍仪

盖棺论定，唐绍仪之死，简直是盖棺不定了。唐死之近因何在？杀唐的是什么人？现在还不知道，当然也就无从下断语。但是我们说句极厚道的话：孔子所讲“乱邦不居”，虽不能就普通人而说，但像唐绍仪这样有元老身份的人，有遵行之必要。上海既是个“孤岛”，又有许多傀儡粉墨登场。为了离开染缸，唐也该有个“其次避地”的决心。近则香港，远则欧美，哪儿不能去？可是半年以来，敌人不断地要拉唐下水，唐虽发表过声明，拒绝敌人之请，却又不曾移动一步，这既外遭敌人之忌，内启国人之疑，谅解他的，也就不能开保险单子了。

唐既死了，又并没有什么失德，我们也无须多说。只是七十八岁的人，死在斧下，怪可惜了儿的！

（1938年10月2日）

可痛哭者一

天下可痛哭之事甚多，而莫过于士无气节。曾在答复朋友的信里，发了这样几句牢骚。朋友回信，并无一字，只把原文抄回来，打上几行密圈，我们互相标榜，反正没人知道，倒也无意外的希冀。可是同情这句话的，也许不止一个朋友，所以把这话公开出来。

这个士，并非是说一般中大学生，是另有所指的。他们为一个芝麻大的位置，或者百十元的收入，朝秦暮楚，颠倒是非，是他们个人的事，这都不必深论。最可痛心的，就是这种人，他们偏偏不肯“卑之毋甚高论”。把他吃饭的敲门砖，硬指为是救国的金科玉律。人家不信，他们反说人家闹意见。国家到了这个地步，我们有一点良心，哪个还去闹意见？若以为这个人还有几根骨头，讲点人格，便是闹意见，则念书人无气节二字矣。知识阶级，不要气节，只好让肉食者和文盲来谈救国了，焉得不痛哭？

（1938年10月5日）

二大爷不睬人

京戏里樊江关，樊梨花的中军和薛金莲的中军，因酒醉起了交涉。樊中军提出条件说：我骂你不许你还嘴，我打你不许你回手。薛中军都答应了。樊中军提出最后一个条件：却是杀了他，不许他流血，于是恼怒了一位打抱不平的老兵，一枪把樊中军打死。照说，薛中军是感激涕零了。但是他觉得惹不起樊元帅，倒把老卒拉去交令。因为他的外交本旨，是除了完全接受三条件之外，做鬼以后，还得向樊中军叫声二大爷呢。

自然，照薛中军这样交友，比“人打我右颊，再以左颊还之”的圣训，还要进一步。可是这世界更进一步了。便是如此，二大爷还是不睬你。怎不叫句时也命也？

（1938年10月6日）

萋萋路旁草

迢迢江上路，萋萋路旁草，中有奋翼虫，嘶嘶鸣昏晓，如泣复如诉，似向行人道：夜来风雨多，木落江山渺！道有白茅屋，昏沉卧一老，自喜破絮温，未解青霜草。方做富贵人，梦比邯郸好。蘧蓬庄生醒：恶此虫声扰，策杖捣虫穴，昂首向天笑：未闻凤鸟来，奚其鸣以小？娟娟怜此豸，铩羽不能恼，悠悠天地心，静待蒲牢报。

（1938年10月8日）

吹　鼓　手

儿时，随祖宦游广信郡。居巨衙，堂深少所闻见。间于黄昏时候，由仆从负之出。辕门内，左右各置一高亭。出则每闻左鸣金鼓而右鸣喇叭，俨然身在剧中。久之，始悉亭内有吹鼓手，晨昏必如此。盖为先祖耀威德也。归问先祖，辕门奏乐，祖闻之耶？答以不闻，既不闻，曷需此？答以予出衙，彼亦奏乐，斯闻之矣。问祖不出时，彼又奚必朝夕为之？曰：闻于老百姓也。乃进之曰：儿出斯闻之，初亦入耳。近则知其滴打呛咚之简谱，逐次如一，频厌之。儿非日有所闻，且不耐，一日而再三闻之于百姓，百姓不厌乎？祖大笑曰：儿为此言，长大将不能为官。衙中排场如此，遑问他人厌否？且吾不需吹鼓手，则一家哭矣。祖当时为愚言之，不甚了了，且不能尽忆。年来冬屋煨炉，陪家慈夜话，家慈辄为追述之。

且哂之曰：汝幼时，吾即料汝不至为吹鼓手，但亦不复能富贵也。愚亦哑然。

（1938年10月9日）

为渊驱鱼（一段八股）

朋友问我，常骂人作抗战八股，八股似乎不是好东西吧？我说：十一二岁，干过这劳什子。长了三十年，也不能完篇，作一段你瞧瞧。下面就是：

鱼不尽匿于渊，驱之则为深泽是求矣。（破题）

夫渊有清浊，鱼有良莠，本亦各有所会合也。苟鱼不得其命，则惶惶然觅地求存焉耳，人顾非为渊努力哉。（承题）

且夫飞潜楼走之间，冥顽贪墨，均莫过于鱼。秋阳烈火，不足以热其血液，而尺竿钓饵，乃可得其全身，盖亦在人之善用耳。若乃遍设网罟，以阻其赴江海之途，除尽虫草，以断其求生活之源。则铤而走险，虽寒潭千尺，亦不惜以赴之矣。渊何能召鱼？人为渊召之也。（起讲）

（1938年10月13日）

有了驱逐机以后

买驱逐机，保卫大重庆，看到报上这消息，令人欣慰得很。舍不得离开山城的人，都觉可以托庇福荫了。

且慢！问题不是那样简单。随着这问题来的，驾驶驱逐机的射击手，预备了没有？有这样多的驱逐机，更要注意保护它。黔江才有机声，重庆就放紧急警报，而重庆紧急警报声未完，牛角沱已落炸弹。这样的监视哨，改良完善了没有？

自然，筹一千万元，还要有些时候。而有了钱，还要两个月，飞机才能到重庆。那些顾虑，似乎有时间填补。不必忙！但中国的事情，就怕言之不预。重庆谈空防，不是快有一年了吗？而表现的就是目前这种情况。所以我们还是觉得多说顾虑的话好！

（1938年10月16日）

不是起哄

鲁迅的朋友，鲁迅的学生，鲁迅的信徒，忙着纪念鲁迅，这是应该的。同时，我发现了一件怪事，反对鲁迅的人，被鲁迅痛骂的人，不知鲁迅是怎么一位作家的人，也纪念鲁迅。以北京土话说：这叫起哄。什么时候了，知识分子，有工夫应该干点正经事，为什么要起哄？

话说回来了，知识分子会比我傻吗？我想他决不是起哄。“五·四”而后，做文章的人，喜欢这样写：“我的朋友胡适之”。民十六而后，演讲的人喜欢这样说：“当我在辛亥革命的时候”。这与留学生偶然在宴会上会面，必谈两句伦敦巴黎，并无二理。你怎么能说他是起哄？

（1938年10月18日）

兄 弟 家

中国的封建社会，不容易解放，而兄弟合作的家庭，还随处都是。在老先生们，以九世同居，为义门夸耀于人。而其实每个兄弟家庭，都充满了鸡猫子喊叫的斗争。老大客来了，多抽了一根烟，四弟媳整日鼓着嘴。老三油灯里多添了一根灯草，老二屋里到明日中午还不熄灯。原因是父母在上面压迫着，不许争吵，兄弟究是同胞，也不肯抓破面子。但每个兄弟的床头人，全来自外姓，她们谁不肯让谁，就暗里厮拼。

这样的人家，怎能在事业上求发展？兄弟们能不信枕边言，彼此打破脑袋，就算很有忍性。因为在兄弟之间，某人多咳嗽一声，都有被妯娌们拿去做攻击资料的时候，谗言绝对不入耳者，实在是难事啊！但我决不是绝对主张小家庭制度的，遇到天有灾荒，境有盗贼，与其求人，究不如骨肉有利害共同关系来通力合作靠得住。不过有一个条件，在这时，做上人的对儿媳要严加看管。对儿子们要一律平等待遇。盖非如此，不足防范任何人怠工也。

（1938年10月20日）

关头语录

拿起笔来，要为关头报上两下更鼓，连有几次意思，都觉写出不妥。于是用个偷懒的方法，写几条语录。以后也许常写点：

越浪费，就越贪污，越贪污，就越乐得浪费，不警贪污，只谈节约，废话也。

沦陷区域里的任何人物，不曾正式做汉奸，千万骂不的。骂则塞其自新之路。

为了政治上的失意，忿懑而做汉奸，比之为求衣食而做汉奸，其罪更大。但在另一方面也值得我们加以研究。

君子固穷，小人穷斯滥矣。怕什么穷？穷才可以亮亮咱们的骨头。为了抗战而破家。也好！

文天祥是读书人，秦桧又何尝不是读书人？论人不必问其读书否也。

若发国难财者，只是几个商人，则又何说？

（1938年10月21日）

说黄浦烈士

上海一个老百姓，在渡过浦东的渡船上，抱住一个日本宪兵，一同滚下江去。这种舍生杀敌的伟大精神，真值得我们钦佩。而其痛恨敌人的程度，也大可想见。他根本没有在报上预留下遗嘱，决不是求名，直到于今，人们还不知道是张三李四呢。也没有人悬下千金重赏要他这样做，当然不是求利。他唯一的要求，只是为中国除掉这个敌而已。

这位志士的姓名与身份，虽不知道，但我们可以推想：他的家庭，当不在租界上。因为不在租界上住家的人，才不会忘了国难，才容易受着日寇的残杀，以引起他的痛恨，而出于一击。由此，可知当求抗日英雄于沦陷之域，在安乐地带的麻木群众，是没有希望的。

（1938年10月22日）

两粒宽心丸

十五个月的抗战，中国诚然失利不少。但不必悲观。有两件事实，可以做我们的宽心丸：

其一，我们知道敌人只能动员二百万人，若是扩充到三百万人，不但驱老弱上前线，连生产农工，完全也断送了。他现在已有百万以上的人参战，还能动员多少？而我们消耗敌人的数量，连敌人也承认，大有进步。除了东四省不算。敌在南北骚扰我三四百县（非完全沦陷者在内）。每县每日以消耗敌人三人计，这就一月消耗他三万人。阵线上，无论敌我死亡是几与几之比，每天他总要消耗千百人呢？合起敌人的后方来算，那种消耗，他如何吃得消？

其二，唯其是敌人与兵力不敷，始终是钻头不顾屁股的打法。敌人后方的城镇，我们游击队随时收复。河北山东收复的县城，都已过半数。皖北皖中在陆续收复。纵然县城没有收复，沦陷区到处有游击队，敌人休想在那里弄一文钱。这种游击战，可断言以后越来越有力，这就可以疲劳得敌人焦躁而死了。

我们努力争取时间吧！事实摆在眼前，叫我们放心。

（1938年10月23日）

请缓做梦

坐汽车，住洋楼，穿着上等西服，吃着家里厨子做的好菜，除了正式公馆，又在离正式公馆的某城某埠，各置一所别墅，每个别墅里，安顿着一位如花似玉的美人。这样的享受，谁不欲受？倭寇的大炮，打破了一部分人的富贵春梦，实在可惜的！于此有人焉，想重圆这种好梦，也是人情之常。但要求这种好梦的重演，总得费一点力量，吃一点辛苦。让别人看看，也不是白来的，方才梦得安稳。若是感到重温旧梦的日子，还遥遥无期，就打算出卖人格，损失中华民国的资格以求之，这是很冒险的一件事。

自然，这日子，根本不许人做富贵春梦。但有人实在是昼夜在找入梦的途径，我们又怎忍得住不说。

（1938年10月25日）

动摇者不可恕

在“九·一八”事变后，知识分子就认定了四川是我们的“堪察加”。自然，战局必演变到现在这种地步，也是我们早料定了的。现在事实既未出我们预料，那我们就无须悲观。今日要悲观，在料定必有今日的抗战之初，大可临难苟免，去听日寇的宰割得了，何必做这一年多的英勇苦战呢？何必做这一年多的壮烈牺牲呢？

动摇分子，其动摇不始于今日，“七·七”，“八·一三”，他们都是主张偷安旦夕的。今日又动摇起来，自无足怪。进一步说，他们憧憬着他们的富贵，在国步艰难中，何时何地不动摇呢？但所可恨的，他们自己沉不住气，还故意危词耸听，来掩饰他的怯懦。同时，又想引着大家动摇，以便他的私图。这种行为，不客气言之，简直是汉奸勾当。既是汉奸勾当，下文就不必我费词了。

（1938年10月26日）

我的老天爷

我们放弃武汉，抗战要转入第四阶段。加上广州的失陷。不庸讳言，我们的环境，是要更加艰苦了。

在军事方面，我们不便多言，但长江流域之战，我们的军队，实在也尽了他应尽的责任（广州的话暂不谈），现在我们有一个要求，也就是不久以前武汉曾电达重庆某先生的话，希望政治与军事齐头并进！听着啊！政治与军事齐头并进！我们响应这个呼声。

什么时候了，对人，对派别，对某问题，都不许有成见。但既有了政治与军事齐头并进的呼声，则政治赶不上军事可知。以往算了，我们决不能算旧账。但将来怎么样呢？我的老天爷！

（1938年10月27日）

不要悲观

——以苏联为榜样

同胞们，不要悲观。悲观不但于事无补，而且要丧失斗争意志的。我们不讳言，我们更达到艰苦之境。但我们又相信还保存着我们抗战的主力，有主力就好办。

苏联十月革命的时候，帝国主义者出兵包围着欧俄与亚俄，岂止一个敌国。白党强有力的政府，多于今日我国境内的伪组织。但苏联经过一番艰苦，卒创造成了现代的大国，我们何必妄自菲薄，未必不如俄人。

（1938年10月27日）

想到了孟子

孔家店里，只有孟轲是一个敢作敢说的人。一则曰：“君之视臣如犬马，则臣视君如寇仇。”再则曰：“民为贵，社稷次之，君为轻。”虽然朱元璋看了孟子大发雷霆，要把他驱出圣庙，但多数人的同情，究竟让他带着亚圣的帽子。我们凭良心说，他的话不但没有错，而且富有革命性。他说，予岂好辩哉？予不得已也。那是事实。他实在想于战国里面，找一位像样子的诸侯辅佐者，来救民出水火的。

但在沼上见梁惠王，对着鸿雁麋鹿，大大抢白梁惠王两句：“贤者而后乐此，不贤者虽有此不乐也。”真痛快！证明他决不是帮闲文人之流，不为求官而拍王的马屁。不过话说回来了，假使老孟生在今日也是要遭人家非议，到处碰壁的。因为他既批评政治。说话又透着带刺激性，这都是出色行当的政论家所深恶痛绝的啊！

（1938年10月28日）

治　痢　疾

痢疾虽是一项普通病症，但沾染得久了，一样送命。这理由很简单，我们身上，决受不了那以民脂民膏为营养的毒菌，永远寄生下去。所以治痢疾的方法，一律都在洗涤肠腹，把毒菌排泄出去。只要把毒菌摒出了身体，虽然我们病到骨瘦如柴，慢慢调养，总也不难恢复健康的。

自然，病从口入，假使我们吃东西谨慎，当然不会有痢疾病菌窜入身内，成为心腹之疾。但是既已得了痢疾的，后悔也无益。我们应该快请国手开方服下，将这些脏东西，一齐打入消毒炉内烧成灰烬。

（1938年10月29日）

关于贪污

官吏越贪污，贪污的行为也就越能公开。因为一切放手做去的条件之一，必有所恃而不恐。

大官贪污，他的部属更贪污。因大官贪污行为，必假手于部属。部属在替上司作弊的时候，料定啃了元宝边，再将元宝缴上，上司是不敢作声的。

军人吞了军费，误了戎机，必定枪毙。行政官吏因贪污而枪毙的，却是很少听说。所以贪官越来越胆大。

假使一个做科长的人，可以盖洋楼，坐汽车，他的上司，必定有几千万存在外国银行里。在香港设公司，做外汇生意的人，他对于政治消息的注意，胜过任何一个热心的政治家。张子曰：我未见爱国如爱财者也。

国内有没有贪官？贪官是谁？这个问题并不难答复。查一查全国官吏的私生活是否和他的薪金相称，便可明白了。

写于参政会开会之日。

（1938年10月30日）

这样的管家婆

农人在田里耕种，农妇自当在家里给预备茶饭。若是遇到好吃懒做的管家婆，趁了丈夫不在家，盐罐子里偷盐，油瓶子里偷油，只管自己吃得快活。农人饿着回来了，要饭吃，这才洗米烧火，赶着做饭。便是做出来了，不是生的烂的，就是不够吃。于是农夫饿了肚子，庄稼事做不了。人家有了这样的管家婆，不败何待？

管家婆的内侄，姨表兄弟等，吃了她的残汤剩菜。与他分辩。说是家政虽赶不上农事，可是总在赶。总在赶？这是什么话？农忙是有时候的。若是吃午饭的时候，早饭没熟，吃晚饭的时候，午饭才做。这赶到哪一天？等她赶到三顿饭按时交出，农忙已过，赶也何用。而况要她买半斤肉，她至少要落下四两肉的钱，这简直是扯后腿了。

懒，还可以说天性使然。若是贪一人之嘴，误了整个庄稼，那实在不能原谅！

（1938年10月31日）

关头语录（一）

中国积弱之原虽多，而政治贪污，实一大弊。能洗涤贪污，则抗战必胜，建国必成。

监察制度强化之日，即中国政治清明之时。

国无冗员，斯政无虚设。冗员太多，不但耗财，且以乱政。

知己知彼，百战百胜。以对倭作战言，我未曾不知彼，然而于知己处则未能周详矣。

士大夫不知小民艰苦。多所主张，均属废话。

劝人牺牲小我，且自问我所为是大我否？

（1938年11月1日）

敌军深入之后

若用普通眼光来看敌人的战略。那简直近于荒唐，我们在长江南岸的兵力，迫近芜湖。北岸兵力在大别山附近，也控制着安庆，而敌人却敢远袭千里之外，进占武汉。长江上的运输，当然不如铁路迅速（现在江中无标志，不能夜航）。转眼冬季水枯，运输更加困难，孤军深入，后援遥远，这岂是久战的局面吗？而况豫东黄河溃水，切断平原，我军在大别山北麓，随时可以截断六信公路。在鄂北的敌人，又何曾不是瓮中之鳖？

这样的险着，敌人行之不疑。老实一句话，就是他仗着有机械化部队，进退迅速，认为我们无可如何。我们再用常识来推测，觉得发挥南北两岸的运动战，将公路尽量破坏，越到冬季，越是对我们有利。因为敌人要保持长江浅水运输，不能不在下游多配兵力。他在下游多配兵力。我在上游就可从容反攻了。于此，我们相信当局表示要发挥运动战与扩大游击战，并不是一种聊以自慰的话。

（1938年11月2日）

应加强五台兵力

由于外人方面，登出来的电讯，知道敌人对于五台的战争，颇为夸耀。而外人除了证明敌人在五台无可发展而外，并说我们的游击队，依然很活跃。接着前日的电讯，我军已收复阜平（河北省境五台邻县）。由于敌人的夸耀，转可相信五台是敌人最注意的所在了。

国人的眼光，现在都注视在华南和长江战事，其他地方是忽略了。

其实，晋冀察边区的军事据点，这不但是我们控制平汉、平绥、同蒲、正太四线的枢纽，而且是我们收复华北的伏笔。只要我们运用灵活，立脚稳定，平、津、太原的倭寇，都不能高枕而卧。在发挥运动战游击战的今日，我们应当充分地增厚太行山脉的我军实力，充分保持太行山脉我军向外的联络。

（1938年11月3日）

大喊三声

——敬记总理遗训吧

机关、学校、商号，甚至民家住宅，都悬挂一幅孙中山先生遗像。这遗像上面，照例配着“天下为公”的匾额。两旁又照例十二字的对联“革命尚未成功，同志仍须努力”。

三尺小孩，假使他念过国语两册，他对这匾额对联，应该是烂熟于胸了吧？成人更不必说。唯其烂熟于胸，就变成了熟视无睹。唯其是熟视无睹，也就忘了革命尚未成功。既忘了革命尚未成功，麻醉、贪污、腐化、荒淫无耻……一切传统的劣根性，那些高级华人，全不能洗涤一丝一毫。

高等华人无望矣，对于有希望的青年，大多数的平民，我不能不拿出总理的遗训来，大喊三声：革命尚未成功，同志仍须努力。

（1938年11月4日）

广东精神

自从广东沦陷后，后方人士都给广东人一个无情的讪笑。不是说比“九·一八”丢沈阳还痛快，就是说这就是广东精神。我也是个亡省之民，我不敢这样说。我以为广东人究竟不坏。在华中之战，粤军曾有特殊的成绩。而纯粹广东人的十九路军，也做过惊天动地的事情，我们决不能把惠州防地疏忽这笔账，写在全广东人身上。广州之放弃，那是惠罗已失，不得不然的战略。更与广东人无关。

广东精神，究竟是怎么一回事？这当向后瞧。一方面我们希望广东人奋臂而起，一雪讪笑之耻。

（1938年11月5日）

黑　市

北平和南京，有一种黑市，在天明以前，三更以后，集市做生意，由明代到现在，经过悠久的岁月。虽然在前几年，经政府禁过，但是一纸空文，并未实行。最近两地都已沦陷，社鼠城狐之下，想黑市更形活跃吧？

黑市之所以被禁，正是政府剔除陋俗之举。虽没有办到，足见今人比古人贤明得多。因为这种市场，在黑暗中活动，畏光明而停止，大部分是偷盗而来的赃物，作为商品。其余也是怕见人的买卖人，昼伏夜动，交易而退，各得其所。仅在这个“黑”字上注意，就证明其不应该存在了。

听说外汇场合，有所谓暗盘，也有所谓黑市。由北平、南京那种黑市，去推测这种黑市，我们也不敢相信这是光明的买卖吧？

（1938年11月6日）

让大家来干好

民国十七年，甲乙两位先生，曾在北平讨论一个口号。甲先生说：“你不好，打倒你，我来干。”乙先生加了一个字却是：“你不好，打倒你，我来干好。”这个“好”字，下得很有斤两。

可是，在下仔细研究，觉得这个“我”字，还不能把理由定得十分充足。因为“你不好，打倒你”，这固然不错。可是我来干好，是主观的论断，未必靠得住。应当说“让大家来干好”，才对。

在抗战期间，要同舟共济，渡过这满江的风浪，推诿责任，临难苟免，自是要不得。而只有我干得好这种偏见，也是不许任何人存在的。俗言道：“三个臭皮匠，抵个诸葛亮”，是有道理的。

（1938年11月8日）

忌言社会弱点

有人以为抗战期间，要精诚团结，社会上纵有什么罪恶，也不必去暴露。这种说法，似乎应当加以考量。

既然说是罪恶，决不会利于抗战。既非利于抗战的事，不利于抗战的成分就多些，至少也是与抗战无关。暴露出来何妨？我们不能因为抗战，就让社会去污浊黑暗。世界上也没有以污浊黑暗社会，来做国家基础的。拿着抗战的招牌，忌讳人家暴露社会的弱点，实在不成理由。

若说暴露出来，与国家体面有关，要知道不予暴露，就永不改善。那危害不仅是伤及国家体面而已吧？

（1938年11月9日）

不是庸才

从前有个糊涂官，被御史弹劾了一本，说他庸俗无能，贪污误国。他对人说：这弹劾是冤枉，俗言道，不遭人忌是庸才。现在我被弹劾，显是遭忌，怎能说我是庸才呢？贪污就是赚钱，世界上也没有庸才会赚钱的，立言矛盾，那一本奏得不合理，是不攻自破，小百姓说，有理有理。

（1938年11月9日）

我们的地大

前半月，敌人想消灭我们冀晋察边区的军事据点，曾以号称五万之众的大军，围攻五台。自然，我们也很为那些华北健儿担心。可是前两日的电讯，敌人是自动分三路撤退了。

在这里，我们证明山地的游击战，实在是敌人不敢领教的事。更证明与五台许多相仿的地带，我们还不曾充分利用呢，我们随便翻看地图，可以看出如下的好地势，（一）皖浙连境的天目山脉，（二）皖鄂豫连境的大别山脉，（三）豫鄂连境的桐柏山脉，（四）湘鄂赣连境的幕阜山脉。都是绵延千百里，足以容留大批军队，与敌周旋的。

这些山脉，或接近战区，或在敌人的后方，果能利用，何时不能给敌人以打击呢？我们的人多，我们的地也大，敌人哪有许多兵力来对付我们？问题是只怕我们不干。

（1938年11月10日）

看湖南人的了

湖南省主席张治中说：要在湖南境内，结束民族战争。湖南某君，也曾自许过，湖南人不死光，中国不会亡。在最近百年来，湖南人在武力上的表现，实在惊人。根据过去的事实，我们并不以为上面两种说法过于夸大。可是时代的转移，铁与血的质量轻重，也就大大的今非昔比，一切以历史来证明，都是不够的。

自然，直到今日，中国的将领，还以湖南人为多。湖南人依然不弱。而一年来，全湖南关于军事上的部署，在某种条件之下，也比哪省都起劲，加之在地势上，湖南省有山陵湖沼随处可资防守，湖南决不空虚的。

可是，敌人进逼羊楼洞，已直扣湖南的大门了。敌人认明了这是一块铁板，也要将头来碰上一碰的。以后，看湖南人的了。

（1938年11月11日）

别友有感

一位曾在“五·四”运动时，努力过文化事业的朋友，前天悄然离开重庆了。很偶然地在十字街头遇到，站着说了半小时的话，他说他有此一行。虽然他所持的理由，是外县生活水准低。其实他是为了有英雄无用武之地的苦闷。我知道，其所以无用武之地，是他始终说他那套理论，不投机，不屈服。

“五·四”运动，造就了多少阔人？汉花园被巡警架去的学生代表，现居简任职以上的还少哇？而我认识的这位措大，当时已是学生的先生了。别人在“五·四”运动时出风头，他的劲儿也不小。别人阔了，他何以这样潦倒？这里面一定有一个理由。

朋友说，亡了国，披发入山。我反对他这种论调，因为他太消极了，但是在某一时期，我要赞成披发入山哩。

（1938年11月12日）

关头语录（二）

穿着中山服，夹着大皮包，胸襟挂上一块徽章。这样的姿态，于北伐时出现于武汉市上，表示一种朝气，现在你若看到，做一种什么感想呢？问问读者。

公务员聚拢在什么地方，就繁荣着什么地方；换一句话说，也就毁灭了那地方。

做官，也是一种工作，并不是可鄙视的事情。但在中国，由今日一直向上数，做官决不是工作，有之，则办事员与录事耳。

官，一方面受着人们的尊敬与欣羡，一方面又受着人们的鄙视与咒骂。

将太太放在香港，老太爷老太太放在家乡（包括沦陷区），爱人放在北碚，本人在重庆鬼混，这必是汽车阶级。

评价委员会，必须官办，官办之后，必有官样，所以物价比不评价时还要贵。连我在内，鼓吹组织评价委员会的人，害了市民与难民。

（1938年11月13日）

讳疾与装病

一般知识分子感到环境的苦闷，常常发出讳疾忌医的呼号。但是我们做更深一层的看法，觉得那还是说着一方面。而另一方面的无痛而呻，合乎厌世派的口味，很是摩登，却还没有人看到。

小孩子怕上学，一起床就肚子疼，呻吟不绝。他固然不是讳疾，然而他绝对忌医。他的目的，是在逃避艰苦，企图苟安，不问他健康如何，你真找医生来，他是不肯服药的。

讳疾固然是戕伤自己，装病的人，又何曾不是戕伤自己？但后者却还没人加以指正呢。

（1938年11月14日）

寇能往我亦能往

“我能往寇亦能往。”历史上留下这话有两千多年。凡是临难苟免的人，必有诤友将这七字来劝阻他。便是抗战以来，每个找寻安全地带的朋友，对于这话，大概也就耳熟能详了。

现在，沦陷地域，日多一日。我们光是守着任何一城一池，做挨揍的打法，已不合宜。趁着敌人运输艰难，后方空虚之际，我们要推动游击战与运动战，而不弃守土的格言，也应当变成收复失地的格言，将“我能往寇亦能往”，变作“寇能往我亦能往”。如此，才积极，才勇敢。

本来吗？在山东、河北等地，敌人要在每个县城驻兵，早已力所不及。于是黄河以北，我们收复了百十县之多，目前的皖北、豫北、苏北、浙东，每个县城，都只有少数的寇兵，甚至无有。

所以“我亦能往”这四个字，决不是把成语翻案，简直是事实。不过，能往不能往是一件事，愿往不愿往又是一件事。时不可失，我们要大声疾呼，敌人后方的同胞都起来！

（1938年11月15日）

山西游击战应充量仿效

自临汾失陷而后，山西以游击战与运动战吸引了敌军五六万人。尽管敌人窜据了不少渡口，他决不敢运用一兵一卒过河。以敌人一贯的钻前不顾后的战法，独于潼洛不敢尝试，无论何人，不能否认山西留驻部队牵制之力吧？

由这点看来，我们能够发挥长江下游游击战的力量，敌人决不敢在平汉、粤汉之西有所觊觎。同时，我们用兵力包围广州（以大牺牲去夺回这一据点，似乎也不必）。敌人虽扬言将在广西捣乱，也决无此力量。我们是书生，不敢说这种看法是对的。但长江下游的游击队，与广东的自卫团，能够尽量活动起来，那对全面战局，绝对是有利的。

（1938年11月16日）

渝邮务急待调整

在重庆任何邮局支局里买五分邮票，你都得争先恐后，挤出一身汗。如汇兑挂号等类的事，很平常，你要等过半小时以上。这并不是邮务员有意耽误，眼见他们由上午七时至下午六时，手不停挥，目不斜视，口里还要对付顾客，实在是太忙了。一个顾客未去，一个顾客又来，他们怎能叫人不等？与其埋怨受挤，毋宁同情邮务员工作太苦吧？

这是就邮局的外表而言。至于内部工作，听说他们收发的信件，已比往昔增加到二十倍，邮务员之忙碌，以及邮件之堆积，可想而知。这也并非胡乱揣测，有许多在本市邮递之刊物，我们过许多日子接不到，甚至失踪，就是一个明证。

交通部近在眼前，难道他只专管川滇、缅滇铁路这类大事的？

（1938年11月17日）

玩笑外交

美国人反对德国人排犹，在美国的德侨，颇感不安，而美国政府，就派犹太籍的警察来保护德侨。当然，犹太警察也不会对德侨怎么样，但是这却给予全德国人一个莫大的难堪。

有人以为外交手段，不应以开玩笑出之。美国人这样做，显得欠缺了严肃。可是，环观欧亚二洲，谁敢学学美国这样给法西斯开个玩笑呢？张伯伦对法西斯倒很客气，而英国得的报酬是什么？我问。

（1938年11月19日）

拆　城

华北的游击仗，向来就打得很好，游击战上的需要与避免，也只有华北的正规军与游击队，知道得很清楚。

现在，山西、河南两处，我军在努力拆城，这是一部分人早已建议过的。今日实行起来，当然有这一举的必要。只要看到每个城池被敌夺去以后，我们收复不易，而敌人又死守据点，不敢随便出城。这就可以看到城池利于优势炮火的敌，原野利于游击战的我。

我们现在既扩大游击战，就必定废除这害多利少的城关，必定将城关都原野化起来。我们喊一句口号：扩大战区拆城运动。

（1938年11月20日）

防敌有限度

俗言说得好：“关门防盗，积谷防饥”。又道：“做贼之心不可有，防贼之心不可无。”人处在这弱肉强食的宇宙中，自然无时无地要提防敌人。可是提防敌人，也应当有个限度，我以为防敌要不妨碍平常生活的现状，要不妨碍继续生存的路线。防敌防到杯弓蛇影，无事生疑，已属庸人自扰。防敌防到八公山下，草木皆兵，那简直是千秋万世的大笑话了。

新闻记者，固不宜说大话救命。可是也不能不够常识，惶惶然徒劝人临难苟免，一切不顾。小时，仿佛念过这样两句线装书：“胆欲大而心欲细，智欲圆而行欲方。”在今日抗战期中，其道未改。我们不可以把谨慎变成怯懦，也不可以把灵敏变成动摇。

（1938年11月21日）

隔江商女对什么

重庆的歌女清唱社，将要由一家增到五家，桃色的升平粉饰，与武汉失陷，长沙大火同时并举，有人以为太不像话。其实，这是书呆子的看法。要知道歌女这项新兴艺术家，是由南京禁娼而起的。根本，她们就为了吃饭而出此。当时贤明的南京当局，就因为这个社会问题，容许她们存在。现在到了后方，不能因为抗战而不吃饭，也就不能因为抗战而不卖唱。假使歌女是要不得的，当年南京何以有之？假使大家因抗战而不听歌，清唱社何以会由一变五？再说，社会问题始终还是个社会问题。今日，在重庆者，不乏南京来的明达之士。若是反对她们卖唱，她们问起来，既有今日，何必当初，又将何辞以对？

这样，与其说是社会问题，毋宁说是政治问题吧？并不开玩笑，你研究歌女事业之发达，你不去研究她的背景，那一辈子是隔靴搔痒的。一般文人，喜欢把她们比着唱玉树后庭花的隔江商女，似乎也就认为是政治问题了。写到这里，不觉想起了一副对子。若是把“隔江商女”当作上联，那么，字面不十分工整，平仄倒也合凋，下联应该对个“亡国大夫”，明眼人以为如何？

（1938年11月22日）

您就白拿钱吧！

任何一个机关，委员可以由七八个多到一百开外，但录事和小办事员，总只有两三个。这理由很简单，委字号只是来拿钱的，录事是来做事的。没有好多事要办，要许多录事干吗？

年头不同了，连替人洗衣服的大嫂，开口也说个国难期间。在这日子，拿钱不办事，谁也不好意思。于是无事找事，三天开个会，两天发个快邮代电，聊表心迹。一道公事来了，大家不愿看也看一下。所以办事员拟个稿，首先交给股长，再呈科长，再呈处长，再呈厅长，再呈……公事发回来，亦复如此。直把一道公文，将图章盖满了，然后发出去，大家全算没白拿钱。可是，时间呢？效率呢？

大爷们，你就少操心吧！小百姓愿意大家白拿钱，好让每个机关多做一点事。至于那根本无事可办的机关，那又例外，让他们玩玩公事也好。至少，比打国难麻将好些。

（1938年11月23日）

注意寇军东撤

长江北岸的寇军，原有犯沙市、威胁常德的企图，现在却退回汉川。南岸的寇军，原有犯湘阴、窥伺长沙的企图，现在却退回岳州。这是何原故？以我看来，这半由被动，半由主动。

被动的，是怕我军由幕阜山，大别山侧击武汉之后，要回去巩固后方。主动的，则可以看他以前为战略的追击，稳定武汉的守势。此外，西进运输困难，不敢再进。将另造第四期战局于豫陕之间，也是情理中事。观于风陵渡的寇军，又炮轰潼关，不为无故。第三，我军反攻广州，寇把海军调往华南，也不免牵动他在长沙的动作。

总之，敌人的东退，必定又有了新战略。我们为求作战主动起见，应当予以严密的注意。

（1938年11月25日）

朋友们，干吧！

今天是《新民报》南京版停刊一周年的日子。《新民报》的同人，当然有一种说不出的回忆。我虽是到重庆后才加入《新民报》的，但我的这种回忆还是双重性的。

生平除养花、收画、喝茶外，无特殊嗜好。积蓄下来的几个稿费，在北平办了一个学校，在南京又办了一张报。学校不忍说了，报是在南京失陷前，和南京《新民报》遭着同样的命运。我于今是家山破碎，骨肉飘零，简直不敢回忆生平的事业。南京《新民报》的停刊纪念，不禁引起我的共鸣。

虽然，我和朋友们，在北平，在南京，早就说过了，只要国家能和日本打到底，我们任何牺牲在所不惜。多数朋友已履行了他的诺言。我到现在，并不动摇，并不灰心。也算是没失信吧？而《新民报》的旧同人，他们更积极，除了不管以前的牺牲之外，又在四川社会上取得了相当的地位。这证明了，敌人的炮弹，还不能把中国的文化事业完全毁灭。

过去，让他过去了，朋友们，干吧！

（1938年11月27日）

疏散与繁荣

重庆市上天天嚷着疏散人口。

重庆市上又天天增加着繁荣市面的商店和娱乐场。

若是疏散人口与繁荣市面，是背道而驰的两件事，当然疏散尽管去疏散，繁荣尽管去繁荣。然而无如其不然。

繁荣市面必振兴商业，振兴商业又必多吸引市民。既要疏散，为何一面又听其吸引？怪！怪！怪！

若说商人要维持生活，不忍禁他开店，让他把店开了，又把主顾给他赶跑，还不是更坑了他？

若说市民在疏散以前，自然有他们的需要，市面听其繁荣。可是商店开门以后，也有他们的需要，是不是听其吸引呢？

当然，疏散人口与繁荣市面，都在一个行政机构下管理着，碰巧，两个问题的公事，放在一处，那位阅过等因奉此的先生，不知做何感想？

（1938年11月27日）

穷人有谁管

来重庆有了一年，除掉临江门那次大火之后，有过一度为穷人想办法的事情而外，很少看到或听到为穷人办的社会事业。有之，便是驱逐乞丐，订定车轿价，以及限令乐户搬家吧！

俗言道："人死得穷不得"。其初，不知道这是什么逻辑，直到重庆，这才明白过来。人变了路倒，可以得到公益款上几角钱的埋葬费。穷而不死，这几角钱是永远想不着的。这两个月，很少在街上碰到路倒，想是一倒就抬走了之故。这却是沾了大批阔人光临的好处。因为他们讲卫生，他们怕传染，只有吩咐快快掏出那笔埋葬费了。穷人一直到死，才能给阔人一种威胁。不然，你尽管住在行都重庆，永远被遗弃在另一个角落里的。

有人说，穷人太多，是重庆社会一个大问题。现在有了社会局，必得问问这个社会问题。那么，不嫌早掀了锅盖，我替穷人先道贺了。

（1938年11月28日）

文化人不上前方

文化人拥挤在后方，先后有两种说法：以前说是发动后方群众，现在说是做建国工作。发动民众，是立刻兑现的支票，聪明人已不再说。后说就“留有余地步，养无限天机”了。他的理由是：至少，总比在沦陷区域认贼作父之徒，要好得多。至于说留在日寇势力下，做秘密工作，那是不可能的事，何必白牺牲？

这一说，留在后方的文化人，就“质诸鬼神而无疑”了。但是有一部分不敢以文化人自居的读书人（连我在内），就以身在后方为惭愧。沦陷区就算不能去，像皖南、浙西、赣南、湘西都是十分安全的地带，何以没有人去？冒险点，像皖中、苏北，只要是能相机穿过敌人交通线，那里也大可有为。可是，那些地带，是永非文化人所肯过问的了。不敢去，不肯去，不得去，直说无妨。若说不当去，不必去，不屑去，那是欺人之谈。

（1938年11月29日）

哀范筑先

范筑先这个名字，是留心抗战汉子的人都会烂熟在心里的。自从他和石友三都做了鲁省委员以后，山东的游击战是打得更热烈。范并且和主席沈鸿烈，一度遍巡阅鲁西各县，给予了民众莫大的兴奋。这不能不让倭寇着急，于是最近就向范氏支持过一年有余的聊城、临清进攻。不幸，范氏奋勇争先，竟为国捐躯了。

就范氏个人说，求仁得仁，自是死而无怨。可是就山东说，那是游击战一个莫大的损失。因为范氏在鲁西，不但深悉民情，而且深得民心。他在鲁西能支持一年多的残局，那不是偶然的。有他在鲁西，就是给敌人一个威胁。假使他保守着彼出我归，彼归我出的办法，或者不致有此一失吧？观于范氏的身遭不测，我希望领导游击队的人，忠勇之余，还要为国家爱惜羽毛才好。

（1938年11月30日）

收复城池以后

两月前，敌人作为据点以进攻武汉的城池，北线如合肥、六安、商城、潢川、罗山，南线如英山、罗田，继续为我收复。这虽由于我游击队及留在平汉以东的正规军所压迫，但是，敌人兵力不够分配，也是事实。假如敌人撤兵东转，这些地方，必又成为拉锯战，是可断言的。

我们为永久制服敌人计，收复的城池，应该有以下的打算：拆城、集合壮丁、屯粮于安全地带、运盐与分配液体燃料，继续破坏公路（何以要这样做，在前方受过教训的人，一定会知道）。至于安辑流亡，恢复地方政权，那是当然的事，自不必说。

我们的建议，无法达到前方，望中枢缜密的想想，和前方做个长久打算。不要以敌去我归，就算了事。

（1938年12月1日）

找狮子脚迹

一个猎人去搜寻狮子的踪迹，在树林里遇见一位砍橡树的樵夫。问他看到狮子的脚迹没有，或者知道它的洞在哪里？樵夫说：好！我马上指狮子给你看。猎夫的脸色苍白了，牙齿哆嗦得有声。他说：不，谢谢你，我不问这个，我只需探狮子的脚迹（意思是多躲开），我不找狮子本身。《伊索寓言》告诉我们：英雄的勇敢事业就是如此。

猎夫的徒弟，中国是太多了。他们永远是拿了一支枪，满世界去侦探狮子的脚迹。但，他是猎夫。

（1938年12月3日）

领导与开导

记得本刊编者，曾把《论语》“民可使由之，不可使知之”这两句话，重新标点，做“民可使，由之，不可使，知之”。现在再用白话注释一下，便是：对于可以在政府命令下给国家服务的人，应该领导他，俾收人尽其才之效。否则，应开导他，让他明白国家与个人关系，国民的天职，化不可使之使，为奋发有为之国民。——这，才显得政治之作用。

所谓领导，是要以身作则，如果领导者养尊处优，被领导者决不会刻苦奋斗。开导是启发愚蒙。宣传的方法，只限于在报章发表文章，出小册子，广播讲演，是不够的。因为当被领导的人，十之九不识字，而穷乡僻壤更没有收音机。

我们的领导，有几个真有卧薪尝胆的精神？有几个深入民间去过？

（1938年12月3日）

敌机毁灭圣地，是可忍孰不可忍？

寇机二日轰炸桂林，除炸死大批回教民之外，还炸毁了清真寺。他侮辱圣地，给予回教民一个莫大的耻辱。在敌人去年修建清真寺，印行《可兰经》，扬言尊崇回教之后，有这种行为，他也许会抵赖说：“事出偶然”。可是，早几日寇机轰炸西安回教民住宅区，那又何解？

本来中国的回教同胞，就不信敌人的虚伪宣传，在白崇禧先生的领导之下，对抗战有极大的贡献。敌人厌恨回教民，就来毁灭礼拜穆圣的圣地，以泄愤恨，回教同胞在国仇之下，又受到一个信仰上的侮辱，我相信他们要发挥大无畏的精神，一雪此耻。

（1938年12月4日）

甘心做小毛驴

驴马合生之子，叫骡。小骡子，它觉得愉快的生活，是来自有工作的希望，和得着大量的粮秣。它在田野里跑着，自己对自己说：“我父亲自然是一位赛跑的明星，我是它的孩子，也就能够跑成一位名驹了。”明天，它被赶着走了一段长距离的路，它发觉太疲乏了。很悲哀地叫着：

“我一定弄错了，从今以后，我父亲只养活一头小毛驴而已。”

看了这段《伊索寓言》，觉得作者对人世有了很透彻的观察，并不是玩笑。小骡子没有跑过路以前，和跑过路以后，它的思想，绝对是两个极端。所以它受尽了艰苦，以为悲观是经验之谈。既然力不从心，只有自甘去做小毛驴。我们拿吃苦做人的话，去鼓励它，那是枉然。因为它做英雄的基本思想，认为是先天生成的。

（1938年12月5日）

这一炮几时响

重庆市卫生局长就职的时候，曾发表了他的大政方针。认为第一件事，就是要从捕鼠和清洁街道做起。这实在不错。假使随便找个外路人问问，他到重庆来第一个不良印象，也就是这个。

昨日星期日，在行人如蚁的武库街上，三步路踏着两只扁如柿饼的死鼠，鲜血淋淋的，想到是抛弃不久的东西。于是我联想到市卫生当局，百端待理的第一件事，做了没有？假如是做了的话，在市鼠云屯之下，并没有听到叫市民捕鼠的命令。同时最繁盛的街道上，有死耗子陈列着，似乎也不是整顿市容之道。难道说，卫生当局要放的第一炮，点着了引子，有两星期之久，这炮还不响？那末，这炮的引线也就太长了。

（1938年12月6日）

意大利水兵

没有到过意大利的人，都憧憬着罗马的壮丽古雅。到过罗马的人，也就另有一种感觉。在过去被意水兵抢烧过拷贝的《安琪儿》影片，它会告诉你一点消息。

昨晚看了《阿比西尼亚》的影片，知道这也是意水兵在上海抢烧过拷贝的。回家以后，正玩味着意水兵的性格问题。恰好，次日早起，看到上海意水兵大闹咖啡馆的新闻，这给了我一个答复。

我们走德意路线的同胞，捧墨翁大不如捧希特勒元首之甚，似乎也有一点原因。而我又想到意兵在阿比西尼亚，现在会干些什么？醉心罗马步伐的朋友，觉得怎么样呢？

（1938年12月7日）

钱滚子何足道

钱，是糖一样的东西，经过谁的手，谁就要沾染一点下来。将三个铜板交给女佣去买酱油，无论如何，她要落下一个，何况其他。

这种行为，北平叫着吃钱，江西叫着揩油，安徽叫着吃铜，都是一理。只有江苏人形容得更好，叫着“刮铜”，以刮铜为业的，好像是银钱业了。其实，他们负有流通金融的一种义务，在钱上赚钱，还是公开的权利。就以现在成渝两地操纵钱市的钱滚子而论，已属罪大恶极了．究竟我们还知道他们是钱滚子，还知道他们是罪大恶极，刮铜而为人所知，刮铜而犯罪，究不能谓之为刮铜能手。

那末，善刮铜的是谁呢？芸芸众生，必当有其人。天知地知，你知我知。

（1938年12月8日）

每个大家庭之崩溃，坏在丫头小子身上

古言道得好：“不痴不聋，不做阿家翁。”一个当家主的人，虽是要统治着全家，但是当家庭人口众多，艰难共济的日子，就必定要装二分糊涂，人总是不满意于环境的。家庭里人多了，那个多喝了一口水，那个少说一句话，这是极平常的事。家主对于这种情形，只有抱着那“岂能尽如人意，但求无愧我心”这十二个字做去，何必介意。最可恨的是家主身边那些丫头小子们，为了讨主子的欢喜，二少爷夸了一句丈母娘，四少奶奶写了一封信问表嫂的好，都要在主人前搬弄是非，说他们吃里爬外，以致掀天之风，起于萍末。老实说一句，每个富贵人家的崩溃，就坏在忠于主子的小人身上。

孔子曰：“唯女子与小人为难养也”。道在斯乎！

（1938年12月9日）

市区正名

孔子的政治学说，先要正名。名正然后言顺，言顺然后礼乐赏罚一齐就绪，而至于大事成。于是乎会仙桥要变成民族路，七星岗要变成民生路。这一下子，重庆的市政，就顿异旧观了。由着孔子的正名哲学而论，相信旧七星岗新民生路前，日夜群集的苦力，将来都可以解决民生问题。不然，仅仅改一个路名，徒乱人意的，让人摸不清地方。市政虽闲，当局也决不出此。

（1938年12月9日）

走　尸

江湖上有一种不经之谈：湖南辰州人，会画辰州符。这种符不但能治百病，而且能指挥尸身行动，当一人客死外乡，他家族想把他运回故土去埋葬时，并不用得殡殓，只请一个画辰州符的，用咒语驱使了尸身，跟着画符的走。白日尸像活人一般旅行，晚上被咒语驱使得藏在客店的暗角里。这样继续着，直至回到老家为止。

这一段荒唐言，当然不值一驳。可是真有其事的话，我们倒不必像儿时听到尸变故事那样去惊骇。这尸身无论他生前是英雄，是混蛋，其毫无意志，听着符咒指挥则一。尸身旅行，这不是尸身的本能，而是符咒效验。

日本人现在就是画辰州符的吧？那些被时代淘汰了的失意军人，落魄政客，就是遗弃在荒野的臭尸。纵然把这些臭尸送到皇宫里坐着，他能做什么？问题是在画符者本身。

（1938年12月10日）

关头语录（三）

每次听说在日兵身上搜着日记，这就让人发生一种感慨。我、敌民众之识字比例，相差太远，这也就是六十年来被敌人欺侮之由。

蒋百里先生遗言，说练兵须先养成战志，意志与认识有关系。换言之，也就是军人智育要提高吧？

以四川一省的人口，可以与敌相等，所以我们的人力是绝对无问题的。问题是我们怎样去用人力，用之不善，虽多无益。

要在沦陷区域里发动游击战争，必定加强那里的地方政权．因为这样，我用不到的人力物力，也不会让敌人拿去。

上有清官，下必有良民。换言之，乡有暴民，则城中必有贪官。

抗战期间，人民要增加负担，是无可讳言的。再有贪官，自然人民感到不堪。

（1938年12月11日）

穷则变，变则通

读过了二十五史，就知道中国的政治，要想有一种大变革，那是极不容易的事。王安石变法，用意并不算错，连三苏那样旷达的人，都要誓不与同中国。当年康梁变法，实在是忠于满清帝室。究因祸水西太后见忌，闹得母子分家，有了菜市口流血的惨戏。这些反对的人，除了说祖宗成法不可动摇而外，在理论上便是拿孔门哲学做护身符。其实不通。

我们且不说“孔子圣之时者也”那种空洞的判断，便是孔家行话，也谈个“穷则变，变则通”。孟子更是要打破战国封建制度，主张恢复井田。“五亩之宅，树之以桑”，那套平均地权的话，已是一谈再谈。事到今日，理学先生说什么“天不变道亦不变”，自然是井蛙之见，但我们一针插一个血眼，初为救国只有一个药方，那也是愚人。有道是“适者生存”。我们要去求这个“适”。不“适”，是不妨一变再变的。

（原载1938年12月12日重庆《新民报》副刊《最后关头》）

浠水以东

在上月月杪，敌军在英山、罗田溃退以后，连浠水都放弃了。浠水在黄梅、广济的西北角，东向有建瓴之势。在武汉未失陷以前，这是我军水陆运输一个重要关键。我军现已入浠水，东方的蕲春、广济、黄梅，都在控制之中了。只是兰溪在江岸，为了有寇舰来往，大概敌人还没有退尽。

敌人放弃了西端的浠水，而黄梅还在占据着，这自然是利用九江对岸小池口的据点，还保持住这一角。可是黄梅、广济到江岸有九十里，敌联络困难。我们若在广济以西取夹击之势，这里的敌人会成瓮中之鳖的。不久，这两县是可以收复吧？由此，也可以见敌人钻前不顾后的打法，把他的后方，变成我们的前线，是极容易的事。

（1938年12月12日）

重大的耻辱

一个国家的首都，被敌袭取了，这自然是历史上最重要的一页。

关于这一页，我们同胞都是这样说，不要紧。我们的政治机构早移走了，敌人对于我们没有什么伤害。我们地大物博，将政治中心点移到敌不能侵犯的地方，我们继续地跟他干。世界上没有蛇吞象的事情，蛇纵然咬了象的任何一块，象总可以等蛇精疲力尽了，将它踏死。

这也许是事实。但我们与其那样自相安慰，究不如另找一番看法，以为人让蜂子螫了脑袋，那是可耻的事。南京一日不收复，我们就受耻一天。孔子说："知耻近乎勇"。耻的反应是奋激，是慷慨。必须对南京在失陷中，无日不可耻，那才有办法。

（1938年12月13日）

老板与厨子

——也谈与抗战无关

这几日，接到不少应景文章，讨论副刊登载"与抗战无关"的文字问题。这一件事，重庆许多同业，已有很详细的评论，本刊地方小，实在无法参战。但我们也不能不表示一点意见，且打一个譬喻于下：

一个菜馆老板，找了一位川菜的厨师掌勺，与他约定，菜里不得搁辣子，因为他不喜欢刺激。厨师捧人家的饭碗，当然遵命。不料开张未久，老板就大不高兴，理由是菜有咸味。厨师说：菜里不放盐，我做不出味来，另请高明吧。老板果然另请高明，在苏州采芝斋，请了一位糕饼师来继任。这原因有二：一是采芝斋有名，二是糕饼师做菜甜。可是这位糕饼师打泡三天，就引起了同行之怒，说做菜不用盐，不近人情，一致加以攻击。其实，这也是孟浪的举动，大家忘了他是糕饼师，更忘了他的老客是吃淡食的。我们的看法如此。那家菜馆，他愿意卖淡食，你又其奈他何？

（1938年12月14日）

老考童生

老先生告诉过我一个笑话，从前有位六十岁的童生，名心未死，还去下场应试。府县考罢，到了学院那里，那位宗师，是位乳臭未干的小伙子，有些瞧他不起。交卷的时候，对他说，“偌大年纪，还来考些什么？我出个对子你对吧。”便念道：“左转为考。右转为老，老考童生，童生考到老。”老童生不慌不忙，上前一揖，答道：“一人为大，二人为天，天大人情，人情大似天。”宗师一想，属对虽然不工，却有些皮里阳秋，大笑之下，中了他一名花甲秀才，请他不必再去考举人了。

为这笑话，想到我和我一班的要笔杆的朋友。当学生，由小学而至大学，已是被考够了。后来出了师，有的在大学研究院都教过书，考别个也考够了。想不到现在，五百年一转劫，为了免不得用铅字来印刷写的文字，却又成了被考的。这就叫现世现报，让我们那些高足大大快活一阵。唉！我们哪一年中秀才呢？

（1938年12月16日）

宋人之诗有亡者

宋朝的诗人，虽不能高比盛唐，可是也足以雄视元明。不料直到宋室已亡，才有了文相国的那样悲歌慷慨的大作。陆放翁，也是后人认为忧时之士了，刺激的文字就很少。倒是林洪在杭州说杭州，敢说个“暖风熏得游人醉，直把杭州作汴州。”

南宋是个理学昌明的时代，决不能“我心悲伤”的诗句都没有。其所以没有，我想，一来是明哲保身，露骨的句子，已藏之名山了。二来就是有刺激的诗词出现，也被秦桧、贾似道的爪牙一把火烧光。“历史为一家之言”，文学岂能例外？宋诗人九泉有灵，或者以我为知音吧？

（1938年12月17日）

八股不限制天才

“抗战八股”这个名词，大家已是耳熟能详了。但我认为写抗战文章的人，能高拟八股，技巧上、理论上，就都有相当的成功，然而，无如其不然。

念过八股文的人，就知道八股虽有一定的形式，可是说理修辞，各从其便。例如《管仲之器小哉》一文里，有人（恕我想不起名字）这样说过：“既为纠也臣，当为纠也死；即不为纠也死，亦不宜为桓也相矣。”理由是那么透彻，字句是那么紧练。能者无所不能，八股又何尝能限制人的天才。现在抗战文字，开宗明义，是“自卢沟桥事变以来”，结局是“最后胜利，必属于我”。一套则有之，八股则未也。

再说，现在写抗战文字，本就有个范围。甚至临时发生题目，必得如何为文，也立刻就有个定格出来。这定格不能超越，而且我们也不宜反对，那么，这不是八股吗？为了这，我们正要学学八股的技巧，方才能出奇制胜。至于那些逃避抗战文字不写的，非不为也，是不能也。

（1938年12月18日）

我还借得到钱

经验告诉我们，投身在社会上，无论处境怎样困难，只要借得到钱，这人就有办法。现在的人，眼皮多浅，算盘多精，假使你这个人是扶不起来的阿斗，他肯送钱给你，向水里扔吗？

个人如此，推之国际情形，亦莫不然。无论日本的炮火怎样厉害，军阀怎样猖狂，国际上活动不到一个铜板。中国不然，许多友国，还肯借钱给我们的，而且合法币算起来，数目是相当大。这是我们有办法的铁证。

那些悲观论者，于此也可以挺挺腰了吧？

（1938年12月19日）

外 行 编 书

由武库街经过，见墙上贴着某书的广告，有这样一句话：“对礼义廉耻，有新的解释。”这让我大吃一惊！礼义廉耻，或者因时代变了，勉强生出新意思来，廉是贪污的反面，还能生出什么不同的见解吗？

话又说回来了，在这日子，肯研究礼义廉耻的人，究竟难得。尤其举世见钱就眼红的日子，有人拾起这个扔下东洋大海的“廉”字来玩味，总算是众醉独醒。

不过，我很替他悲观。他用这种宣传法去推销他的书，恐怕印刷多少，就要保留着多少。这日子，著作一本发国难财秘诀或者编一本赴港沪旅行指南，倒可不胫而走。向人去絮絮叨叨说礼义廉耻，那是有神经病者干的事。不信，将来看这本书销多少部吧？

（1938年12月20日）

半闲堂

当元兵久围樊襄，将逼长江的时候，南宋唯一的权贵贾似道，却在西湖葛岭筑了一座半闲堂。除了声色荒淫之外，还做了些别人没干过的事。泥塑自己的尊容，供在堂上，雇道士来敬神上供。一方面又邀集他许多如夫人，蹲在地上斗蟋蟀。我们能猜度这种人是什么心肠吗？

但是，他似乎还没有忘了是南宋一位名称太子太师卫国公的权相，多少替国家做点事。所以，虽然是五日一入都堂，也不便公然称为闲人，只好在堂名上用个“半闲”。这就是他命运不如后人之处，终于是名败身死。假使南宋也像现在这样物质文明，他就有办法了，把钱多买外汇，存在外国银行，一旦有事，坐飞机到外国，半天云里看文天祥傻小子厮杀，多么有趣。那时，在伦敦、巴黎，建起洋房，不必顾忌，就可题名为“全闲堂”了。

（1938年12月20日）

为家驱雀

这已是惯例了。每个星期六或星期日，没有带家眷的公务员，必要到有眷的同事的公馆里，聊聊天，吃顿饭。假如来的是三位宾客，不成问题的，拖开桌子来，由主人翁（或者是主人婆）凑起一脚，又上八圈。这并不犯法，律有明文，这是家庭娱乐。

但是，公务员花块儿八毛进娱乐场所的行为，已取缔了。难道这二四或么二的麻雀，一输百儿八十元的行为，比看电影，听清唱还要节约一些吗？何以未闻取缔呢？

假使至今以后，公务员顾忌着“不自警惕”的批评，不敢进娱乐场所，我敢断言，星期六或星期日，必成为“麻雀节”，而取缔公务员进娱乐场的一种新猷，必成为“为家驱雀”的恶政，因为，老爷们不寻点消遣，这命是活不成的。

（1938年12月23日）

关头语录（四）

什么娱乐场所，都比以前生意好，但川戏馆却比以前少了一家。可以证明，重庆市上的享受者，本地人占少数。

把公务员的履历一看，就觉得派他当庶务员也可，当会计也可，大当秘书，小当录事，亦无不可。

但机关里若缺乏技术人，就在一百张履历纸上，找不出一个适当人物。

在几条繁荣的街上，用心观察一下，供给市民享受的商店，约占百分之八十。而且越是不必需要的商店，门饰是越发的富丽堂皇。这是什么原故？

满街找享受的人，虽然把证章都收起来了，但在脸子上，可以看出他是下江来的。下江来的难民，有这种闲情逸致吗？

（1938年12月22日）

刺激不够

根据许多推行义卖的人说：最是无法推销的对方，第一算是身有机关证章的人。凭你说破了嘴皮，他不拔一毛。他唯一的理由：在机关里已捐得多了。虽是在酒席筵前，笙歌座上，都是这样说。其次是穿西服的青年，他不是说他没有职业，拿不出钱，就是和你嬉皮笑脸，混赖过去。在这上面，我们可以想到吃安乐饭和讲漂亮话的人，最缺乏正义感。

大时代到了，还有许多知识分子不曾苏醒。这原因虽然很多，但不外他们没有和少受到磨练。换句话说，也就是刺激不够。明乎此，就知道将中级社会以上生活水平减低，乃为必要之图。不然，国难和这班人没有关系，他又何必有钱出钱，有力出力？

（1938年12月24日）

警　句

读韦应物的诗“邑有流亡愧俸钱”。好像这位大诗家是极清明的官了。可是千载之下，只知道他的辞章，不知道他的德政。所以“邑有流亡愧俸钱”这七个字，不过是在他那首七律里，有了一句警句而已。

诗人的诗而有警句，等于某种人为增加存款而有警句，也等于某种人为晋级而有警句。称量他的人格，光在他的言论上注意，那是不够的。

封建时代以文取士，能在笔杆上掉花枪的人，就一生吃着不尽，于今，是笔杆子之外，还要在任何场合能说出一篇大道理来，才有办法。因之，不会说话的人，也逼得不能不说。要说，就必得想法得一二警句。警句是这样产生的。朋友，你以警句相天下士，靠得住乎？

（1938年12月27日）

不在不仁之列

孔子曰：“巧言令色，鲜矣仁！”

饮酒甘之，古人言必有以酒亡其国者矣。见色好之，古人言必有以色亡其国者矣。听巧言而乐之，独未闻戒巧言而亡国者，于是巧言千古！

希特勒善巧言，墨索里尼亦善巧言。降之日本军阀近卫，亦做巧言，然其巧也往往变成拙。此所谓“不在不仁之列”者欤？

若干年后，庶乎可以不仁矣。

（1938年12月29日）

救国也要修身

前两日接到一位青年的来稿，对于他的先生教他做修身功夫，他表示不满。他以为现在的中国人，应当把所有的力量，都用去救国，哪里来得及修身？我以为，如果那青年不懂得“修身”那两字，也还罢了。若是懂得而有这样的见解，那是一个极大的错误。

修身是什么？就是修正各个私人的言行，小而至漱口洗脸，大而至对父母兄弟朋友，以及怎样处社会，再大些，爱国爱民都在内。就如最近轰动全市的义卖，是自我牺牲的行为，不就是修身之一吗？或者有人曲解修身为个人应事接物的小节，也未尝可以不讲。曾国藩在戎马倥偬之间，每天还要写楷书。他的意思，并不是要成一个大书法家，而是为了写字可以平心静气。可以平心静气办事，才不会粗疏忽略。这样看起来，便是努力救国，又何尝不要从小处修身做起呢？

（1938年12月30日）

应当看看账

中国民间的旧习惯，每到年终，各人都要结算这一年的收支。结算的原因，一方面在知道全年的盈亏，一方面也靠了这一结算做明年的打算。

个人如此，国莫不然。在这二十七年度里，我们可以说是打仗年。这打仗年里的账，虽然有老百姓托付的人代为结算，但账结出来，老百姓应该看看。今年有盈，有亏，明年怎样趋？怎样避？老百姓就是公司里的股东，公司发达了，我们不能贪天之功，坐享其成。公司有了危机，我们也要共同设法，不能糊里糊涂，连公司大门明年向哪里开，都不知道啊！

（1938年12月31日）

元旦书怀

在六七年前，时局观察家恒曰：一九三六年，世界大战必起。战起，中国必不免，年复一年，日近一日，辄作杞人之忧。既而一九三五年毕矣，适由沪返平，道阻南京，友好酬酢，日踯躅于花牌楼下，秦淮河边。闻上国之笙歌，靓六朝之金粉，分明太平盛世，复何外侮可虑？乃念吾所不能释于怀者，过矣，岂冠盖京华，独斯人憔悴乎？元旦日，同业有索文补特刊白者，即反复书此意对之。后一九三六年虽多事，终未见战神降临，窃幸某言之不中，不料仅过一年，笙歌金粉，竟成灰烬也。

南朝士大夫憩嬉，殆历史之上习惯钦？隔三元旦，复思当年今日，诚不止唾壶击缺！昔明皇幸蜀，卒复两京，事在人为，吾人故亦不必下新亭之泪。但山城繁华，近来又日近江南，亦《出师表》中未解之类也。

（1939年1月1日）

录放翁句（一）

后人谈诗家爱国者，推唐杜、宋陆。放翁当南宋外侮频深之日，今人尤多同感。其示儿绝命诗云：“死去原知万事空，但悲不见九州同。王师北定中原日，家祭毋忘告乃翁。”固已尽人能道之矣．寒夜小闲，枯坐灯畔，百感交集，因读放翁律诗自遣。有若干句，颇得予心，遂摘录之：《新夏感事》云：“近传下诏通言路，已卜余年见太平。”《送七兄赴扬州》云：“诸公谁听刍荛策，吾悲空怀献亩忧。”《送友》云：“人材衰靡方当虑，士气峥嵘未可非。”《假日书事》云：“但嫌忧畏妨人乐，不恨疏慵与世违。”《读了翁遗文》云：“当日公卿笑且阔，即今河洛污腥膻。”《病起》云：“人寿定非金石永，可令虚死蜀山中。”自无慷慨激昂之谈，仍当委婉蕴藉之致。

（1938年1月7日）

录放翁句（二）

放翁寓蜀多年，国事日非，回望家山，弥增感慨，故其诗有悲愤不能自已者。其《客愁》云：“天下极知须隽杰，书生何恨死山林。”《忆南》云：“老去据鞍犹矍铄，君王何日发辽东？”此已出蜀至江南，忍俊不禁，明明呼出矣。《夜泊水村》云：“老子犹堪绝大漠，诸君何至泣新亭？”时已五十八岁，故不免以老劝人。《感愤》云：“诸公尚守和亲策，志士虚捐少壮年。”又云：“剧盗曾从宗父命，遗民犹望岳家军。”此真一字一泪之语。《夜登千峰榭》云：“度兵大岘非无策，收泣新亭要有人。”一再言新亭，则当时唱悲观论者，想不乏人也。

（1938年1月8日）

录放翁句(三)

观翁诗，少与显达酬酢，且不得于秦桧之孙。其满怀忠君爱国之意，虽极力遏制，诗中仍不免有所流露。《述怀》云：“羯胡未灭敢爱死，尊酒在前终鲜欢。”《遣怀》云：“积怀有时歌易水，孤忠无路哭昭陵。”翁年六十七岁，其愤慨犹如是。《二子》云：“孟子无功如管仲，扬雄有赋似相如。”其字里行间，有人有我。《溪上作》云：“天下可忧悲一事，书生无地效忠魂。”《书愤》云：“壮心未与年俱老，死去犹能作鬼雄。”时翁七十三，仍不甘自废也。以后翁益老，遂不复有出山求效之作。但八十五岁，翁尚有句云：“河洛可今终左衽，刍荛何自达修门？”总观翁一生，均以报国有心，请缨无路为憾。唯忌言触当道，于秦贾辈，未能道及只字耳。

（1939年1月9日）

国事与家事

——读史随笔之一

明朝燕王棣，反下南京，逼走了建文皇帝，要方孝孺草诏书，方不肯，燕王说：此朕家事，先生毋过劳苦。方大书“燕贼篡位”四字，被诛十族。方求仁得仁，这没有什么可议。为什么对于燕王说的“此朕家事”就不能驳一下呢？

我以为个人家事，别人自然管不着。像燕王和建文帝这样家事，卷入了国事的漩涡，凡是明朝的臣民，都可以问，岂但是方孝孺一人？至于燕王和建文帝的是非，那还是第二件事。

读中国历史，总觉得那些戴黄帽的，太把“国家”两字分不清楚。要大家负责，说是国事，不要人过问，就说是家事。而作史书的也从不在此处斟酌一下，假使现在再有人作《史通》，我想可以加一篇《国家辨》了。

（1939年1月11日）

多言然后为政

为政不在多言。这个世界，恰恰是与这句格言相反。任何一位世界政治舞台上的角色，他都有一套理论，作为他号召民众的工具。像希特勒，老早就把他要干些什么，写在《我的奋斗》里。他的行为就以他所预言的为标准。岂但是为政不在多言，简直是多言然后为政了。

言而后政，在国际上是打人先发通知，容易塞进攻之路。在国内呢？能兑现，也并不能抬高政治的效率，不能兑现，徒失信于人。我们书生之见，总觉得这是一个笨主意，而政治潮流却是趋向这一条道。唯一的理由，就是和商店登广告一般，为个人招揽主顾而已。只有埋头苦干，拿货色给人看的，才是为公。世有其人乎？虽执鞭相从，所乐为也。

（1939年1月14日）

《关头》一年

光阴真快，《最后关头》这小副刊，产生一周年了。回顾当日第一次上场白，声明我们当兴奋呐喊，不要无病呻吟，直到今日，总算遵守着这几句话，没有忘了。只是另一方面，我们在初期屡次表示愿意和四川穷苦大众帮帮忙，却感到做得太不够。

自然，这不能完全怪编者，编者来自下江，无从知道四川下层民众的情形，怎样下笔，不过不曾努力去找这类稿件，这是编者罪不容辞的。此外，赐稿诸君，谈到穷苦大众的文字，也有。只是，戏法人人会变，各人巧妙不同。既不宜，也非编者所能为力。孔子作《春秋》，笔则笔，削则削，所削的究竟是些什么，后人只好胡猜一阵。这就是狂儒所疑予仲尼的了。其实，又焉知仲尼无难言之隐耶？《最后关头》自比不得《春秋》，然神而明之，存乎其人，取物寓意，固无伤大雅也。

（1939年1月15日）

只要姚崇还作相

——读史随笔之三

李唐的宰相，前称房、杜，后称姚、宋。李三郎那样荒唐的人物，在初年他连用姚崇、宋璟、张九龄这班英俊，却也在武韦大乱之后，物阜民康。假使他后来不用李林甫、杨国忠这般人，他纵有纳儿媳杨玉环这丑事，也不过个人私行，决不致危及社稷。所以袁子才吊马嵬驿有诗说：

“只要姚崇还作相，君王妃子共长生。”尽管子才是位好色诗人，但这种见解不错。

天下最可痛心的事，莫过于“君非亡国之君，臣皆亡国之臣。”崇祯皇帝吊死景山，他临终也明白了，由于“群臣误朕”。这也可见得国家兴亡，辅佐关系最大。古今谁见有光杆儿牡丹呢?

（1933年1月16日）

雍正欺人之谈

——读史随笔之四

清世宗的《大义觉迷录》，强词夺理，抹煞中国历代相传的民族思想，本是不值驳的东西。但他引了韩愈两句话：“中国而夷狄则夷狄之，夷狄而中国则中国之。”以为外族来统治中国，中国人就当把他当中国人来拥戴，颇为一般奴才所称道，觉得这是全篇的警句。其实，这是完全歪曲了韩文的本意了。

韩的意思，是说，他族汉化了，我们就认他是同志，反之，中国人异族化，就把他当非我族类看待。这意义很明显，无论如何，找不出他有拥戴异族为君的汉奸思想。清朝有许多大儒名臣，都为雍正骗过去，真是遗憾。

敌人讲什么大亚细亚主义，却反对中国人讲民族主义。那一批拾到鸡毛当令箭的东洋奴才，不过是在敌人嘴角下讨些唾沫，自然不足以语此。但异族常常附会中国名人的成语以欺骗中国人，却是不可不辨。

（1939年1月22日）

秦镜温犀在何处

老苏攻击王安石不洗脸不洗衣服，出乎人情，以为这就是奸的象征。那是错了。出乎人情的人，一望而知他情性乖悖，有什么不可以辨别的。所怕者就是王莽谦恭下士的那分做作，不但合乎人情，而且是常人所难能的，那你就无可置疑，而且不许置疑了。

吴佩孚在某次内战通电文内，有这样的几句话："大诰之篇，出于王莽之笔，则为奸论。统一之言，出于马贼之口，则为好说。"不问他所攻讦者为谁。可是那又为知其人而发的马后炮，快而已矣，还没温犀秦镜的价值。

这个世界，是需要温犀秦镜的，求之何处？求之山泽呢？求之海洋呢？求之都市呢？高山仰止，也只是心向往之了。

（1939年1月23日）

得　与　斗

其未得之也，患得之。既得之，患失之，苟患失之，无所不至矣。在二千年前，孔门就把一般人的心理，看个精微透彻，不过当时求"得"的人，似乎以年纪老的人为最。所以老夫子人生三戒，分三个段落，年幼戒斗，年壮戒色，年老戒得。为什么春秋的时候，年老的人就贪心大炽，这个我们无法知道。可是现在的人，是大为进步了，还不曾投身到社会上去，就预备大搂一笔。而且斗、色、得，也是三位一体的事。因为有声有色之好，再在需要钱花，就得做私人狗苟蝇营的斗争。这种现象，在上海最为明显，上海化的地方，也就随着这现象以俱来了。

“少之时，血气方刚，戒之在斗。”孔老夫子所指的斗，也许就实行打架而言。但在今日，私斗是没有这种风气。公斗是理所当提倡的，用不着去戒。现在所应戒的还是那为“得”之斗吧？虽然，孰能戒之呢！

（1939年1月24日）

我哀陶渊明

读过《陶靖节集》的人，都觉得“采菊东篱下，悠然见南山”这一类的句子，让人悠然神往。自古都道个陶诗甜，杜诗苦。其实，陶诗何尝甜，甜正其不得已也。常言道得好：“读其书而不知其人，可乎？”以陶渊明不为五斗米折腰的汉子，说他终日醺醺的，“读书不求甚解”只做一个糊涂乡村老头子了事，哪有此理？

你读读他的《桃花源记》，说到那里面像仙境一般。他是白日说梦呢？还是真有其事？说句老时髦话，文字为生活之反映。再想想他反映的是些什么？你也就恍然大悟了。东晋而后，北方是夷狄乱华，南方是篡杀相乘。他想到乃高祖陶侃那份乱运甓自劳的精神，做过江东的柱石，他却毫无办法的，滚入了南朝那开始的魔境。干呢，干不起来！哭呢，不像话！笑呢，也决无此理。于是只有一味地淡泊明志，放怀自遣。理想出那么一个乌托邦来。要知道“门虽设而常关”，“抚孤松而盘桓”，那一份苦闷其中而逍遥其外的句子，正不知含有几千万行眼泪呵！唉！“归去来兮！”“先生将何之？”我哀陶渊明。

（1939年1月29日）

妥置“藏书”

中国每一次兵事，图书就有一次很大的损失。这个原因都由于藏书家，攫为私人禁脔，平常不许他人问鼎。因此纵然时间不长，也不肯开放，怕泄漏了秘密，真个一旦贼到眼前，那累累赘赘的万卷藏书，无法搬运，只好听其散失与焚毁。

我们知道，这次抗战，江浙两省的公私书，就损失得怕人。将来必有许多书绝版，是可断言的。据我所知，皖南、江西、湖南，还有不少藏书家。为了仅防万一起见，应当尽可能的，搬到安全地带。而地方政府和文化机关，不但要帮助此举，还要加以督促才是。要知道这种损失，在抗战胜利后，不是金钱人力所能补救的。

（1939年2月2日）

敌作家派上前线

敌人到了南京，不但把商人工人驱上了南京，连和尚艺妓以至一班为军阀做传声筒的作家，也都驱上了南京。敌人到了汉口，又是这一套。日本任何事，都有他一贯的作风。

自然，念书的人，肯跟随酒肉和尚、出卖皮肉的艺妓去为军阀驱使，也就不成其为作家。不过，在另一方面看来，敌人尽其所能的使用人力，也就可以想到他的狠毒与阴险！

日本作家，都不怯懦吗？都是以上前线为乐吗？我想，果允许他说出在后方从事建国工作的话，他也会这样说。

看到人家的阴险，也可以反省到我们被侵略者是怎么回事。

（1939年2月7日）

“谁是日奸？”日本军阀耳！

敌人将平津的反战分子，号为“日奸”。无论在我们或在第三者看来，这是日本军阀的横暴表示。

奸是忠的反面，也是正义的反面。日本人不愿做军阀走狗，去做无谓的牺牲。不少家的民众，随了射出的炮弹而毁灭，这一表示，不与日阀同调，正是忠于他的国家。

我们并不那样褊狭，以为苟利于我，虽奸亦忠，所愿世界上的人都忠于他的民众，也愿日本人忠于他的民众。

将战争把日本民众逼上死路，以图个人升官发财，日本军阀才是真正的日奸。所以我们要明白是非，不要喜幸日本有奸，随便袭用日阀的罪恶名词。

（1939年2月9日）

哀《花月痕》作者

魏秀仁以满怀忧国忧时之志，无由发泄，愤而作《花月痕》。人徒见书中韦痴珠诗酒风流，陶情声色，而不知其所谓义山学社，固别有寄托也。试观魏以举人身份，而有“消磨一代英雄尽，官样文章殿体书”之句，则其痛恶科举，乃可概见。故其书开宗明义，即云：“不愿闻者闻之，不愿见者见之。”千古来屈子沉江，长沙痛哭，何莫由此。窃以为人生不患耳目蔽塞，所患乃有敏捷之嗅觉，而不得不入鲍鱼之肆。吾真不暇为魏先生哀矣。

读书人无耻无聊，求一官之荣，有如阮大铖拜魏阉为父者，则天女向狗子散花，王嫱遭粪帚涂脸，亦可以曲蝼求神，自相解嘲，虽斯文扫地，百喙莫辞，却不妨道个自古已然也。

（1939年2月17日）

路旁的刺激

去中大，路过某处，见路旁新建筑的洋房，还在粉饰油漆，门上已钉着木牌子，上写刘次长，沈科长，姚处长等字样。我情不自禁地生了一种恶劣的情绪，要向路上吐出一口酸水。

在抗战期中，一切物质上的享受，依然是官吏先占有着，这已经够了。何必这样对民众做一种富有的宣传？在办事的人，或者以为这样写明，算是预定下了，免得旁人来争租房屋。其实，中国的老百姓，都是顺民，决没有那样胆大的人，敢和次长争屋住。至多写个刘宅，沈寓，也就是以声明此屋有主。次长、科长的头衔，标在成渝公路上，这对匹夫匹妇是夸耀，对于知识分子，却是刺激。我以为那牌子大可取下。要知道天上有天，比次长更大的官，重庆还多着呢。

（1939年2月20日）

老王的哲学

老王是某公的老仆，北平人，好酒，爱管闲事，出口腔就是“你这小子”。和他同事的人，当他三分酒气，说出“你这小子”四个字以后，就赶快逃跑。不然，等他拿出青筋直冒的拳头，有点受不了。除了主人翁，满门无人不怕他。可是，当他见了主人的时候，直垂了两手，笔挺地站着，主人说一句，他答应一个“是”字。主人就是打他两个耳光，踢他两脚，他还说：“奴才该死。”因此，主人翁相信他忠厚和蔼，重用得很。人家说他开口就骂人，主人是绝对不相信的。

外人问老王：“你见同事和见主人翁，怎么完全是两个人？”他说：“你知道什么？这年头，你狠得过人，你就充爷爷，狠不过人，你就装孙子。走到哪儿，也饿不了。若是见到人不问是神是鬼，你哥我弟的瞎恭维一阵，该怕的你不怕，不怕你的说你没上下。猪八戒照镜子，里外不是人，这混得出去吗？”

这是老王的处世哲学，不敢自私，录以供诸大众。吃饭之难，无如今日，仔细咀嚼，觉得未可以人废言也。

（1939年3月1日）

法国人爱法文

《最后一课》这篇小说，中国人是相当的捧，但这小说里有一句话，读者多年忽略了，便是教师对学生说："法文是世界上最好的文字。"

我虽不懂法文，但法国人说话，中国人读法文，我是听过的。我并不觉得法文是世界上最好的发音。那教师这样说，是他法国人的自尊心，是他鼓励法国人爱国的一种手腕。一个国家有他固有的文化，才能保持他的民族性，才不至于灭亡。那教师这句话是对的。

那末，我们为什么在抗战期间，攻击方块字？

（1939年3月2日）

穷则独善其身

孟子说："穷则独善其身，达则兼济天下。"其实，这不是孔家嫡传的道法，孔子恓恓然周游列国，固然不是独善其身，就是泗水设教，作百年树人大计，又何尝是独善其身？再说孟轲自己吧，游说齐梁，屡扣诸侯之门，自说个"予岂好辩哉？予不得已也。"也不是独善其身的做法。独善，只是一句发牢骚的话罢了。

近来有一部分学者，闭门读书，倒是真做了独善其身的消极办法。不管是不是中了点隐士毒，我以为，这要不得。不谈时事，与不谈学问，这是两回事。若因为在政治上碰了壁，就一切都不干，这是自暴自弃。孟浩然说过："不才明主弃，多病故人疏。"还有一部诗集传世呢。读书人成了金圣叹，也就近乎废物，他还知道痛哭古人，留赠后人。我认为这是学者们所应考虑的。

（1939年3月3日）

龙灯与抗战

正月究竟是个正月。过惯了旧历生活的人，觉得总要点缀一下，于是乎玩龙灯。

据人说：玩龙灯的本意，并不是要，而是要借了要来宣传抗战。果然如此，我们又有什么话说？只要与抗战有关，我们是任何行为都加以赞成的。问题在这里，只怕不是借要龙灯宣传抗战，而是本末侧置，却是借了宣传抗战来要龙灯，那就要不得！

多少要不得的事，都借了抗战这名词而要得。对于要龙灯，吾何责焉！

（1939年3月4日）

望“洋”兴叹！

“有钱的出钱”。标语看过了千万张，口号听过了千万遍，但事实怎么样？

钱，自然有人出了，不过“有钱的”出了钱没有，这却是个疑问。现在又届献金的时候，让我想起了这问题。我敢说，在国内找一次能献金一百万的富翁，决不止十个，虽然他们的钱，多半已买外汇，可是硬要他拿，他还是拿得出来。谁能去劝他拿出来呢？在街上拦着人，说破了嘴唇，只能劝出人家两毛献金的朋友，得不望洋（洋钱之洋）兴叹欤吗？

（1939年3月5日）

限制吸引人口

疏散人口，现在快到实行期了，而为人口繁荣建设着的事业，依然方兴未艾，这是一个矛盾现象。

酒菜馆、娱乐场、绸缎与百货商店，半年以来，重庆市添设了多少？这一些，为人口多而添设，添设之后，人口却被吸引着来得更多。我老早就觉得该加以限制了。因为这现象，一方面吸引着人口，一方面又增加后方浪费。在经常喊着疏散人口之下，实在费解。

还有一项滑稽的，便是开辟火巷的计划，而建设新市房的工程，却矛盾地发展着。这些新市房，是准备牺牲呢？是吸引市民呢？是故意浪费呢？

总之，这一些都该限制。限制的用意，不但是怕这现象吸引人口，而且也是为投资者顾惜资本。

（1939年3月7日）

狮 子 输 血

小时候，念过这么一篇童话，狮子病了，需要输血，就吩咐狐狸出去找输血的动物。狐狸这东西虽然十分狡猾，可是欺善怕恶。它走出小洞，将大的自田鼠蝙蝠起，小的至蜜蜂蚂蚁为止，捉了几千几百，送到狮子面前输血，但自朝至暮，不断地输血，蚂蚁蜜蜂因血尽而死的很是不少，但对于狮子的病，并没有起色。一只百灵鸟飞到狮子面前说："大王，若是这样输血，杀生很多，与千岁贵恙，并无益处。依臣之见，只要三人，便可治大王的病。"狮子说："谁呢？"百灵鸟说："大王洞后，藏有一只大虎，大王洞前，跪有一头大狼，他们平时吃着小动物，身上有的是血。只要他们肯在身上一割，足治大王的病。便是捉我们的狐狸，它的血也多出我们千倍。大王舍近求远，舍易求难，微臣实在莫测高深。"狮子将信将疑，姑且把虎狼狐狸捉了来输血，果然不到一半，病就好了。

先生说，这就叫拜罗汉八百，不如求佛一尊。

（1939年3月8日）

我曾祖用的闲人

我的曾祖是乡间一位实业家。他种田、造林、养牲口、开槽房、染房，并拥有一爿杂货店，事务多，出力的人自然不少，家里雇工多到七八十人。我祖父是个武术家，十四岁就在曾国藩部下当兵。偶然回家，看到雇工在大树荫下围了石头坐着打纸牌。他向曾祖说，似乎用的人工太多了，不然，他们哪有工夫打牌？曾祖说："我岂不知这些？这里面有些是饭桶，又和我沾点亲友关系，我不养活他们，他们更没饭吃；有些是很调皮的东西，养活了他们，他们就不会偷我们的庄稼，坏我们的生意了。"我祖父虽不敢驳回，却也怪我曾祖太仁慈。后来他打了十九年仗，出生入死多次。因为不是湘军，天下太平，闲得几乎饿饭。直熬到六十四岁，以代署参军终其身。临终之前，他说："我父亲说的话是对的。人不能做坏蛋，就去当饭桶。不然，没饭吃。"

（1939年3月9日）

诗人痰盂便佳

《儒林外史》里的杜慎卿，请人吃鲥鱼樱笋，朋友就要在席上吟诗。他说，雅的俗，还是清谈为妙。吟诗成了一桩俗事，倒也是一种奇闻。

偶然记起一件事，有人作了一首律诗，恭贺袁世凯登基。秘书看到，说是写作俱佳，可以裱糊起来。袁世凯取了来，却丢在痰盂里。这话传出去了，有人颇为诗翁叹息。他问："没关系，不知道总统知道我这名字没有？"那人道："岂但知道了，总统还骂了一句，某人酸得讨厌。"诗翁笑道："恭贺我吧！"过了几天，他果然做了总统府咨议。

诗这种东西，碧纱笼句不难，只是难于进阔人的痰盂。虽是抗战期间，重庆市上有一批史诗，他能道此中甘苦。

（1939年3月10日）

拿出钢来

两年来，我们始终喊着拿血去抵抗和摧毁敌人。事实上我们也做到了。但这种精神可鼓励，这计划却不许永远实行下去。敌人以钢铁来侵犯我们，我们也要以钢铁打击他。我们要喊："我们拿出钢铁来。"

敌人是无铁之国，而我们却有，并且是大量的有。敌人无铁，可以拿钱买了铁来侵犯我们。我们始而没有准备，来不及拿钢铁去抵抗敌人。有了这二十个月的抗战，我们该在土里拿出一些铁来了。我们要开始喊"把钢铁筑成新的长城”了。抗战的日子，也许正长，岂容我们老喊着用血肉去对付钢铁，这代价付的太大了。

大家努力，我们拿出钢铁来。

（1939年3月11日）

有钱人的心理

没有钱的人，爱听人家说他有钱；有钱的人，怕人家说他有钱。一到了劝有钱的出钱，那就不论贫富，爱听的变到怕听，怕听的更要变到一听就生不共戴天之仇。所以，在献金的时候，你会相信中国是个最贫穷的国家。

没有钱的不出钱，不足为怪。要说有钱的人全没良心，那也过分了一点，只是他们想着我家里并不出金子，若献多了钱，人家算算我的正当收入，不会怎么富有，热心一下，不是自己暴露藏有非分之财吗？还是装着糊涂吧。其实，富翁这种念头转错了。谁有钱，国人眼睛里雪亮，拿些出来，倒可以收买一部分国人的好感；若是只管挤着大家献出血和汗，让你的现金关在外国银行保险箱里叫屈，有一天，它逃不出银行的门，你也会叫屈的。

（1939年3月11日）

今 古 少 年

往日的青年是一味读死书，今日的青年是一味力求表现，读死书的结果，是不辨菽麦。力求表现的结果，是白话文还没写通顺已算作家，看了几本杂志，就搞政治活动。

读死书的人，必然成个书呆子，力求表现的人，必成浮滑弟子，说凶一点，便是恶少！书呆子，先贻误了自己，再影响到社会；恶少，是先影响社会，再贻误自己。

读死书也不算坏事，但要会用。力求表现更是美德，但要拿出货色来。书呆子已矣，我不能不劝力求表现的朋友，分点嘴上腿上的劲头子，且看两本书。

（1939年3月14日）

左　公　柳

——由植树时候想起

“大将西征未肯还，湘湖子弟遍天山。新栽杨柳三千里，引得春风度玉关。”

这是左宗棠西征的一首七绝，他用事实驳复了唐人“春风不度玉门关”的判断。

据西北人说：当年由潼关到玉门，沿路三千，全是白杨和垂柳。因为西北高原少水，左氏栽这些柳树，五里掘一深井，以资灌溉，费了很大力量。他所以如此，他不是好玩，他认为西北国防，少不了用兵，大队人马，夏季经过荒漠的高原，是一件苦事。所以，栽树为后人行兵之用。

我在甘肃平凉道上，曾遇到兵劫不曾砍光的这种树林，青青夹道，平行数十里，在高原上别有令人留恋之处。这树，西北人号称“左公柳”，说起来还表示一种赞美之状呢！西北地瘠，树木成林不易，到于今八十年了，树干不过缽粗，可想左氏栽树，完全是为了后人。于是我想到不认识于今的公务员，不知道左宗棠之伟大，不知道三千里杨柳栽种之困难。

（1939年3月16日）

名　字

名字不过是代表人的一个符号，虽然取名字的人，都有一种意义，其实是多余的，有几个人的个性和行为，可以在名字上看出来？

先说我自己，名字是水字上加个恨字。水是名词，无法曲解了，恨字是动词也好，是形容词也好，但在我好茶这一点上看来，显然是名实不符。再高一层说，我取意于李后主的《相见欢》一词上“自是人生长恨水长东”，颇有“子在川上，逝者如斯乎”之慨。若不自向脸上贴金，我哪有那种襟怀？

于是名亮的未必就高比孔明，名庸的未必就成厚福的富家翁。事实恰相反，名庸的人，落一个贪污下场，也或有之呢。是故以名取人，不止像孔子以貌取人，失之子羽。

（1939年3月17日）

名角与跑龙套

假如你知道旧戏院的规矩，你会不肯再花钱去听戏。你或者在报上看见过，一个名角的包银，一月可以超过十万。可是那些和名角同台的跑龙套，月薪不会超过十元。听戏的越多，名角架子越大，跑龙套的工作越多，一夜的戏，跑龙套要向任何一主角，做完了摇旗呐喊、捧茶送酒的奴才任务，出场不知多少次。而名角却只有一出戏，甚至只出场一两次。拿钱不做事，做事不拿钱，不平等一至于此。我们为听名角而捧场，真是一种罪恶！

你以为跑龙套不重要吗？请把各戏班子跑龙套的一齐裁掉，看名角怎么唱戏？

中国人有一句成语："唱戏的人是疯子，看戏的人是傻子。"唱戏的人一板三眼，各有各的唱词，吹胡瞪眼，各有各的做派，何尝疯？但要说看戏的人不傻，仅在他捧场叫好一点上看去，就很费研究。

（1939年3月18日）

好老人如何

宇宙间的是非，不是一时可定，一个人的功过，也就不是一时可定。

张伯伦由慕尼黑会议回来，伦敦市民很欣慰地欢迎着，高唱着"好老人"。英国人眼睁睁地看到一幕将开的欧战，让这位老人一度飞行，立刻化干戈为玉帛，当然很高兴。其实，说到英法妥协政策，能满足法西斯的野心，谁也不敢开这保单。为时几何？慕尼黑会议之言犹在耳，被保证安全的捷克已亡了。好老人到了今日，不能不有点踌躇。恭颂好老人者，也就不能不跟着有点踌躇了吧？

对付法西斯，决不能有苟安的心理，决不能有妥协的手段，有之必定上当。我们无法舍己之田而耘人之田，去说欧洲的事，但这个事实，我们要记住。

（1939年3月20日）

爱的占有

现在的青年，都喜欢追逐异性。当他追逐之时，唯恐别人不浪漫，最好是有夫之妇能二三其德，窈窕淑女能随意钟情，只要能勾引成奸，他便可以无所不为。但若真要成为配偶之时，他便要考虑了，他总觉得最好是没有发生过关系的洁白之身，可靠得多，美满得多！总之，他无论怎样是不愿与浪漫女子结为夫妇的，至少也是反对自己太太与别人通奸，讲恋爱吧？这便是男子的占有欲之表现的普遍现象。

为什么公然有人为通奸者辩护？公然有人同情奸盗邪淫的犯罪事实呢？那不是自身是“过来人”做自饰其非的内心写照，便是他正准备着效法他的朋友，要做“我的维特”呀！

万恶的社会，到处都是鼓励青年人寡廉鲜耻，自私自利，谁还相信有是非正义？

（1939年3月21日）

向戏剧界进一言

全国戏剧界将开会，吾人愿进一言。虽近老生常谈，然戏剧界能做到，未始非社会之福。

抗战以来，戏剧对于宣传事业之努力，为以前所未有，此不可抹煞。但诸君宣传之地点，恒在城市兜圈，不但未曾下乡，且少至小县小市。大都会人民能出一二元上下之票价，来坐戏台前方者，对于抗战之认识，未必尚待戏剧宣传；至少是一种浪费。若职业剧团，又当别论，但亦不妨偶作下乡之举也。

又关于戏剧家私人道德之修养，向未闻有所建议。窃以为未可。吾人决不提倡开倒车，但站在思想前进之路上，亦自有其道德在。戏剧为社会教育，岂有教人者而可绝少修养之理。昔吾国话剧初生，用意在鼓吹革命，本系善举，结果到社会上视演文明戏者为洪水猛兽，其故可想也。

（1939年3月22日）

鉴于捷克之亡

捷克亡矣！中原多事，吾人无暇哀之，顾他山之石，可以攻玉，殊不失为一教训。

捷克之亡，亡在求苟安。亡在昧于唇亡齿寒之义，未于去年救奥地利。亡在依恃外援，过信友邦。亡在无牺牲决心未能引起强邻之切身利害。亡在中央政府自堕威信，不能引起国内之共同奋斗。是皆可以人力为之挽救而未为者。至其国家由各多方剐割拼凑而成，种族杂乱，地形受德包围，则亦为一种致命之伤，不过德并奥不成，亦无妨耳。

鉴于此，吾人将何以抗战建国，其理不甚明乎？

（1939年3月23日）

大 哉 死 乎

“大哉死乎，君子息焉，小人伏焉。”蒋百里死，是君子息焉也。

陈篆死，是小人伏焉也。君子息为可哀，小人息为可庆。故死神为人所同恶，而有时又为人所同喜。君子之于死，乃有所择焉。

或曰，鹿死不择荫，言其遽急也，君子能免于是乎？曰：“此有别。”“死有重于泰山，有轻于鸿毛。”苟其不能当舍生取义，苟其可免明哲保身，若鸿毛之死，又非其地其时，知机者必避之。人生实难，无所谓而死，则亦负父母之养育矣。同时有不必死而死之人，乃发其感想如此。

（1939年2月24日）

蠢哉斯洛伐克

兄弟阋墙，外侮斯来。无论是一个种族组成的国家，或是多数种族组成的国家，不能例外。斯洛伐克族与捷克族，是捷克各种族里两位哥哥。艰难创国二十多年，一向都很好。就在上次慕尼黑会议之前，德国加紧压迫的时候，斯洛伐克也表示共同奋斗。不想到了最近，忽然要闹什么独立。他们真蠢，以捷克全国，尚嫌小弱得无以自存，再要缩小独立，怎能站立得住？于是捷克斯拉夫完了，斯洛伐克跟着也就完了。

斯洛伐克是好例子，我们汉满蒙回藏彝苗，要合作图存。

（1939年3月25日）

游击区的经济战

据报上所载：敌人借着浙赣路交通，混进仇货不少。我想，这消息不会假。因为敌人在游击区内所占的点与线，搜括不多。而中国又是农村社会，洋货不下乡，土产的原料不出来，这所占的点与线便“如获石田”，在军事上还得赔本。所以他必利用那据点，作吐纳的口子，一方面运仇货下乡，吸取我们的法币，一方面利用非常时期，以贱价购取农产物，送出洋去换外汇。最近浙赣路发现仇货，那不过因其显而易见。其实，任何游击区，都必会有这种事的。

仇货土产的出入，虽由倭寇操纵，但自敌人据点到我内地去的运输，必系当地人民所为，可以断言。但这过错，并不在民众，因为他根本不识仇货。而土产之运出来，他或者还以为是落得弄进些敌人的钱呢。所以我们要使敌人的据点失其经济价值，在游击区必须断绝洋货入内，原料输出，而由地方军政当局严厉执行。

（1939年3月26日）

前半截与后半截

我的朋友纳厂，在上海报上发表一篇看人只有看后半截的文字。他说：“声妓晚岁从良，一世之烟花无碍，贞妇白头失守，半生之清苦俱非。”话很沉痛，乃是苦劝流寓上海的一班老悖而发的。不过这话还是要放量，不能断章取义。不然，为人前半截难道就可以胡来吗?

人生前半截做得好，后半截也做得好，是锦上添花。前半截做得不好，后半截做得好，不过是亡羊补牢。所以，败子日暮回头，自痛青春不再，神童晚年作相，人羡福慧双修。

老年人要争那后半截，青年人要争这前半截。在上海要劝老人来日已短，不要怕死贪生，在后方却当劝青年人来日方长，不要醉生梦死。

（1939年3月27日）

伟大的南昌

念过《滕王阁序》的人，对于南昌，有一个很深的印象吧？“襟江带湖，地接衡庐”，这八个字就可以形容南一郡的形势。

光指南昌说，章贡二水合成赣江，环绕城的三面。江西北岸是丘陵地带，接着那巍峨的西山，颇是雄壮的。

我生长在南昌，民国四五年离开她的怀抱，民国二十三年重回去看。城墙没有了，狭窄的街巷，变成了宽大的柏油路。薄瓦木板的店铺，变成立体式的大建筑。对于这第二故乡，让我震惊，羡慕不置。

洪杨之役，太平天国屡攻南昌不下。江西人并没有归功到守军的努力，而说是许真君坐在城墙上伸腿到江里洗脚，把长毛吓退了。现在的江西人，我想他不至于迷信那些神话吧？

（1939年3月28日）

忆娄妃墓

南昌章江得胜两门之间，临江有一石冢，丰碑屹立，题曰娄妃之墓。墓遥对西山，滨于赣水，儿时常以其境地开朗而凭吊之。妃为明宁王宸濠配，有淑德。濠背叛朝廷，妃苦谏不听。及北军南下，妃不忍睹其家室之毁灭，投赣江死。北军获其尸，礼葬之于此。赣人神话，则谓妃尸至樵舍，倒流六十里而出水墓畔，虽属不经，固已极敬佩其人矣。

墓与牛行车站，一衣带水之隔，南浦朝云，西山暮雨，乃为倭寇炮火所代替，视妃殉节时之惨痛，千百倍之。赣人或亦睹先烈之英风而有以兴起乎？

（1939年3月29日）

苏 诗 书 后

苏东坡有首《洗儿诗》说：“人皆养子望聪明，我被聪明误一生，唯愿孩儿愚且鲁，无灾无难到公卿。”

看起来似乎有点牢骚，其实也是真理。若是公卿，都像苏东坡这样聪明，宋朝也不会亡了。有道是庸人多福。古来做公卿的人既有福，当然也就有点庸。苏东坡望他儿子做公卿，怎能不望他愚且鲁呢？

有人也就问：何以庸人会多福？我想，这问题不难解答。一个没有心眼的人，当然就不知所谓礼义廉耻。单只要不知“廉耻”两字，在官场里就足够混到公卿了。岂不是多福？

但公卿非现代的官，苏诗自不适用于今日，合并声明。

（1939年3月30日）

欧洲似七国

今日欧洲荡漾的局面，极似吾华之七国。德为秦，英、法、苏、波及匈、罗、捷克、立陶宛，则为齐、楚、魏、赵等国。贾谊曰：“秦开关而延敌，九国之师遁逃而不敢进。秦无亡矢遗镞之费，而天下诸侯已困矣。于是从散约解，争割地以赂秦，秦有余力而制其弊……”古今中外，遥遥相对，何其似哉！捷克并非弱小，不幸以邻秦而先亡，乃绝似韩。未知其间亦有张良其人作复国之运动乎？

张伯伦居孟尝君之位，而为苏秦合从之术，成败实难预料。法与德世仇，委曲求全，乃似楚国。求一春申君而未有也。或曰：然则何以视意大利？曰：墨索里尼年来徒为希特勒陪笔，不能别论。然使希特勒为项羽，则墨翁非易与者，恐终将为沛公也。

（1939年3月31日）

怎样对付苦闷

文人或青年人善感，也就最容易对环境感到不满。这不满没法解除，又不好说出来，于是发生了一个名词，叫着“苦闷”。

不过这苦闷虽是人类所易有的。却也要看出各人的身份，当有不当有？秃子姑娘以不能烫飞机头而苦闷，跛脚青年以不能赛跑而苦闷，这是自我烦恼。根本不能补救其缺憾，就不必去幻想补救。若秃子因此而自杀，跛子因此而杀人，那是一个蠢材。

就说文人吧，司马迁被刑，在苦闷中作出《史记》，左丘明瞎了眼睛，在苦闷中作成了《左传》，苦闷也未尝不是可以利用的一个环境。我劝劝青年人奋斗，不要为苦闷走上颓废之途。

（1939年4月1日）

江西人与许真君

江西每一县，至少有一所万寿宫。不但如此，在外省，有一百个江西人以上，也就会建所万寿宫。江西人与万寿宫，是有这样的不解之缘的。

万寿宫里，供奉着一位白面长须，身穿龙袍的偶像，便是江西人三尺孩所能道的许真君。许真君是什么人呢？在《晋书》上有着记载：是汝南人，名逊，字敬之，做过四川的旌阳令，所以后人又称他许旌阳。因晋室日衰，东回江西，在南昌西山修道，后来一家四十二口，拔宅飞升。这件事荒诞不经，而江西人却为了这一点而敬重他。真君之号，却来自《道藏》。《道藏》上说，他学道于吴猛，飞升之后，玉皇大帝封他为某某（封号我忘了）真君，坐镇汝州（就是南昌郡）。于是江西人生出了许多神话，认为他是江西人的救星，而每次灾难得以摆脱，都归功于许真君的显灵，弄得习惯成自然，谁也不能否认。

现在倭寇犯南昌，简直就毁了许真君所在地西山万寿宫了。真君之灵何在？如今是科学昌明的时代，只有科学家能救苦救难。江西老表，或者可以恍然了。

（1939年4月1日）

魔术助手

你看过玩魔术的人吗，台上有一个主角，便有一个助手。你看到主角表演手表飞遁，火变鸽子以及空箱走活人等等，就鼓掌欢呼，以为主角有本领，足卖满座。其实，他少不了那个插诨打科的助手，暗递暗送。没有助手，戏法是变不成的。

魔术大师的荣誉，是主角得着了，钱，是主角赚够了。而当助手的人，却是白费力气，名利全无。于是不能不忿怒。他向主角说：你那一套，我已全会，我老帮着你做什么？我也来组班。每一个旧魔术团，都是这样拆伙，每个新魔术团，都是这样成立。

明乎此，就知道墨索里尼对希特勒，不会永远做助手下去。

（1939年4月2日）

聪明人不靠月薪

近来有人讨论到公务员减薪问题，社会上很有些不同意见。并有人说：减了公务员的月薪，只是小职员吃亏，因为聪明人决不靠月薪维持生活。这话也许有激使然。其实由正面去看，聪明人靠月薪收入的，反是很多。单指公务员说吧，若干称“员”之流，至少以简任职待遇，月薪实拿四百到六百元。有此数目，在战时的首都也就过着中等以上生活了。可是问他做什么事？除了两月开一次会，或三月做一次报告外，并无其他表现。假使国家把这些“员”字号一律裁掉，我断言与抗战建国毫无影响。然而事实如此，而居然“员爷”满坑满谷者，便是他有一种办法，可以为饭碗保险。那末，你能说他不是聪明人？你能说聪明人不靠月薪？

（1939年4月3日）

我们有抗毒本能

捷克本可以说是一个小的强国。只因为先天不足，一传染到了德国的毒菌，就不幸夭折了。捷克已矣不足论，而这种急性传染病，却更为捷克的过渡，大有蔓延欧洲之势。捷克紧邻波兰，又是一位曾经僵倒，恢复健康不久的国家，也可以说是先天不足。按照生理说，身体孱弱的人，抵抗毒菌的力量就很微小，我们是不能不为他担忧了。

这里，就值得为我们中国人夸耀。我们的祖先，为我们培养着这神州大陆，是博也，厚也，悠也，久也，一百年来，害了各式各样的病，始终不碍我们的生存。那剧烈的毒菌，最近虽向我们遍体袭击，只要我们调摄得宜，也能在血液里扑杀这些毒菌。不过，任何健康的人，治病总得吃点对症的药罢了。

（1939年4月4日）

我还是吃肉

老王夫妻两口，四块钱的红苕，他们要吃一月。我知道了这事，惭愧得两天不便吃肉。

昨天听到一位朋友说：某君家里的防空壕极好，单是壕顶堆的沙，挑工费就用了四百元。我觉得我真是个陋儒，我对于个人的防空，是四毛钱不曾花。为了老王之穷，吓得两天不吃肉，眼孔太小了。自今以后，我还是吃肉！

（1939年4月4日）

溅了我一身泥

下雨天，满街是泥，又不能不出去，出去，又不能不坐人力车，车夫乘机抬价。我的思想比较的乖悖，又不忍少给钱，多给钱，又实在有点肉痛。结果，我打伞走路了。

呜！马路上来了一辆流线型的汽车，溅得泥浆四飞。我埋怨重庆马路太窄，不够先生们跑汽车的，叫我让无可让，溅了一身泥。十元法币做一件新蓝布大褂脏了。

我先低头一看身上，再去向那汽车瞪眼时，汽车去远了。我并没骂他。我想，总有一天，我儿子长大了，做了官，有了汽车，我老爷坐着出去，我也溅别人一身泥，我就出了这口气了。

（1939年4月5日）

天燥有变

上月三十一日，天气突然变热，满街人穿着单衣，摩登食堂开了电扇。但我对朋友说：不出三日，我们还要穿丝棉袍的。不正常的闷热，必然是暴风雨的前兆。果然，一日晚大风，二日阴雨连绵，大家穿上冬衣了。

天时如此，人事亦莫不然。欧洲局面的闷热，英法是拼命地开着电扇。张伯伦宣言，早已透着暴躁不耐。我们不相信英法波是大戈壁，蒸发不出水蒸气的。这场大风雨，还能要酝酿多少时候？我疑心。

闷不可再热，热而闷，甚至迫得我们呼吸不灵，这就难说了。俗言道得好："天燥有变，人躁有祸。"经验也未尝不科学。

（1939年4月6日）

不要对证古本

我们书生来谈战事，那总会感到隔靴搔痒的。有些书生拿着古本来对证今事，仿佛也就能找出一点得失之原来。但一个科学时代的战争，与非科学时代的战争，究竟不能一样。

夏以一旅而中兴，齐守二城而复国，我们总拿这两个故事以自慰。其实，少康之中兴，一半由于寒促之不得诸侯；齐襄王之复国，一半由于燕国不信任乐毅。在战术上的"置之死地而后生"，或者不妨偶然一用，整个战争却是不许如此的。试看西班牙共和军的失败，就由于失地太多，无法周转。假使他们有我们中国这样大的地方，佛朗哥还不会有今日的地位的。

现在说到我们目前的抗战，要确立胜利第一的信念，不要对证古本。

（1939年4月7日）

心口如一问题

近来有人谈"心口如一"问题。这是道学先生干的正心修身工夫，不想到现在会出之于翻云覆雨者之口。

俗言道得好："来说是非者，便是是非人。"谁要提出"心口如一"问题来，我们就得先问一声，足下是为公为私？若说是为公，天地良心，你已是不能口心如一了。为私？你根本不会承认。那末，以子之矛，攻子之盾，这话哪还有讨论的价值？

假如我们把这作为机锋话，倒可这样回答：什么是"心口如一"？"花如解语还多事？石不能言最可人。"什么是"心口不如一"？"更无柳絮因风起，唯有葵花向日晴。"

（1939年4月10日）

难道墨翁疯了

假如意大利侵占阿比西尼亚不是另有作用，不是还有第二幕戏要上演，那末，就是墨索里尼几近无聊地疯了。因为阿国只有我们三县大的地方，才容纳一百万人口，本已无须用武力去对付。加之，她和意大利一衣带水之隔，事实上也就唯意国马首是瞻。意要阿如何，阿也不得不如何。实在是用不着动用海陆空军那样大干的。

意大利终于大干了。这不是狮子捕兔，用了全力。这是画蛇添脚，多此一举。但墨索里尼，究竟不是傻子，究竟不能不明乎此。于是，我们用不着袖占阴阳八卦，断言意阿冲突是巴尔干某一事件之序幕。

（1939年4月11日）

小说奖金一千元，实际上是千字三元的薄酬

在报上看到悬奖一千元，征求抗战小说的消息，颇为我们卖文为活为人“一鼓作气”。及至看到要十万字以上，我们就有点“再而衰”。仔细地看，又发现是两家股东合办的，我们不得不“三而竭”了。读者诸君，你想，十万字以上，上到什么程度呢？最低限度算十五万字吧，用一千元来折价，只摊每千字六元六角六分。而这稿子两家出钱，必是两家用，又打个对折，每千字只好值三元三角而已。以这样的报酬征稿，似乎已不得谓之“从丰”。要说这是抗战文学奖金，实在有点那个。

文人在今日，应当写点抗战文章，这是他的天职。至于写不出或者“不能”写出，那另当别论，实在不稀罕那犹太商人“叱而与之”的鼓励的。我仅以卖文人的立场说话，认为这种奖金办法，是个失态的措施。

（1939年4月12日）

御史的道统

从小念诗，念到韩昌黎的《拘幽操》：“呜呼，臣罪当诛兮，天主圣明。”我就觉得他奴性太重。文王是个蓄谋革命的人，在羑里决不作此想。再看他的杂诗吧，“朝蝇不须驱，暮蚊不可拍……冷风九月到，扫不见踪迹。”他以为苍蝇蚊子可以任它去猖獗一时，静待秋风来扫荡。他不知道有露筋祠这个典故，蚊子一夜会把人吃完的。

中国的历朝御史都是文人，也不少诗人，他们就传了韩先生的道统，不驱蝇，不拍蚊，拿了国家俸禄，吟吟诗，写写字，静待秋风去替他行使职权。至于打老虎的事，那是更不用提了。

用御史，所以除恶也。御史既不能除恶，我不明白历代皇帝整群的养着御史干什么？

（1939年4月13日）

卫国贬号

——读史随笔之十

周室既衰，七国并起，旧日诸侯，各为所兼并。卫本旧国，且固强大，僭称公有岁矣。周显王二十三年，迫于韩魏赵之强，及复旧称曰侯。纲目于此不许复，而曰“卫贬号曰侯，服属三晋”，盖深为耻之也。

卫以二耶而弃干城之将，千古传为笑柄，子思于当时曾痛论之。且曾告之卫侯：“君之国事将日非矣！君自出言以为是；而卿大夫莫敢矫其非。卿大夫出言，自以为是，而士庶人莫敢矫其非……矫之则有祸，如此则善安纵生？”子思之言然乎？又二十年，乃得事实之答复，卫遂更贬号曰君。

（1939年4月13日）

农人不识商会

两个农夫，经过商会之门。他们看到门楼壮丽，房屋高大。甲说：

“这是啥子衙门？”乙说：“不管是啥子衙门，总有大老爷住在里头。”旁人听到这话，或许笑乡下人不识货，我却为他表示无限的同情。中国是农业国家，为什么他们没有这样媲美商会的农会，让他们去认识，这是职业团体的机关？

我们一切享受，都是广大农民所给予。可是所得的利益，总是站在农民的前头。农人不认识商会，这不是农人之耻，这是我们之耻，也是自命先知先觉者之耻！

（1939年4月15日）

侧 面 文 章

明亡不久，《桃花扇传奇》就出了世。虽然清廷一再大兴文字之狱，对这个曲本却是相当的捧场。或者他认为写南朝君臣的荒淫昏聩，足以表白满清取之而应当吧？

孔尚任先生写这部书的结局，以隐遁来避免亡国之痛，实在是太消极了的。不过，让他尽量描写倡优的正义感，也就反映出士大夫的无耻来。文人在苦闷中，又不得不发泄一下的时候，往往从反面和侧面去着笔的。所以，司马迁作《史记》，为项羽作本纪，为游侠作列传。道学先生不解他的本意，横加非难，是被他的技巧瞒过了。虽然，文坛多侧面文章，文坛之不幸也。

（1939年4月16日）

君子好色

“饮食男女，人之大欲存焉。”老古董也没有反对过人之好色。不过，君子爱财，取之有道，色也未尝不当如此。

我们看到许多提倡女权的先知先觉们，全是细大不捐，精粗并用的登徒子，总会发生一点疑问，那是不是也在提倡之例？诱奸少女，却说是贞操是落伍的思想。诱奸人家太太，破坏人家家庭，却说是恋爱至上，著书立说，攻讦纳妾，攻击重婚，而自己朝三暮四和女人结合，却说是临时同居。一切道德法律上的责任，全可以不负，只便于先知先觉们的私图，这就是前进的思想。谁要是反对这种行为，谁就是腐化分子，把“腐化”二字拦住一切反对论调。这全对吗？我疑问。

私德不修的人，说他爱国没有一点伪饰，我也疑问着。

（1939年4月18日）

颂　圣

小时学作诗，先生要我从试贴诗入手，跟着末了两句，也就学着颂圣。什么叫颂圣呢？就是诗后必向皇上恭维两句。

记得先生有一次出了一个题目，《赋得两个黄鹂鸣翠柳得鸣字》。我为难了。这黄鹂鸣翠柳，与皇帝何干？我实无从去颂。交卷的时候，没有理会这一层。后来先生替我改卷子，到底颂上了。末尾和我代作了两句，却是："帝城春色好，更有凤凰声。"先生以为更字是诗眼，有了这个字，黄鹂鸣翠柳，就与皇帝有关了。他颇得意，再三地和我说着。

他是我的先生，我好说什么？在这里我明白了，读书的人想做官，他生儿子也有法子说出受恩深重的道理的，我之不能做官，盖未能传先生衣钵也。

（1939年4月21日）

"打头旗儿的"

我们常说过，"戏台上的跑龙套，是一批可怜的劳工。"一般的登台露脸，名角儿挣上整千整万，跑龙套的终日不得一饱。可是话又说回来，一半也由于他们没出息。同样的学戏，为什么人家成了名角，你一辈子只会摇旗呐喊呢？

跑龙套照例是四个一组，其中排在第一个出台的，要场子比较熟悉。京戏里有术语，叫作"打头旗儿的"。你看吧，每遇到第一块牌子的红角上台，这"打头旗儿的"也就精神抖擞，叫道的声音也就更响些。为的是这天可多挣毛儿八分的戏份。我每在台下看到，真透着有点肉麻。

虽然，跑龙套混在"打头旗儿的"的地位，颇需要若干年的摇旗呐喊；则其捡到栗子壳当瓜皮帽戴，不亦宜乎？呜呼！

（1939年4月22日）

裱 糊 房 屋

北平旧都有许多技艺，是他处不能效颦的。裱糊匠之裱糊房屋，便是一例。

无论怎样破烂墙壁，由裱糊匠带着糨糊纸张，在屋子里工作一天，一定洁白整齐，焕然一新。过周年半载，纸破烂了，再裱糊一次，屋子也再洁白整齐一次。不过，这种技艺拿到重庆来，恐怕也未能持久。因为北平建筑都是尺多厚的砖墙，纵有破坏，伤皮不伤骨一裱糊就好。像重庆这种篾支泥糊的墙壁，竹竿子碰一下，就是一个大窟窿，糨糊与纸，怎能医治他的毛病？建屋者其下点基础工夫乎？否则，虽有北平裱糊匠的技巧，无能为也。

（1938年4月23日）

后方严肃不起来

任凭你怎样喊破喉咙，后方总严肃不起来。戏馆、电影院、酒饭馆也总是找不着座位。这种颓废的现象，有人归罪于这样，有人归罪于那样，其实都是隔靴搔痒。不才之见，一言以蔽之，有钱与有闲阶级太多。

社会上有钱人多，这还不足为虑。他把钱花在建设上，花在正当用途上，大众还可以利用他们的钱。社会上有闲工夫的人太多，除消耗而外，还会造成种种罪害。至于有闲而更有钱的人，在今日情势之下，严格地说，简直一个也不能容纳。可是，都市上最活跃者，便是此种人。

明乎此，怎样叫后方严肃起来，不是很容易着手办的事吗？容易而始终办不到者，有钱有闲的人，也还藏着一种“有”，而有以致之呢？

（1939年4月24日）

战斗文字之难求

接得三舍弟的航函，他在某军当上校秘书。由南昌坐汽车出发赴最前线，遇到敌人坦克车队与六架飞机的连袭，十九个同伴，只有他和三个朋友转入敌人后方，以十九日的工夫，步行十一县，终于达到安全地点。他曾在死人堆里、炮弹灰里经过数昼夜。当他达到目的地时，朋友正为他开追悼会呢。这是一件多实在的战地艰苦过程。但他告诉我，他没有工夫拿笔写这故事了。而且，也不愿写。我并不是夸耀我有个在前线的兄弟，由这一事，证明了战斗文章实在不容易得着。

有材料而又能写的人，不肯写。没有材料的人，要写又无从写起，这是抗战文艺界一个大问题。我们拿笔杆的人，从今为始，应该多交几个武装同志朋友，实行合作才好。不要终日在自己园地里兜圈子了。

（1939年4月25日）

性相近习相远

中国的儒家对于人的赋性为善为恶两点，各有说法。孟子道性善，荀子道性恶，都举有显明的例子。我们后人不用多说，把孟、荀两人的说法一对比，就正负相消了。那么，还是“性相近也，习相远也”这个说法，比较的近理些吧？

我们就着眼面前的人物，十年前是极左，于今却会变得极右。也有从前是古董物的，于今却相当的左，这原因从何说起？还不是性相近、习相远吗？在这种情形之下，于是乎有人为山九仞，功亏一篑，也有人放下屠刀，立地成佛。

（1939年4月26日）

关头语录（五）

“人有所不为也，而后可以有为。”抗战工作，当作如是观。

今日登台演说，明日出小册子，发表论文，这样声名远播的抗战志士，自然是热心。但想到在前线出生入死的将领，报上不得宣布姓名，却也会生出另一种感想。

家室受抗战之牺牲最小者，其个人之享受，一定不减于战前，举一个例，请看在重庆之官吏。

狮虎害一天病，无形中就活了许多小动物的命。故节约当从大处着想。

（1939年4月27日）

关于天官赐福

——读史随笔之十一

任何种旧剧第一场必是一个戴面具、穿宰相衣服的人出来，俗言叫作“天官赐福”。这天官是谁呢？据说，是指着五代时的冯道。因为他从后唐任同平章事起，再经过晋汉周三朝，还是处在宰相的地位。那时纲纪堕地，篡弑相接，冯一身事四姓十君，忝不为耻，且自做长老乐致，夸耀他历朝的荣誉。后人对他笑骂不得，每次演戏，让他朝衣笏板，向观众献媚，可也说是公道终在天壤了。明乎此，“天官赐福”的那副小轴，现在梨园写着“抗战到底”，却也不足为怪。假使冯道在今日，他一定跟着人喊抗战的。

虽然，冯道也不无长处可取。他对唐明宗说；农家岁凶则死于流殍，岁丰则伤于谷贱。又举出聂夷中的诗说：“二月卖新丝，五月粜新谷，医得眼前疮，剜却心头肉。”这话不但后来宰相说不出，便是为什么叫剜却心头肉？恐怕也懂不得这理由。

（1939年4月28日）

从文人警惕起

现在的中国，决不是亡宋亡明可以比拟的。我也赞成此一说：第一个大原因，便是宋、明两代没有人抓得起全国的力量，来和敌人一拼。文天祥何尝不想这样做，只是为时晚矣。史可法根本权不在手，他之尽忠明室，只是讲尽尽人事。再就文人说，上焉者讲理学，尚空谈，次焉者弄辞章，谈风月，下焉者，便钻入贾似道、马士英的狗洞。说起积弱所以难振，毋宁把这亡国大罪，加在文人身上了。

现在决不是宋明可比，但也不能不知所警惕。文人有点知识，总也看过两页历史。要警惕，就从文人警惕起吧！

（1939年4月29日）

编 者 的 话

我们打算在本刊也刊登一些新体诗。但有两个条件：要有感情，要可以朗诵。为了篇幅关系还不能长。

本刊征稿以来，只得着几篇军人的壮烈故事。希望读者多赐稿，这不是本社些微的报酬可以鼓励的。表扬忠烈，各有这一点心意吧？

只要故事好，文字稍差不要紧，润色修饰，那是编者的责任。

须退稿者请先声明，并附足邮票。过去退之稿，似无退回之必要，以减手续。

来稿请勿横写，请勿两面写。

描写劳苦民众的稿子，没有收到过，颇为失望。

谈社会上各种问题的散文，请投“大时代”栏。本刊欢迎研究抗战文艺稿件。

（1939年4月29日）

作起声来让人惊

“平常不大说话，说起话来让人怕，平常不大作声，作起声来让人惊。”上一句送希特勒，下一句送罗斯福。为政不在多言，这也是个明证。

少说话，多做事。这标语到处贴着。爱说话的人还是说话。可是他那些话，像黑天夜半的微风，吹过太空，连人类的睡魔也没惊动，等于没有。爱说话的先生，你不愿做希特勒，难道也不愿做罗斯福？大可以学学了。

至于我们新闻记者，每天拿了一支笔在纸上瞎涂，这却是言责关系，自己虽也嫌烦，实在开口不得。假如和其他有言责的先生一样，不打老虎，也不拍苍蝇，更不管闲事，宁非我们所愿？可是贵读者不答应我们，其奈之何呢？话又说回来了，好在我们也不希望做罗斯福。

（1939年4月30日）

某师长席上除奸

“八·一三”在沪作战的某师长，现随某主席在皖，虽李广数奇，仍居师长职，而其英气勃勃，未减当年。过去一年，大别山南北麓，常有某师长踪迹，至则遍问民间痛苦，量力匡助。而于土豪劣绅之惩罚，尤效用卓著。土劣甚多，固不能一一除之，某则至一县，必除其最著名之一人。某潜山人也，请谈潜山。是今年春间，某师长至邑，各界开会欢迎以迓之。仪式既毕，邑人宴某师长于财政局。席间某师长起立曰：“闻邑绅有王礼经先生，在座否？”王为本邑劣绅最著之一人，勾结官府，剥削乡民，霸占民妻，陷害青年，无恶不作，而历任县长辄无如之何。某师长既发问，王以为师长格外垂青，即起立曰：“王礼经在此欢迎。”某师长勃然变色，顾随侍在侧之数卫队曰：“将此人绑了。”王不及避，已束手就擒，犹昂然曰：“列席恭迎，我何罪？”某师长曰：“尔之罪，全邑人皆知，尔亦当自知，无多言，尔当一死以谢乡人。”言讫，挥手令卫队牵之出，卫队固已先布置好者，遂即引至附近之东门外枪决之。王被绑时，一座失色。王既出，某师长拱手向座中人曰：“为诸公除一害，顾不快耶？”座上有大半数为受新教育之人，忽悟，鼓掌称快，三呼万岁而罢。

此事实，无一字虚构。闻某师长在他邑尚不如此，实以潜山逼近前线，王又十分狡猾，故不得不出其不意以除之。如其在岳西，杀著名劣绅蒋某时，则曾开一民众大会，数其十大罪而后伏法。但凡此种种，皖人群认为快举，固无一嫌其鲁莽。

（1939年4月30日）

狗　才

狗才这名词，好像有点陌生。可是你如常听戏，或看过民间通俗本的鼓词儿，就知其所以然了。当戏台上主子骂那奴才不称职的时候，总是说“你这狗才”。

据生理学家说，生物脑筋里的灵性，人类有百分之百，猿猴百分之二十，狗百分之四。这样说，狗未尝无才。但它的最短处，只要是面生的人，纵然是他主子的忠实朋友或骨肉，它一见便得狂吠一阵，甚至黑暗中没有看清楚人，连主子也在受狂吠之列。必须他鼻子嗅出主人的气味，才摇着尾巴。自然这是会受着主子喝骂的，但它不以为耻，也不会改掉这脾气。

奴才如不称职，只有生熟，没有是非，在主子面前当然等于狗才一样了。我钦佩开始发明这一名词的人。

（1939年5月1日）

地球不易安居了

从前中国一国之内，秦人视越人之肥瘠无关痛痒。今日则巴尔干半岛发出一粒子弹，全球将为之震动。空间为科学进步而缩小，人类相互间之祸福遂视天涯为比邻矣！

苹果筐中有一个微烂苹果，不出三日，必牵及全体。世界中有一野心国，谁又得置身事外。故吾人今日对于人生之认识，不得不更为广泛，对于生存之竞争，不得不更为努力。

欧战必发，或属当然。欧战暂免，实属侥幸。总之，空间小，民族杂，人心坏，嗜念深，摩擦多，这地球是不大容易安居了。朋友，努力吧！

（1939年5月2日）

远东德人之幽默

在日德间喊成自己哥们的今日，倭寇在有希特勒老大哥的地方，自然显得很亲密，而德国人未必全肯做矮子的老大哥。最近在上海报上，看到了有这样一则简讯：

> 远东德人定本月份起，举行一九一四年青岛被日军攻陷纪念。现设事务所于南京路二三三号，办理此事。

这是远东德国人的幽默，也未尝不可以看出德国人一部分的心理。这世界上不为自己打算，谁忘了自己上过当？德国人记得第一次欧战，倭寇自然也记得。于这一点，也可以想到倭奴对军事问题的概念了。

（1939年5月3日）

久　违　了[①]

日子是这样的容易过去，本刊与读者不相见已经有一百天了。这一百天不可小看了它，积十八个一百天，便是一个五年计划。对这一百天的消逝，我们是守财奴一般的看法，颇为舍不得。

一百天之间，我们不知道读者的感想如何？若就我们自己而谈，仿佛像那些禄蠹，三日无官，则惶惶如也。许多日子不扯几句淡，真憋得难受。在这里也看出新闻记者是一条劳碌命。不像古来言责之官，如御史大夫等等，十年不开口动笔，依然吃饭睡觉，其肥如猪。

今天不闹抗战八股，抄两句诗来结束这段闲文。“带一分憨情更好，不多时别兴尤浓”。与诸公共勉之。

（1939年8月13日）

尚 论 古 人

在过去的《最后关头》上，我曾做了《读史随笔》十几则，也是日课一文，苦无题目。不得已而出此。其实，那题目是歪曲了的。我每为想

① 父亲主编之《最后关头》，因来稿与自撰，均力主抗日，在直接与间接有损害抗日之官方与官贾个人行为，均揭露斥挞。因而得罪有关当局，被官方勒令停刊，直至三个月后，才准复刊。父亲以编者身份写了此文。

起一件事，或者发生一点感想，再去翻书，并不是读史随笔，而是随笔读史。现在我想与其题目与事实相违，不如干脆改过来为尚论古人吧。

抗战两年的今日，我们还高谈古事，也许是“燕雀处堂”之类。不过我们自视“卑之无甚高论”，并不想做个董狐。假如在读报人看来，究竟不是作《燕子笺》的阮胡子那样毫无心肝，也就是于愿已足。自然，隔靴搔痒是免不了的。但天下最痛快的事，莫如评论古人，要恭维就恭维，要指责就指责，可以肆意为之。读者虽不得肉，又何妨过屠而大嚼一下呢？

（1939年8月16日）

大哉屈原

——尚论古人之一

儿时刚学两句辞章，好高骛远的就读《离骚》。结果，只见满纸是草木鸟兽，神仙云雾，落个莫名其妙。年岁大了，再买两个注疏的《楚辞》看看，也还是不得要领。直等自己碰尽了壁子，才恍然大悟。有人问我悟着什么？我悟的是“不得已”三个字。

我想，以屈原之才智和忠贞，当七国争用人才的时候，哪里不能去？上焉者，学孔丘孟轲，不难以仁义之说游齐梁。次焉者，也可以学苏秦张仪，做诸侯上客。他死守楚国，尽忠那亲小人远君子的怀王父子，这未免是太想不开了。可是他的伟大也就在这里。他是楚人，一定忠于楚国。虽然愤而投江，自暴自弃了，他却不去效力邻邦，有害故国。何尝不是杀身成仁呢？这一点委屈，他不说两句话，于心何忍！然而，这话还是说不出来。可怜！

曹雪芹说：“满纸荒唐言，一把辛酸泪，都云作者痴，谁解其中味。”以赠屈原，以赠《离骚》。

（1939年8月16日）

圈 住 了

于此有人焉：做官是贪官，经商是奸商，为吏是污吏，教书是庸师，甚至在民间还是土豪劣绅。照说，这等人是为社会所不容的了。可是我们到社会上去睁眼看看，最有办法的是谁呢？

社会上有两种不可磨灭的威力，其一是钱，这是大家全知道的。其二就是此种人吹牛拍马的功夫已经登峰造极，足以颠倒众生，自成一个势力圈。这势力圈之对于社会，我也没法形容。记得《西游补》里有一段说法：不老婆婆将名圈、利圈、酒圈、色圈，一切利害圈丢去，都套不住小行者。后来把一只小小的镯儿好胜圈丢去，小行者就困在万丈围城里了。

社会对于某种人，就是小行者碰到了好胜圈。奈何！奈何！

（1939年8月17日）

康有为目

民国四年，中国参加欧战，康有为反对最烈，尝为一长文伸叙理由，遍载国内各报。其题予已忘之。但忆其中有两语。为国人所称道，则“请抉吾目悬于国门，以视德舰之入也”是已。其后，德舰未来，康之目亦未尝抉。事后，言之者，颇为康羞。此可见对国际政局，不能过于武断，而文人宣誓，尤不值一笑。今欧战或不免重开，效康氏论调者当无其人矣。

（1939年8月17日）

赵匡胤与赵普

——尚论古人之二

我曾到过洛阳的宋太祖落座处夹马营。一个黄土坡，偏在郊外。想赵匡胤起家寒微，和汉高祖差不多。但汉高祖用萧何，比宋太祖用赵普就高明些。

赵普为了参与陈桥起事之功，一朝做相，拼命地弄钱，甚至霸占民房，贩卖禁货，大理寺雷德骧参赵普一本。宋太祖说什么："鼎铛尚有耳，汝不闻普吾社稷臣乎？"亲自用柱斧打掉雷氏两颗牙齿，还要杀他。后五年，宋太祖到赵普家去，发现了吴越送来的十瓶瓜子金。虽然说："第受之，彼谓国家事，皆由汝书生尔。"我想，他心里一定有点四川人所说"有点不大了然"，也就为雷德骧两个牙齿喊冤了。

（1939年8月19日）

说三国用人

——尚论古人之三

大苏论三国，说刘备有容人之量，有知人之明，而无用人之才。孙权有容人之量，有用人之才，而无知人之明。曹操有知人之明，有用人之才，而无容人之量，所以三个人全不成功。

据我想，才、明，量三样，虽缺一不可，但万不得已，无用人之才也还不要紧。所以刘玄德以织席编履的穷汉，还能三分鼎足。曹操挟天子以令诸侯，有可为之人，居可为之地，而不能统一中国，就坏在他不能容人。孙权袭父兄之余荫，人才多半是哥哥留下来的，根本不足论。可是，不管好坏，一齐留下，成了他的半壁江山。

由此看来，要事业成功，容人第一。项羽有一范增而不能用，这是后人感慨系之的了。

（1939年8月20日）

高 烛 台

家藏有锡制烛台一对，高二尺许。其下盛油之盘有二，大者居下，直径约尺二；小者居上，直径六七八寸。年节或祀祖常用之，可插十斤重之红炬。燃时，光耀一堂，因名之曰“满堂红”，固非夸张也。

儿时，于除夕日，戏跃红烛下，玩弄饰物为戏，将帽上一金罗汉掷案上，忽失所在，家人群起动员，百觅不得，莫不以为奇。祖父闻之，捧水烟袋徐徐出，呼燃手上所执纸煤，照烛台下层油盘一匝，以二指箝金罗汉示众人曰：“在是矣。尔等须知，烛光虽巨，但明亮之处过高，恒不足以照足下。尔等随烛光所在觅物，烛光不至，尔等之目光亦不至，自无所得矣。”

匆匆三十余年，至今思之，其言弥觉隽永可爱。

（1939年8月21日）

帝　　羓

——尚论古人之四

中国人之受辱异族，莫过于五代之后晋。那位主子石敬瑭，向契丹称儿皇帝，在历史上造成了空前纪录。他儿子重贵，虽以不肯向契丹称孙而亡国被执，多少还有点人气。可耻的是那批士大夫之流，无一人敢说个不字。等到契丹北归死于路，却嘲笑一阵说他是帝羓。这就算报仇了。

把肉煮干了，用盐腌着，这叫干肉羓子。史载契丹主耶律德光死在杀狐林，契丹人挖开肚子，装盐数斗，运了回去。于是乎中国人大为开味，说这是黄帝羓子。无论契丹有没有这种风俗，在不可考之列。便算是真，回想到当年的主子，叫着皇帝羓子做爸爸，又做何感想呢？这种打死老虎的精神胜利，原来是其来也久矣。

（1939年8月22日）

沈约无耻

——尚论古人之五

文章到了六朝，华丽已极，而文人不守节操，也就与文字浮滑相同。谈中国文学的，总知道沈约这个人，可是他也就最无耻。

他和萧衍，同为齐竟陵王幕下的八友。齐和帝在上游自立，命萧衍发襄阳，讨宝卷。萧入建康，有篡齐之意，本还要考量考量，而沈约却教他混水摸鱼。说是："若天子还都，公卿在位，则君臣分定，无复异心，岂更有人同公做贼？"后来萧衍废齐主为巴陵王，想安置他到广东。沈约又劝萧做恶人到底，不可慕虚名，受实祸。于是萧衍弑齐主于姑熟。劝人篡位之不足，一定还要劝人弑君。萧齐的后人总算交上一位好友了。

读书人没有修养，往往是才适足以济其恶。幕府中多收此种人，败则家破人亡，成功也不过是乱臣贼子而已。

（1939年8月23日）

庸医之罪

在北平，在南京，常常在报纸社会新闻栏里，发现庸医杀人案。我们不懂法律，不能乱谈。就人情一方面说，庸医的罪是值得考虑的。其一，医生行医，有他的行医执照。当局既发执照给他行医，是不以他为庸，而教人民信任他。若庸医因治病错误而杀人，这事自有一个根本上负责的。其二，病家治病，是生死关头所在，应该请什么医生，自己当充分考虑一下。若请了一位庸医来把人诊死，知其庸，而请之，有何话说？不知其庸而请之，也是病家自己糊涂。我并不为庸医辩护，我是劝人有病寻医，当慎之于始。

庸人有庸福，哪里是天生的？全是社会上对庸人姑息所致罢了。

（1939年8月24日）

关于民族英雄

张君劢日前通电斥汪，把一个篡晋弑君的南北朝宋武帝刘裕，当作了赵宋汉奸金人所立的伪齐帝刘豫。裕豫同音，一错就相去太远。这事经过同业指正，并且把刘寄奴升做了民族英雄。我想张君劢除承认错误外，也无别法。其实新闻记者为了时间关系，就最容易犯笔误之病。咬文嚼字，究是小事。不过这民族英雄一顶帽子，是否可以随便送人，在今日都爱这个调调儿之下，似乎值得我们考量一下。

不才的意见，做一个英雄，不仅雄才大略而已，在道德方面也应有点修养，而况英雄上还有“民族”两个字。刘裕身为晋臣，借功篡位，犹可说是刘曹取汉，对司马取魏，来个依样葫芦。而晋恭帝欣然草诏让位，未尝对不起，何必弑之于废为零陵王之后？曹丕废汉献帝为山阳公，司马炎废魏主为陈留王，不杀故主，何害于事？刘裕忍心害理，开了一条六朝五代弑君的前例，其罪不小。后来，萧道成取宋家天下，照例弑顺帝于废为汝阴王之后，还来个灭其家，岂不是一证？可见当时就以刘寄奴为作恶标准了。

由此，我认为刘裕不配称民族英雄，头巾气的话，高明以为如何？

（1939年8月25日）

车轿涨价的看法

重庆车轿猛烈涨价，多数以为是奇事。但就我个人愚见，倒是站在赞成的一边。世界文明国家，决没有以穷人当牛马乘骑的办法。轿子是国产，人力车来自日本，全是人与人之间一种不平等的待遇。

敌国以工资涨价，人力车是很少了。我国却因人工太贱，穷人反以拖车抬轿是一条出路。许多讲人道主义的，主张废除以人代步，而同时却以穷人无事可做为虑。所以直到于今，人力车是随公路马路的无孔不入，也就是牛马的穷人增多。闭目一想，这实在是一件可悲泣的事情。

我相信中国走上建国之途的日子，人工价值一定增高，卖力的人有了办法，决不抬轿拖车，纵然抬与拖，价值也很高，而非普通人所敢乘坐。这样，穷人就渐渐可以不变牛马了。虽然重庆车轿涨价，是一时畸形的发展，我们是唯恐其不能持久与扩大。所以这种现象，论情论理，无可反对。

（1939年8月26日）

谈孔子教人

孔子的学说，除一小部分为时代所不容外，十之七八是可崇奉的。教师们对于平民教育要扩大宣传，我们就谈谈孔子教人。

读过《论语》的人，就可以看到孔子对三千弟子，是各别教化，谨讷的鼓励他进取，鲁率的劝告他慎重。即以群弟子问孝而论，他就各有各的答法。于此，可见他教人是怎样的仔细？他一般的教育宗旨是“有教无类”，是“诲人不倦”，是“自行束修以上，吾未尝无诲焉”，是“知之为知之，不知为不知”，是“吾无隐乎尔”。老实说：即是这几样，已是今人所难能。此外，他一般主张教育普及，所以他说：“以不教民战，是谓弃之。”他又说：“民可使，由之，不可使，知之”。更可证明他这一主张的，便是他对于春秋诸侯各国文字上的出入，而努力于“书同文”的运动。

我们正不必看看孔子过于古老，只问孔子所能的，我们能不能？

（1939年8月27日）

合伙者的教训

在欧洲局面大动荡之下，虽是非利害，各有看法不同，但一言以蔽之，大家全干的是现实主义。这现实主义干得好不好，却是戏法人人会变，各有巧妙不同。

在这些国家里，算盘打得太精的是波兰。她一面亲德，与苏联暗斗，自捷克灭亡后，她感到有些唇亡齿寒，才开始联苏。为了政治历史关系，她对苏联又不能坦然处之。在英法苏谈判之下，一旦有事，她只愿苏联空军帮助，而不愿陆军入境。请问，苏联又何爱于波兰，只管屈就呢？假使德之目的只在波兰西部，而不侵犯苏联，她也就乐得不管这件闲事了。于是，就变成了现在反共集团散伙，苏联专力远东的局面。

要别人替你保镖，又怕人趁火打劫，这种心理徒然叫保镖的心寒，是千万要不得的。中国儒家曾有八个字合伙格言，就是“疑人勿用，用人勿疑”。这不仅是道德观念，利害关头也就在此。想利用人而不相信人的，世界上多得很，殷鉴不远，请看苏联之于波兰。

（1939年8月28日）

不是闲话

在后方的人，听到许多前方的战绩，往往认为是神话。在前方的人，听到后方像坐汽车兜风这一类事情，又认为是疯话。

城市的人都疏散下乡了，饮食起居都会感着不便起来。但有一条妙计，想法子弄个阔佬在这里住公馆，就一切有办法了。

战区失陷，城市里的米、粮，往往贵到四五十元一担。但是乡下的米，却只五六元一担，因之，非万不得已的人是不愿做顺民的。有汪逆精卫这种人，钻进大军包围里当傀儡，天下事往往不可解如此。

日本人跟着德意反共，汉奸报纸又跟着敌人后面反共。当希特勒抛去反共旗帜的今日，不知他们何以自圆其说？圆不过来，就说个反共到底吧。天下跟着人摇旗呐喊的，最大痛苦不过如此。

这几天真热。但热也照常做事，想到往年在南京，忙着上庐山，奔青岛，实在是浪费。

欧局动荡，苏联马首东向，有一大批人哈哈大笑。他们笑的不是抗战有利，他们笑的是消息灵通，在公债和外汇上又挣了一笔大钱。

（1939年8月28日）

国际看法

苏德签订互不侵犯条约，各国有各国的看法，却以倭寇的看法为最妙。他们认为是苏联有加入轴心国之意。再问一句，轴心国家的号召是些什么呢？答是反共。“共是谁呢？”“是苏联”。那么，苏联加入轴心国家要反对他自己吗？那也好将莫斯科以东，拱手而让与日本吧。若不是一个人犯了疯病，他不应当说这种话。但后来他也觉得不像人话，不好意思再说了。

对于国际变化，多数人都是以主观的成见来解释的，这也不能专指责倭寇。但这种解释，至少要言之成理。言之不成理而勉强说出来，十分之九会成为一种反宣传作用的。

由此，我们对于国际情势是必须用冷静的头脑去观察，不由于我有利无利，先想想与人有害无害？任何国家交朋友，仁义道德，全是幌子，为的是现钱交易。认定了这层，则国际情形虽然复杂，也没有什么看不透的。

（1939年8月29日）

山人词客者流

“装点山林大架子，附庸风雅小名家。”明朝的文人都好这个调调儿，于是有山人词客这一类人物产生。虽然那些热心仕进的人，认为这是异端，但这风气直到明亡而不能纠正，你看《桃花扇》一部书，对于山人词客渲染得如何有声有色？

封建时代，父诏兄勉，唯恐其子弟不为官，何以明朝的读书人好做一种似隐非隐的生涯呢？一言以蔽之，环境使然也。由明太祖算起，一直到崇祯帝止，哪一个主子是宽宏大量的？加之奸相作恶，太监掌权，史不绝书。正人君子，随时有玩掉脑袋的可能。名利别有可图，人又何必不做山人词客？

前几年，“《论语》派”的文人提倡明人小品，有一部分文人（现在大半做官了）大为攻击，以为是亡国之言。其实，他们并不够山人词客的资格，只是另找一条卖文之路而已。至于他们因何效法山人词客，我至今不十分明白。

（1939年8月30日）

倭哨兵开始敬礼

上海寇哨兵向英警开始敬礼，路透社拍电报告其事，可见得对之很感兴趣了。小病多暇，倚枕作起讲一段，真正抗战八股也。（题眼在始字）

应有而久未有之礼节，固不料其突然东顾也（破题）。夫异国军警相晤，致敬亦属常礼。沪倭兵向英警独不屑为，则亦已矣。乃相持二年之久，一旦始为之，得不令人愕然相向乎（承题）？且大不列颠之人民，皆尖头儿们也。在民间有其礼，在戎伍亦有其礼，不以地异焉。对同族有其礼，对异族亦有其礼，不以人异焉。想倭寇兵始布侵占区上也，英警立于苏州河桥之上，以为人也，必有人礼，又以为军人也，必有军礼。怪哉！乃始焉，若不相睹，继焉毫不为动，久焉概不相睬，则非军人也，更非人也，将无望于其人举手举枪矣！于是十步之外，两年之久，洋洋而来，望望而去者，各亦安之若素。今不图一九三九年八月二十六日之晨，无睹者一变而为翘首注目，不动者一变而为挺立举手，不睬者一变而为挺立致敬，误乎？无误！疯耶？非疯！此破题而第一遭，真莫名其妙矣（起讲）。虽然，是必有故也。

（1939年8月31日）

赶　场

他省人所谓赶集，四川人叫作赶场。这“场”字比“集”字有意义多了。赶了一场又一场，一场文，一场武，上场容易下场难，唯有“场”字足以尽之。

这玩意儿旧北京城里也有，叫作庙会。当庙会大开的时候，城里人也来，乡下人也来，九流三教也来，富贵人家小姐，还来赶庙会，瞧个热闹呢。老早的线装书里对这下过定义：“日中为市，交易而退，各得其所。”

不过说到各得其所，现在的赶场，是与古代“日中为市”有点分别的。场上除了乡下人把鸡猪菜米换去城里的日用百货之外，至于那些九流三教之徒，他们只带了一张光嘴来，却把什么去和人家交易？这些医卜星相，第一等人物便是说真方卖假药，第二等人物是不看金面看佛面。若论各得其所，在他们身上，“各”字应改为“独”字才对。乡居以来，常常赶场，得其经验如此。

（1939年9月1日）

书生其奈何

书生谈兵，自古认为笑话。生当今之日，书生不谈兵，也是笑话。反正是笑话，书生书生其奈何？

“中原豪杰思王猛，江左功名愧谢安”，赵孟之言，自是狂妄。“王师未报收东郡，城阙秋生画角哀”。倒想不到“老去渐于诗律细”的杜甫，居然喊了出来。老杜诗圣，可是他的诗，就缺乏为唐室中兴呐喊之作，后人是很失望的。可怜，还是陆放翁的绝笔，沉痛得有生气：“王师北定中原日，家祭毋忘告乃翁。”

书生知道什么，他只知道红旗报捷，就是可喜的事。何以能致此，他又是外行，也胡主张不得。百无一用是书生，其信然乎？固作一绝，以勉书生。

三鼓无声敌胆寒，扶桑王气半摧残。

已临收复中原日，莫做诸侯壁上观。

（1939年9月2日）

做官何必读书

儿时读《论语》，灯下常由父亲讲解着。对于孔子这位带剑学生子路，我总喜欢他憨直得可爱，父亲讲道："子曰：道不行，乘桴浮于海，从我者其由欤？子路闻之喜。"父亲说："子路人太老实，不懂得夫子发牢骚。"我却以为这是《水浒》上的李逵，写法很有趣。

孔子说："必也正名乎？"子路竟毫不客气讥讽先生："有是哉？子之迂也！"后来他越来越顽皮，他竟主张："何必读书，然后为仕？"虽然孔子对他这胡来，常骂他，而周游天下之时，总带着他同行，可见依然喜欢他的。

为什么这样一个入门子弟，竟主张做官不读书，这必然有他的背景。专就当时鲁国而论，季氏家里出来一条狗，也不愁没有位置。三千弟子读尽了几年甲骨竹简，远不如那条狗，他觉得跟先生学一阵子治国平天下，是白费劲，索性先去做官吧。子路先生，其亦乘桴浮海之意欤？

（1939年9月3日）

笑而不答

一部分人办刊物，第二个目的是宣传抗战。或问第一个目的是什么？我笑而不答。

有些人拿着鸡毛当令箭，第二原因自然也是谨慎十二分。或问第一原因是什么？我笑而不答。

人看到车轿涨价，由一毛变为五毛，大是吃惊。而搬家过半条街，费用却以万计，并无人奇怪。有人问我何故，我笑而不答。

衙门里同乡多，亲戚多，或问基于何种原因？我笑而不答。

或问：看任何阔人的费用，都超过他薪水的收入（包括特别办公费），何以并不借债，我笑而不答。

粮先涨价之先，而已有维持粮价消息之后，有一部分人趁机捞了一笔大财。或问是谁？我笑而不答。

（1939年9月3日）

看罗马的

希特勒在欧洲，虽然是横冲直撞，敢作敢为，但是他对两个人还有点含糊。其一是斯大林，其一是墨索里尼。

他为了含糊斯大林，所以把不相干的反共口号取消，和苏联订约。至于墨翁呢？是他的盟友，他似乎不必耿耿在心。然而唯其是盟友，他才不得不曲尽敷衍之道。万一和英法打起来了，墨翁来个王顾左右而言他，岂不糟糕？自然德意互相标榜，一国失败，他国以孤立也必定失败，墨翁未必要希特勒变成拿破仑？只是墨翁没有十分赢的把握，无所谓地跟着希特勒大败下去，他也决计不干的。大家干着现实外交，现实主义，墨翁岂敢后人？当希特勒明目张胆谈现钱交易的日子，墨翁必一定也在暗中找兑现之处。

或者英法也照样来干个釜底抽薪吧？这就看罗马的黑市情形了。

（1939年9月4日）

该注意国医了

在西药吃不起的今天，回转头来，我们一般希望国医国药发挥抗战精神，如植物油木炭之能代替汽油。而无如其不然。

上古不可考矣，由汉到现在，差不多两千年，国医之发生作用，不为不久。可是这两千年来，只出了一位能创作的张仲景。此外是谁也跳不出那五行生克的圈子，更谈不上什么发明，人类生活越来越复杂，宇宙空间越来越缩小，以划一不二的玄学之国医，应付事物万变之现实人生，真是嘎嘎乎难哉！

国医是不懂科学而不愿改良，西医又瞧不起国医，不屑予以研究。国医是永远地踏上没落之途了。其实，国药如碰准了病症，自有它不可磨灭的特效事实的。如抓住了这一点，发挥光大起来，不但是国医之光，也是人类福音。可是就是没有人干。

假使抗战建国的简释是“救人”，这救人的国医国药学，应该由冬烘先生手里抓抢出来，交给那不带洋气的科学家，开始树立起新的基础。

（1939年9月5日）

突如其来

最近两月，常在报上看到突如其来的新闻，用出号字作题目，发表出来，老先生们也这样惊异着说，现在的世事，真是不可测呵。

人与人之间，国与国之间，现在差不多每一秒钟，都要打算怎样活下去了。你这个“怎样”，正在计划中，还没有做到的时候，若是被别人知道了，重则让人将计就计，成了一个进攻机会，轻则被别人抄了丹方去，抢先偷吃了你这剂妙药。所以无论什么大玩意，事前都是秘密的。及至发表，你以为这事突如其来，其实是来之久矣，没有让你知道罢了。这还是就自处而言，若是对人，要打人一个措手不及，更是要出如脱兔。

“谨厚者亦复为之”，这世界逼得人不能不如此。有道是害人之心不可有，防人之心不可无。我们该随时随地留心有“突如其来”的事情。

（1939年9月7日）

德国远非昔比了

欧战已开火了一周，在这一周的情形看起来，德国显然不是一九一四年那种威风了。

第一，德国没有了同盟国，连小国都没有。第二，以英法之强，还加上一个未可小视的波兰。以一敌三，太费力。第三，意大利之拆伙，给予德人作战计划以一种很不好的影响。第四，德国人在希特勒指挥之下，显然没有在威廉二世统治下那样热狂。

德国的海军，当然不及英、法。陆军虽强，比起法波的总和，人口要差一半。难道他专靠优越的空军取胜吗？希特勒的前途是很危险的。

（1939年9月11日）

“日本在刀口”

有朋友自潇湘之南来信，说是第×战区有一种新奇的标语，乃是“日本在刀口”。问起来，才知道，这是俘虏传说出来的。他说，昭和的昭字，拆起来是日刀口。而平沼内阁的沼，也在刀口。他们很悲观。

日本人民原是很迷信的，俘虏有这样的感想，并不为奇。自然，我们不能根据敌人的迷信，以断定敌国之在刀口。可是俘虏那种测字法，就可以反映出敌人没有了丝毫的自信心。

敌人以武力为万能，常讲个什么“铳后”，以为枪口上前，一切有办法。试举他们的外交为例，不就是建筑德、意、日阵线，而为铳后活动吗？一月来，一败于英、日谈判，二败于美、日商约之废止，三败于德国解散反兵集团，完全受人宰割，也就由铳后一变而为刀口了。

日本在刀口，信然！信然！

（1939年9月12日）

黄金国交

“世人结交须黄金，黄金不多交不深，纵令然诺暂相许，终是悠悠行路心。”唐人的这首诗，一字不易，拿来评论现在的国际形势，依然是很适合的。

喊了多年的德意轴心，经墨翁的如意算盘一打，还是一个“利尽交疏”。佛朗哥追随德意之后，以小盟弟的资格，统一了西班牙，得希特勒的好处不少。到于今希特勒以一敌三的情形下，他也宣告中立。这手段更进一步，是过河拆桥。

不过在希特勒自己，倒不必埋怨谁。他在国际上背尽了诺言，废尽了盟约。人家以其人之道，反治其人之身，有何不可呢？

这样看起来，美国交朋友最容易了，因为他有黄金啊！而中国人也应当有点觉悟才好。

（1939年9月14日）

炮与人的肚子

德国的大炮，开始吃着炮弹的时候，他们老百姓每天要吃的面包，就受到了限制了。据外电所传，他们政府限制着，每人每星期，最多不得吃过五磅面粉。这在善吃的中国人一顿能吃一斤多面条情形之下，当然是太少了。但德国人的肚子一向就受着委屈，这数量或不嫌少。所愁日子一长久了，减到十天或半月吃五磅面粉的时候，第一次欧战那种因粮食而崩溃的局面，恐怕又要来到。

这就要说到，我们中国人太应该感谢我们的祖先了。他们给我们留下的产业实在太丰足了。打了两年的仗，谁也不曾饿一餐肚子，而今年因为粮食太多了，还要闹一回丰灾。人家是人饿着肚子，大炮足吃足拉。我们且不问大炮，人始终是足吃足拉。至少，我们老百姓比德国人舒服多了。

不过大炮的肚子吃得不饱的时候，它就不会给我们肚子保险的。同胞们，别只顾饱着自己的肚子。也别只顾饱着眼前的肚子。

（1939年9月15日）

同是黄帝子孙

常见人看到不平的事，很感慨地说：“同是黄帝子孙。”这里并没有下一个字批评，也就让人觉得沉痛十分了。试举数例：

有人想到昆明去找工作，买不起汽车票。有人无事可做，却坐了飞机到昆明去玩。然而他们同是黄帝子孙。

有人脱了长衣，去拉黄包车，为的“五·四”以后，人力车价贵了，这倒是条出路。有人却凭空买了三五辆新汽车，为的是“五·四”以后公馆下乡，原有汽车不敷用。然而他们同是黄帝子孙。

有人病了，吃不起西药，中医又治不好，只有等死。有人却雇了两三位博士在家里当常年医药顾问。然而他们同是黄帝子孙。

（1939年9月16日）

救救前方丰灾

接到故乡来信，在夏季，一张法币，可以买到陈米二斗六升（市斗）。今秋又是大丰收，新米出来，其贱更可想，但敌人占领的城市，如安庆、芜湖，春间米贵到二十多元一石，现在也要超出十元，知道这消息后，一则以喜，一则以惧。所喜的，我们对敌人的封锁，成绩显然。所惧的，前方得法币之难，难于后方数倍。而建筑在农村经济上的前方经济，谷贱如此，又怎么办？

后方的丰灾，大家都在大声疾呼地想办法，前方的丰灾很少有人提起，而且灾害的程度如何，也不易知道。前方农人的负担和所受到战争的影响，无论怎样是重于后方农人的。希望着手救济后方丰灾的人注意前方才好。

此外，还有一点危险，敌国正闹旱灾，粮食不够，要仔细他利用前方农人需要钱钞之际，直接间接吸收我们农产品。

（1939年9月17日）

也　不

报上说：德国人对战争，不热狂，也不厌恶。那么，打起仗来，不后退，也不进攻了。这个“也不”，实在是“不”不得！

（1939年9月18日）

信不信由你

某战区提到敌人的车辆，连一根螺丝都利用了。汽缸还做汽缸，废钢铁，就用这汽缸转动自造的机器，来造手枪和大刀。

中原某区，武装民众能够上阵的，比正规军要多三倍，纪律还是绝对良好。

由重庆步行向东，你可以不踏一寸敌人占领的区域，直达到海边。

某战区能自造手枪，但射的是步枪子弹。据说，这子弹全靠在敌人身上去搜索。

前方乡民有法币重似黄金，理由是法币买得到东西，而黄金则否。

某省在高达四千公尺的山上，出版两家日报，销数都超过三千份。他们所用的纸墨就出在山上。

聋瞎赶场

前次，我曾说到赶场，实觉意犹未尽。最近我又赶过一回场，才知道“交易而退，各得其所”的人，那是闻所闻而来，见所见而去，为千古传下一个老习惯，不足算奇。最妙的是聋子听戏，瞎子观灯，无所闻亦无所见，他也要赶场，这不但多此一举。四川的乡场街窄人多，凭空添些无所谓的人在里间，碍手碍脚，反挡了别人的路。那是何苦呢?

也有人这样说：聋子，瞎子虽不能帮场，然而他究竟是个“人”，是人就可以凑凑“热闹”。譬如有人这样做统计，民国二十八年九月二十日，四川巴县一个集市，到客万余，这字面就很好看。又譬如这天，共到一万零一名，恰有一聋一瞎在内。若不是他俩凑热闹，统计表上不能打破一万名的纪录，就影响很大了。所以有些时候与地方，聋瞎一般是可用之材。

（1939年9月22日）

忆鸡鸣狗盗

——尚论古人之六

儿时读《古文观止》，师即令熟读王安石之《读孟尝君传》，其意以为紧炼透彻，可救为文泄沓之弊。然今日观其文，论说仍有未周也。王之言曰：“擅齐之强，得一士焉，宜可以南面而制秦，尚取鸡鸣狗盗之力哉？鸡鸣狗盗之出其门，此士之所以不至也。”吾以为不然。田文始意，即未尝欲得国士。其所以召之者，不过轻裘肥马，珠履鼎食而已。凡是区区，即以召乐毅廉颇殆不可得，况谋南面而制秦之士乎？

田去齐入秦为相矣，帝以千金之躯，置虎口之内，而其所挟以与俱者，不过鸡鸣狗盗之徒，则其自谋亦仅矣，顾能谈天下士哉？故申田虽幸脱于虎狼之秦，终不得归齐。及朝身死而家夕灭，又不见程婴豫让其人，则田之好士更不足取矣。虽然，千古来，唯鸡鸣狗盗易为人知，则亦无怪鲁仲连之欲蹈海死也。

（1939年9月23日）

飞鱼之巧

“大鱼吃小鱼，小鱼吃虾子。”鱼类的生活，代表了整个人类的行为。所以做一条鱼，一方面要研究怎样“吃人”，一方面又要研究怎样逃避“人吃”？为鱼者亦难哉！

为此，飞鱼应运而生了。没有漂过洋的朋友，可以在电影里看见它。尺多长的身子，有两支银纱似的翅膀，当水里有小鱼的时候，它很快地追着吞了小鱼。而大鱼来要吞它的时候，它翅膀一展，飞出了水面，逃避了这个不人道的侵略。既可吃人，而又不为人吃，飞鱼真天之骄子也夫！

且慢，它虽会飞，究竟是一条鱼，上帝没有给它预备真正航空家伙。所以它飞不到三丈高、也飞不到十丈远。海面上的各种飞鸟，老早恭候台光。当它飞起来的时候，把它当了端猪头找庙门的施主，把它当了一顿点心。由此，蝙蝠不可学，飞鱼也不可学。站在本位上奋斗，虽小无害。蚂蚁，吾师也。

（1939年9月24日）

洪秀全与孔子

——尚论古人之七

“马上得天下，不能马上治之”。为了这一定论，教历代帝王不能不重用文臣。而文臣百分之百是由孔家店里出来，帝王们就跟着不能不尊孔。这就是以异族主中夏的北魏、元、清，都不能例外。

有之，是太平天国的洪秀全吧？虽传说他也是个不第的秀才，可是他借了上帝第二个儿子的招牌出马，“久假不归”的，无法走回孔家店。而他手上，大半是揭竿而起之徒，全没弄过诗云子曰。糊里糊涂，就以马上治之。大概他们也想到冒牌的新旧约，抵不过曾国藩那真本四书五经。由洪仁发这些玩政治的主儿，在南京开科取士，开始向孔家店这边回头。虽然，洪仁发只能专洪家的权，可不能专孔家的权。孔子的法宝在他手上一弄，只能招些虾兵蟹将，并无一个文曲星临凡。因之，对于太平天国的政治，毫无所补。而那些传抄下来的文献，只做了后人的嘲笑资料。张先生曰："尊孔虽为一种政治手腕，必以内行为之。洪仁发强作解人，无益也。"

（1939年9月25日）

一个无情的故事

某日，力疾至社，遇友人许君武兄。南京一别，匆匆两年，夜雨联床，闲谈天下事以消积闷。然愈谈乃愈得其友，君武遂故态复萌，肆意诙谐，愚虽周身筋骨疼痛，亦忍俊不禁，其后共拟有《无情的故事》若干则，尤足解颐。下述水浒内阁，即其一也。录出以供读者一笑：

内阁总理　铁扇子宋清（标准饭桶）

内阁总长　潘金莲

外交总长　三寸钉武大

财政总长　鼓上蚤时迁（善走黑市）

农林总长　唐牛儿（他会卖梨）

工商总长　西门庆

妇女总长　阎惜娇

陆军总长　小霸王周通（善挨揍）

海军总长　白日鼠白胜（耗子泅水是新闻）

交通总长　智真长老（静以制动）

教育总长　黑旋风李逵

秘书长　浪子燕青

（1939年9月26日）

书生汇谈（一）

昔袁子才与某当道书云："就今日言，我不如公。百年之后，公不如我。"此虽夸大之辞，然亦实情。唯不过是帮闲诗人，虽有文名，亦无光荣可言耳。

金兀术败于岳飞，收军将北回。一书生拦马谏曰："王其勿行，世未有权臣在内，而大将立功于外者。"史传如此，未知果有其人否？一言可以丧邦，正名定罪，此书生之误国，不在秦桧之下。或为史家有托而言者欤？

陶渊明身历变乱，躬耕垄亩，以酒忘忧。予尝言之，人言陶诗甜，其实本味甚苦也。然其所作《桃花源记》，隐然以刘裕之徒比暴秦，竟未遭文字之狱，亦云幸矣。

（1939年9月26日）

书生汇谈（二）

清黄仲则以诗名于世。常以诗送毕秋帆云："全家都在秋风里，九月寒衣未剪裁。"毕即赠多金。予以为黄毕竟不是铁汉，何必以无衣告人，以作诗易钱？转又念，我非以文字易钱乎？惘然久之。

友有号戎马书生者，亦滑稽之流亚。因为其友所卖，置手枪于夹袋中，日走市上猎其人，偶遇老剑，剑问曰："枪上保险乎？"答："根本无子弹。”问：“无子弹携之何为？”答：“出入市上，庸可上子弹乎？”剑告我，大笑，以为难乎其为戎马书生，予曰：“子毋然，某长者也。手枪在其他人身上，恐尚不能作是语。”

杨坚篡周，尽灭宇文氏之族。李德林进谏，杨作色曰：“君书生，不足与议此。”杨坚此言，增书生身价十倍。书生之类亦多矣，均不足与议此乎？

（1939年9月27日）

三个读诗故事

不记得在《新民丛报》（梁启超编）上，或者是《民报》（革命党鼓吹革命的刊物）上，看到以下两句诗：“十有九输天下事，百无一可眼中人。”不知哪位老先生动了肝火，对三十年间的满清政治，下了这样恶毒的咒骂。然而我那时是个少不更事的孩子，对于这十四个字，竟是佩服得五体投地。

亡友张楚萍，一老革命党也，可是他很佩服梁启超的文笔，《新民丛报》，无期不读。他爱念以下十四个字：“伤心又是榆关路，处处风翻五色旗。”作者（当时也许五色旗没出世）与爱读者的心领神会何在，二十年前，我毫不明白。可是现在这两句诗，是真不堪一读了。

三十年前，我在南昌，月夜游百花洲，我随口念了两句《秦淮夜泊》的诗：“商女不知亡国恨，隔江犹唱后庭花。”家里坐馆的徐老先生听了，他说：“你这孩子无病而呻。”于今思想起来，真是“好不伤感人也！”

（1939年9月27日）

书 生 汇 谈（三）

韩愈文章起八代之衰，以传孔孟道统为己任，颇见自负不凡。近有人评唐宋八大家者，以韩为殿。谓韩数上宰相书，力求一官。《谏佛骨表》不足以洗其耻。若依古人看法，文以载道，则屈韩是也。

《大美晚报》副刊编者朱惺公，为贼所杀，全国悼之。刊物群记其人，则生前为身外无长物的穷措大，傲骨嶙峥，愈足可佩。然朱不被杀，谁复知之而怜之。

开会必到，到必演说，演说必痛哭流涕，此亦书生之一种做作也。予未知其在家叉麻雀，出外与夫人看电影时，亦忆及其演说词否？

状元做宰相，国家可谓用得其人。然而秦桧状元也，亦宰相也，又将何说？反之，陈东，不过一大学生，而伏阙上书，卒送其命。故书生不尽为可用之人，亦非尽无用之辈。

（1939年9月28日）

《我的奋斗》惨败

小国人对于某人文字信仰到极点的时候，常有如下的赞语：“悬之国门不能更易只字”。实在的，文价到了这程度，是无以复加了。然而仅仅在半个月以前，把这话来批评希特勒的《我的奋斗》，那是不够的。根本他的理论，就不许可悬到国门去受批评。

一个政论家的著作，无论其主张如何，维持千百年的历史，这是很多很多。《我的奋斗》既为这人间怪杰、德国元首的代表作，自必垂之永久。我们真没想到在希特勒生前，这书就由希特勒自己宣告要修改，而且把最精彩的反共几章删去。为了苏联，或者他不能不如此。可是希特勒的事业，目前纵然算成功，而他的理论却惨败到全军覆没了。这样一来，他又替反复之徒开了一扇后门，而我们也可以看到一部分伟大著作，是一文不值的。

（1939年9月29日）

“邻之厚”

“邻之厚，君之薄也。”这话在中国虽传下来有两千年，现在是依然适用。英国可以把这话对意大利说，把这个邻指着德国，我们也可以把这话对美国或苏联说，把这个邻指着日本。而意也，美也，苏也，他们又何尝不知道？

敌人的阿部内阁，虽用的是磕头主义，在另一方面着眼，“币重而言甘”，也许他这种手段比近卫、平沼还毒辣，我们正不必藐视他。不过敌见菩萨就拜，是井中狐狸，骗他们下去，喝甜水，以便把他当梯子踏的狡计。以苏、美外交眼光之远，我想，决不会做那过分忠厚的真正跳下井去的。

我们自然是尽其在我，而也不妨告诉友人说：“邻之厚，君之薄也。”因为这是大家的事，不妨提醒一声儿。

（1939年9月30日）

太虚西游颂

不久的将来，太虚和尚将带一批僧徒，去访问佛教邻国，这是抗战以来佛教对于国家最有意义的贡献。不但比什么和平祈祷及追悼阵亡将士之举要紧得多，就是比和尚脱了袈裟去当兵，都有力量些。因为和尚兵本有限，而现在政府规定，出家人一样要服兵役。当兵并不能现出和尚的长处。

西南的国际路线，现在既已打通，虽统治邻土的英法是我们友好，而真正邻居缅甸、印度以及泰国方面，我们显然是缺乏来往。这些国家，又以和尚为社会表率（尤其是缅甸）。我们找一批佛教徒去联络情感，并宣传中国抗战情况实在是必要的。

太虚素有政治和尚之号，在以往，他或者很不愿意听这句话。到今日，他为抗战宣传而出国，为了使命的重大，我们倒反怕他对于政治认识的不够了。纵然太虚本人，多年来一直不离开政治圈，但和他出国的徒众能力如何，实在难予忖度。绝对是郑重话，希望太虚多带几位向来关心政治的中原人士。

（1939年10月1日）

有愧于江北的妇女

在南京住家稍久的人，他必定有这样一个感觉：到了阴历三月以后，雇用女佣工，要发生恐慌。原因是大批到南京来卖力气的江北妇女，都要回家去帮助农忙。她们都是来自田间的。当丈夫在田里栽禾割麦的时候，她不能不回去洗衣煮饭，免得丈夫饿着肚子，妨碍了工作。

本来，在江北的那些田家妇，根本就不应该离开家庭去佣工。或者为了经济的压迫，抽空出外一趟，她家里需要妇女做的事，不妨一部分加在男子身上，一部分加在不走的妇女身上。到了农忙，迟一天不把工作做完，不是麦在田里过了雨发芽，就是秧老了不利于栽种。每个人都恨不得多伸出两只手来，向田里抢工作。自然，这个时候希望把家里事完全交给女人了。江北妇女能在这个时候回到厨房里去努力，这却是贤明的举动。

有些大户人家，大批男子在外面挣扎求生存，家里却一塌糊涂，真有愧江北妇女了。

（1939年10月2日）

美 洲 虎

南美洲有一种虎颇像豹子，土名叫Jaguar，当年在学校里译出中国话来，叫它美洲虎。这虎喜欢吃猴肉。猴子虽是不容易捉到的东西，它偏能上树把猴子打下来，以满足它的嗜好。至于它力气之大，像别种猛兽一般，能活剥一只鹿或马。而它更有进一步的能耐是下水像獭似的能捕龟，上树像猫似的能捉鸟。我们听了先生的话，心想这还了得，宇宙里没有比它更厉害的动物了。而先生接着告诉我们，在伦敦博物馆里看到过它，是关在铁笼子里的。

由此，我就想到以宇宙生造万物之奥妙，决不会让一种动物来吞噬一切的。强的制服弱的，巧的制服强的，弱小的又能制服巧的。在这循环中间，看谁能把环境处理得好，谁就生存下去。这宇宙里是智力并用的，竞争者爬起来，并不是横暴者爬起来。

（1939年10月3日）

清客的进步

中国文人以往有两条出路：一条是谋科举出身，找一个官做。一条路是投到富贵人家，去当一位清客。清客也一般的可靠主子找官做。但未做官前，清客是透着无聊的。只是陪主子干些琴棋书画的玩意儿；而且这主子不一定高明，如扬州盐商之类，只有周身的铜臭。而清客对这铜臭，就得视为人间未有之奇香。此外是毫无表现。

现在的文人毕竟是进步了。无论是跟了什么主子，身居秘书之位，却兼代保镖、轿夫、吹鼓手、爪子各种职务。自然，他所希冀的，与旧文人并无两样。但主子感激他劳苦功高，日子久了，总会想点办法。不然，旧清客不见出路，新清客是不会源源而来的。

由琴棋书画的消极行为，变成主子一切事业的前卫，那是太进步了。虽然人心不可问矣。

（1939年10月4日）

官　僚　化

官僚并不是坏字样，官僚化当然也不会是一个不好的名词。可是无论什么人或什么团体的行为，只要加上一个官僚化的批评，你就会把词典上许多恶劣的名词，都连带的想起来。

照情理说：官为国家服务，照着他的职务拿薪俸过日子，这不和其他用脑用手以糊口的人相同吗？何以国内的知识分子一提到“官僚”两个字，就会感到一种不快呢？这也不但知识分子为然，就以官僚本身而言，你若对他说：“你是一个十足的官僚。”他一定突然变色。官僚而不愿人家称他为官僚，这固然是宇宙间的奇事，可也是耐人寻味的事了。

现在许多吃政治饭的人，都避开这个官字，而自称公务员。至于未曾吃政治饭的人，当然也就对官僚或官僚化的字样，避之若恐不及。不过连最高的知识分子都算在内，若是有人请他真正地做官时，他还是一请就来。这可以说是人心官僚化吧？

（1939年10月5日）

希特勒输了嘴

安徽人有如下两句成语：“输理不输气，输气不输嘴。”这话画出了一种泼辣无赖人的行为。到了现在的国际之间，这情形似乎更进一步了。无论输理输气的，他不肯输嘴。就是输尽了家财，输尽了力量的人，他还是不肯输嘴。这种办法，固然可以鼓励民心，同时也须顾到徒然增加虚伪器张之气。

希特勒这张嘴，在世界名人谱上，是考一等第一名的。据说，他演说，像演戏一样，能抓住了听众。自然，十年来他是个不输嘴的人。然而，奇怪得很，他自进攻但泽起，一直到现在，始终向输嘴的路上走。删改《我的奋斗》一事，尤其输嘴得厉害，这个人有点反常了吧？反常是人生不好的表现呀。有人说，赌徒赢了钱，常会对输家说声对不起的。这话并不受听，立足于今日之世界，知所戒矣。

（1939年10月6日）

重庆市花谁属？

——我推举杜鹃花

市参议会方面，曾提到重庆市花问题，颇引起了我的兴趣。敢贡一得，以供参考。

我以为市花的选择，有两个原则：其一，含有地方性，足以象征本市。其二，含有一种意义，足以代表本市的精神。若超出这两个原则，只挑选一种名花来做市花，打开群芳谱来，将有美不胜收之感，似乎欠缺意义些。至于菊花、兰花，也早已为他省市所采用，于今无重取之必要。

那么，我能不能贡献一种花呢？可以。一时的感想，就推举杜鹃花吧。因为这花开时，有“沿山红”之号，形势是大不离了。就意义说，花以杜鹃啼时开放得名，杜鹃是蜀鸟，也有点地方性。再说，重庆在抗战期间作为行都，我们敬祝他热血一般的火炽，要以红花来代表，要以春花来代表。重庆是山城，我们也应为以“沿山红”来象征他蓬勃的前途。愚见如此，下江人所说，未必合乎渝市大众的口味，敬候明教了。

（1939年10月7日）

由“文素臣”想起

在上海报上，常常看到碗口大字宣传文素臣的广告，知道《野叟曝言》这部小说大走其运。电影、戏剧、文字，到了无题可谈，都拿文素臣来救命。

据传说，这部《野叟曝言》是清代无锡夏敬渠先生的大笔。书中主人文素臣，名文白，就是夏字拆开的。当乾隆游江南的时候，他要把这部书敬献。他女儿一看书中有几大段诲淫的文字，胜过《金瓶梅》，悄悄把手写本藏起，照样装订了一套白字本放在原处。等到夏敬渠要献书了，打开一看，竟是一字俱无。他以为天丧诗文，大哭而罢。

夏敬渠做梦不曾想到，他那部又迷信又反科学的怪书，二百年后，竟在物质文明的上海，大红特红。当年他交了白卷，于今却免得上海许多混世虫交白卷，这因果从何说起？我打算把我写了要撕掉的文字，开始收藏起来了。至少，我儿子继承我这根讨饭棍的时候有用。

（1939年10月10日）

二十八年了

一个人长到二十八岁，他已经是在大学毕业之后，投身到社会上服务多时了。假如是一个女人，百分之八十以上是几个孩子母亲。二十八年的时间，在宇宙的生存里面诚然是一刹那，可是加到人身上就是一个很不短的时间。

在武昌革命军起义的日子，我刚踏进中学的门。为了那时学生的国文水准高，我已看过许多革命先进的言论，剪掉了辫子。南昌起义的第二日早上，枪声未歇，我就跑到巡抚衙门口去看热闹。一位袖围白带子（革命军标志）的宪兵看到我没有辫子，喊了我一声小同志，我高兴得要跳上辕门去，觉得中国人由我算起，得着自由了。自然，我不小视我年轻，而自负是民众里的前进分子。

二十八个年头了，我们对国家的贡献在哪里，想起当年剪辫子那股精神，倒退了不知多少？时间对于我们这种自命为前进分子的人，真是浪费，罪过罪过！

（1939年10月11日）

贡献给青年们

苦闷是人人有的，解除苦闷的法子，只有找一件事去努力。用麻醉来解除苦闷，苦闷愈甚。

把任何问题看得简单些，不如看得更复杂些为妙。现在的科学，把一切事物上的时间空间都缩小了，不复杂，何以瞬息万变！

学一种技术，范围越小越好，像补充常识一样地去学习技术，结果也不过成为一种常识。

眼光放得远——不是玄虚的。心思把得定，手脑用得勤，你决不会失败。

未出大学校的大门以前，你的前途未可料。你的朋友，你的爱人，都不能小视你。反过来，出了大学校的大门不过大学毕业生而已。这五个字并不让人惊奇。请你注意！

你毕业以后（高中或大学），也许是抗战胜利而结束了，那时决不是“七·七”以前的中国，你打算干什么，最好现在你就预备着！

（1939年10月21日）

波兰败于政治

在希特勒的表示里，波兰有化为小波兰的可能。假使英法接受和议，这小波兰像他邻国立陶宛一样，还可以不受德之保护而独立。但纵像立陶宛，也不过我国春秋时代的郲莒，无能为也已！

“未来事，黑漆漆。”我们且不去胡揣摸。而我们回想波兰之以往，与其说他是失败于军事，不如说他是失败于政治。以波兰那种面积不过中国一省的国家，他有波兰以外的许多少数民族。（日耳曼人、捷克人、白俄罗斯人，乌克兰人等）她对于这些少数民族，不但是不能水乳交融，而且还加以压迫，这已造成一种兄弟阋墙之势。同时，波兰人自身，也“有”在政府（也就是几个官僚），“穷”在百姓。连她的友国，都说波兰农民住在猪圈里，其不高明可知。这又怎样唤起人民对外？

打仗并不完全靠飞机大炮。以波兰的国力，有一千架飞机，有一百五十万军队上前线，实在不算少。而其由开战到亡国，不出一月，这当然于军事外，有一个更大的原因了。以后的小波兰，传说将完全属于波兰人的，不带其他族，或者好治理些。但再有一批柏克上校之流，那就难说了。

（1939年10月13日）

病　壮　士

——两年前事之一

前岁十月，疗病芜湖弋机山医院，居东楼。推窗面临大江，长江碧静，三五白帆，如片羽翱翔天际。楼下山坡层叠，树木参差，俛俯足慰襟怀。时敌机正猛烈轰炸南京，京芜一衣带水之隔，警报一日数至。每汽笛长鸣，予辄支枕向窗外东望，念家无恙否，时予家犹居南京郊外未忍离此首都也。隔室一中年汉子，滁县人，病肺，以南京医院不能安居，就医于此，每闻警报，辄跃起，握拳向空遥击。一日予曰："然则奈何？"彼曰："即归滁县，冀有所补于乡里耳。"明日，此君迳出医院，医生强留之不可。当其出院下山时，予杖策至院门目送之。见其昂首直行，不稍稍左右顾。时则天高日晶，疏林落水，披襟当风，真有秋高马肥之想。知其事者，均慨然曰：壮哉病夫也！又三日，予亦强出医院矣。

匆匆两年，犹如昨日事，西风落照之前，每复念之。

（1939年10月14日）

读《觚剩》有感

——尚论古人之八

予前些天于本刊作《读史笔记》，曾论及清世宗之《大义觉迷录》。更有进者，觉其对中国人之种族思想，愤恨极深。如陆生楠作《通鉴论》，以主张封建制度，不免论斩，盖以觉于吕留良之议论也。

古人云：校书犹如扫落叶。譬诸扫清讹误之不遗只字，为不可能。雍正网罗文字狱之手腕，不为不密，然而当时密撰之排满文字，仍有遗留，其理亦复如此。试以社会流行本之《觚剩》而论，其叙述明末清初孤臣孽子之行为，字里行间，饶有深意。而其《艺林名句》一篇文中，畅述吕留良名字、籍贯，甚示推崇。观其序文，书成于康熙壬午（四十一年）距雍正七年吕氏之狱，已有二十七年矣，书未必不流传中，固未闻发觉加罪于著者某氏之后也。

“防民之口，甚于防川。”纵堰堤结实，难保不无涓涓之流，而此涓滴即为天地间留正气者。民间生一二正义文人，固史料所必需矣。

（1939年10月15日）

湘北寇溃赘谈

此次湘北大捷，国内明达，各已发表其见解，自顾庸陋，本有崔灏上头之感。而读者来函相询，均质以何独不言？无已，略赘数语，亦无非秀才纸上谈耳。

愚以为敌人之败，其士气消沉，当尤胜于其战略之错误与战术之呆板。盖敌人之进犯长沙，俨然有投鞭断流之概。纵遭挫折，以敌人军国主义之部队而论，当亦能稍稍困斗，逐渐北退。今则一周之内，奔败三百余华里，分明其逃命的时间，多于抵抗之所为。幕阜，洞庭间，一若八公山下草木皆兵，是必士无斗志，虽军令格杀勿论，亦有所不能振起者，大和魂而今已矣。

吾侪书生，亦唯言书，就历史言之，长沙向不易守，附郊亦无大战。洪杨之役，长沙虽兵临城下而未陷，则由于太平军之初起，及其志在武汉，乃舍之而去。如今寇之败，乃开历史先例也。

（1939年10月16日）

卖　菱　妇

——两年前事之二

前岁秋，寇机空袭南京甚烈，顾南京地方空旷，建筑坚固，防空周密，轰炸之损害极微，人亦未有以空袭而妨碍其事业之进行者。时余家住上新河，颇类渔村。柴扉深院，门前垂五柳，竹篱茅舍间，铺径石板，半没浅草，愈见幽静，苟非闻警报，不知国中有战争矣。

市民既下乡，负贩追踪而至。风轻日午，敲梆声，吹短笛声，及各种吆喝卖物声，断续入耳。警报一鸣，村人蛰伏，万籁俱寂。及电笛长鸣解除，启户探望，小贩又不知何处来，呼卖如故。予每于警报解除时，常首闻卖老菱声。一次出视，则为一老乡妇，挽篮徐行。问适间敌机来，不畏炸弹乎？答曰："余夫随军出征打鬼子去，家上有七旬姑，下有七岁儿，不出则一家饿死，更中鬼子计矣。"其言简而甚耐寻味，迄未能忘也。

（1939年10月17日）

金玉其外

未知是否人类思想进步，或者是人类神经多半麻木了。你看，任何外表做得最漂亮的事业，内容不许你去剖解，贡献与自处，总是在相反的两方面。有人说，吃馆子不要进厨房去视察，看老戏不能到后台去参观。不然的话，给予你的印象是不愿吃也不爱看。这话虽未必能把馆子和戏班一概抹煞，当然也是经验之谈。

"金玉其外，而败絮其中。"这还是就任何事物的本身而言。败絮让他败絮好了，与我何干？所怕的金玉其外，而细菌犹在其中。那末，你因他金玉之质而加以亲近，必定会杀害你自己的生命。朋友，尤其是青年朋友，对于其那金玉其外的人物，务必当心！

（1939年10月18日）

柏林的悲剧

柏林传来一个谣言，西线停战协定成功了。举市狂欢，乐得大饭店老板向顾客送糖果。晚报出来，郑重更正，大家一场空欢喜。这绝对不是喜剧，这是二十世纪宇宙里的唯一悲剧。

德国人是被世人目为富于理智的，问题当前，总爱拿科学头脑来分析一下。这样，尽管说他们感情不易冲动，然而必定是利害分明的。既是利害分明的人，他们对于这不必要的图霸战争，把国家的命运去做赌注，是十分危险的事，岂有不知之理。知之还要被迫打下去，回想到一九一四年，前方死伤狼藉，后方终日做面包梦的故事，必定是不寒而栗。他们在希特勒狂呼“德国无所畏”声音之下，暗暗地答复一句“万万打不得。”而表面又得叫“希特勒万岁”。这一分可怜，无法可以形容，却在一个谣言里完全反映出来了。

我想，日本的民众必有甚于此者。

（1939年10月19日）

北平老童谣

“小警察，一身青，见了洋车你发狠，见了汽车你立正。”这是北平一个老童谣。虽然不过二十个字，这里面是充满了儿童们很天真的正义感。

这种对富贵主儿立正，对贫贱汉子发狠的行为，大都会里，是在任何一个角落，任何一个时候，都在继续发生着，倒不一定北平才有。北平之所以有这个童谣，也许是往年为首都所在地，而形迹更显明的原故。其实，这童谣发生在二十年前，那时候的汽油不会卖到一二十块钱一加仑，老早就对坐汽车的有一种了不得的感想，到了今日，又当如何呢?

在大街上行走，你很少看到和轿夫、人力车夫讲客气的人。反过来，他们对汽车的主儿，永远是不敢也不能发狠的。“世间多少难平事，不会做天莫做天。”我要问天。

（1939年10月20日）

题　目

现在做文章，当然是不能抓住题目就写。然而有些人站在相反的地位，一动笔必是写那固定的题目，也未免有点死心眼。

我们为民众而写文章，为抗战而写文章，干脆说为饭碗而写文章，总要因为有一大篇话想发挥，然后在文章前面安个题目。不要为了一个题目是事关饭碗，而搜索枯肠去凑一篇文章。须知这种文章是没有人看的。

书摊子上的刊物，在封面上印着题目和作者的大名，自然是一种广告。而一部分读者看到了题目和作者名字之后，往往是皱皱眉头，这广告恰发生了相反的作用。

接着看那作者十篇文章的题目，可以看出他思想与品行的一部分。至少他为什么写这些文章，是一目了然的。

（1939年10月21日）

诸葛亮道歉

革命军北伐达武汉之时，朝气蓬勃，民意充分发扬。相传有如下一故事：

某剧院演《空城计》，当诸葛亮向二老军唱至“君国事那用得尔等担心”时，台下轰然，视之，则一群武装同志，共鸣不平。且有人高声曰，打倒帝国主义的诸葛亮。经理舞台者，见秩序纷然，乃向众武装同志解释，此系演戏。众仍不依，谓即系戏，亦不宜如此演出。结果乃由诸葛亮纶巾羽扇，向台下观众道歉。并接受同志之善意。将戏词改为“军国事自然要大家担心”，重唱一遍。于是观众大相谑笑，鼓舞而去。

此与许多笔记上，载伶人演曹操、秦桧而被责，其事尤可玩味。扮演曹秦奸人，三尺孺子知其所以然，自易引起众怒。孔明则千载贤人，一语不合，竟被呼打倒。事虽可笑而北伐时民气伸张，令人欣羡不已也。十年以来，人聪明得多，自不会有同样事发生矣。

（1939年10月22日）

四川土地干脆

在乡下土地庙神龛上，发现如下一副对联：“烧酒老酒都不论，公鸡母鸡只要肥。”我连连鼓了三下掌，口赞快人快语不已。我们下江，土地庙上也有对联，乃是“公公十分公道，婆婆一片婆心。”这实在是狗臭。

这话若出之于民众完全谄媚之词，虚伪！若是作为土地公婆自己声明，有什么凭据？戏台上的土地神，还不是同富贵主子做巡更守夜等工作吗？公道婆心，更是一个虚伪！倒是四川土地来得干脆，大门上写明，向民众索取鸡酒，这话作为夫子自道呢，土地当是李逵死后受封，痛快之至。若是民众代撰的，明说他贪赃，且标诸大门之外，以垂不朽，他并不加罪民众，这土地太能接受民意了。

更有进者，“窃钩者诛”。四川土地公开索取鸡酒，照说是应该免职。而玉皇大帝依然让他继续受着香火，也就大有分寸。这神仙世界真是令人心焉向往了。

（1939年10月23日）

曾左磨擦

——尚论古人之九

满清中兴名臣，曾、左并称。评情而论，道德文章，左不如曾。政治战略，曾不如左。左本曾之所推荐，固应感知己之谊。同治甲子，左忽与曾绝交，事出非常，不明所自。厥后左功成西陲，勋名赫赫，曾之左右，不无嫉妒，而左轻曾乃益甚。质之今日摩登名词，则磨擦尖锐化矣！

愚尝走关中，涉关右，西陲数千里父老，无不知左宗棠其人者。则遗爱在民，乃非子虚。即以种柳一事而论，由潼关至玉门，夹道三千里，不空十步（民十以后，始砍伐殆尽）。西北高原，非掘井二十丈不得水.左为安定甘新百年大业计，修大道以行军，更植柳以蔽日，实非易事。则左之自负，固有可原。曾网罗一时豪杰，独不能驾驭此小诸葛，其过当不尽在左也。曾卒，左赠一联云：“谋国之忠，知人之明，自愧不如元辅；同心若金，攻错若石，相期无负平生。”平允实在，毫无意气，尝读曾派人物文字，数十年后，对左仍未能冰释。可知古今磨擦之生，重因另有所在。以曾持重，尚有不免，处世知所戒哉！

（1939年10月24日）

不如蔡京

——尚论古人之十

读《水浒》一书，即知赵宋时已危殆。盖上自宰辅，下及胥吏，无官不贪，北自幽燕、南迄吴楚，无地不盗。国何以国？《水浒》虽稗官家言，是摭拾北宋民间故事编成，背景历历有据，实足辅史料之所勿及。读书须另具只眼，礼失而求诸野，论史亦当如此也。

《水浒》所谓之蔡京太师，固实有此奸。满朝朱紫，亦皆一丘之貉，时有清官为蔡所詈。且语人曰：“既欲做官，又欲做好人，二者可得兼耶？”一代军辅，居然谓官与好人不能并行，试问元元之上，都是何物？宋安得而不亡乎？虽然，为小人而不讳为小人，使民众有所警戒，使后代得以诛伐，如蔡京者，仍不失可取之道。历代多少贪官污吏，虐民无所不至，既自许清廉之不足，且迫民歌功颂德，以掩其恶，此又蔡京之不若者也。

（1939年10月25日）

“欺以其方”

相传曾国藩会“看相”，所以能用人。专指“看相”两字，我并不以为是胡说，只不要走入了麻衣相法的魔道。“视其所以，观其所由，察其所安，人焉廋哉！人焉廋哉！”孔门在两千年前，就传出了一套相法。我想曾国藩的相法，不外乎是真的，根据孔门相术，用冷静的头脑，把人考察一下，也没有什么看不出来的。不过有如下一个故事：

> 曾国藩住安庆时，月夜出游，深谷无人，曲径通幽，遥闻叮令之声。随声往，则竹篱茅舍中，藏书满架，一文士正依几弹琴。与之语，铸经镕史，俨然一大儒。曾问何不出为苍生？文士笑而不答。曾乃强邀之出，款为上宾。不数日，骗数千金去。

这个故事并不假，不过也许不是发生在曾身上。所以能够在“以”、“由”、“安”上面注意，也有走眼的时候。这故事有人经营过短篇，名为“欺以其方”，我谨贡献给用人的人。

（1939年10月26日）

不征之国？

从前朱元璋统一中国，列不征之国五十，第一就是日本。这原因就为了日本远隔海洋，没有陆路可去。在历史上，中国对于藩国，无论用过多大力量去经营，只要他上贡称臣为止，向来无土地野心。练着大批海军远征日本，只要他上贡称臣，这当然是个不合算的举动。

可是，这算盘是错了的。你没有侵略他人的野心，他偏有抢夺你财货的恶意，有明一代，沿海总是闹倭寇，有几次闹得厉害，居然占领许多城池。明廷费了很大的事，才把倭寇逐走。假使朱太祖开始就下决心，叫沿海人民训习水军，假使朱太祖把郑和下南洋搜索建文的力量对付日本，明代倭祸是不会闹得那样凶的。五百年以来，中国养成日本的凶焰，是不治海军之故也。

历史已教育了我们了，再不要把日本视为不征之国。

（1939年10月27日）

谷贱究伤谁

前者，本刊登了一篇《谷贱伤地主》的短文，并非是为地主叫苦，字义显然，我们是说谷贱伤农的喊声，农人得不着好处（自然也不会有害处）。更明白一点说：反而是“谷贱富地主”。最近有一位石君，对此来了一篇长文，证明谷贱不伤地主。这对农人虽出于善意，对本问题却具体错误。难道我们还有那些闲工夫和地主去做辩护士吗？

中国农民，佃农绝对多于自耕农。便是自耕农业不见得有多少粮食出卖。每个乡区的谷子，大半在地主家里囤着（城里就囤在粮食商店里了）。谷子贵贱，影响到谁，这何待言？不过地主的谷子出售容易，农村经济要活动些，也是事实。在资本主义的社会里，这现象还不容易打破，举一个例，前岁安徽丰收，地主绅士家里的稻子卖不到价，就感到现金不易集中。由此可知，谷贱是伤农村，而不是伤农人了。

慈禧专政

——尚论古人之十一

人言满清兴于摄政王，亦亡于摄政王，其实成功当推自努尔哈赤，而亡则启自慈禧也。慈禧以载湉入嗣，继续专政宴乐荒淫，老而弥笃，一生两次蒙尘，犹不知觉悟，竟以兴办海军之款，建筑颐和园，执政者荒淫如是，国安得而不亡乎？

退一步言，谓满清有两次挽救关头，均由慈禧所放弃。一则容纳康梁变法，还政于载湉，此不但光绪英俊，必有可为，至少可免八国联军之祸，得略回元气，稍回人心。二则五大臣出洋考察回来，人心一振，便即着手立宪，国人犹不至对满廷绝望。而慈禧恐政权旁落，故迂缓其议，准备立宪之期，乃遥遥约以九年。此二关头一过，而民族革命之火，不得不被迫而兴起矣。

"民犹水也，可以载舟，亦可以覆舟。"慈禧岂终能扼民之吭哉？

（1939年10月29日）

中国之宝

当中国和日本打了一年仗的时候，日本人发现了中国有一个不可侵犯的堡垒，就是民族主义。又打了一年，在战区士兵身上，在游击区游击队身上，在沦陷区民众身上，他更觉得在各不同的环境上，能一致抗日，最大的鼓励就是民族主义。在敌国的刊物上，常发现他们讨论这一问题，无法理解，他们简直认为是神秘事情了。

其实，便是中国人自己，对于这爱和平，讲仁义，而一旦又能誓死以排异族侵略的民族性，也要很费事地解释出来。这原因决不简单，统括言之，四千年文化养成的自尊心，一也。农村社会的民族观念极深，二也。帮会组织依然存在，三也。三百年来，受着异族刺激太多，四也。三十年来的新教育，四十岁以下的人，已知道亡国是怎样可怕了，五也。把这些原因融合起来，因势以利导之，就成了不可侮辱的民族主义。中国之宝甚多，唯民族主义则宝之至大者，小日本其如我何？

（1939年10月30日）

建设大重庆的基础

闻蒋百里先生有言：南京市一切新表现，可谓之建筑，不得谓之建设。诚哉此论！如交通、铁道两部，钢骨水泥之宫殿式衙署，以科学之设备，表彰东方之美术，诚足为新都壮观瞻。然耗资千万，究与国计民生有何补益乎？

于是吾人而转论重庆之建筑，市民须知：无论抗战何时结束，在中国之复兴途上，重庆将永为华西文化经济政治重心。若专就经济而言之，其力量更当超过昔日之南京。然环顾重庆建筑，去适合大都市条件尚极遥远，而将来需要新式建筑，自当十分迫切。吾人不但望银行家向本市投资，即其他一切资产阶级，亦当放开远大眼光，培植川康建设，并注目于本市的繁荣基础。此在国家实受其惠，而投资者亦可不出十年，得惊人之利益也。

昔南京建都，市民自建房屋，资金超过万万。若以此精神建设重庆，有何不成？近因筑环江马路，需要大量投资，因述其感想如上。

（1939年10月31日）

华沙人吃狗肉

在报上看到华沙人吃死狗的消息，我们就可以想到波兰首都成了什么景象。同时也有点奇怪，这些波兰人，为什么还守在这废墟里挨饿？战事早没有了，不会去另谋生路吗？

但在仔细寻思之下，华沙人国亡了，用不着守土。财产炸光了，更用不着守业。他们对华沙有什么恋恋不舍之处？所不走者，不是不走，大概是不能走吧？

无论希特勒说日耳曼人怎样优秀，他对于一个被征服的民族用不着客气，也就不会客气。德国人也曾一度得意于胶东半岛，对着中国人也不见怎样客气呵！波兰人以前那样反德，于今德国人一下亡了他们的国，肯一切忘了吗？华沙人的命运，这是可以想见的。而华沙以外的波兰人，有些地方，恐怕连饿狗而猎不到呢。

亡国之民，不可为也。

（1939年11月1日）

悼廖燕晨先生

廖磊主皖政，真可谓受命于危难之时。一年来外拒强寇，内安黎庶，劫后三皖，秩序井然。安徽密迩畿辅，全省人士梦寐求贤执政者几十余年，直于敌人压境而得之，真是十年大旱逢甘雨也。

噩耗传来，廖先生竟未成功而逝世，凡属皖人，倍感不幸。廖随李、白两先生久，其在皖政治之设施，亦仿自李、白之于桂。虽皖桂情俗，略有区别。不过在手段上施于桂者或未必全可施于皖，至广西人之治军为政精神，自可全盘接受。故皖人期望于廖者甚奢。廖亦知其然，颇能识皖才，设法以谋接近。以是无论识与不识皆愿与之合作。而皖人羁留川地者，且屡有结伴回里之约。今将星忽堕，常有不少皖人若有所失也。

虽然，据报载，廖军政两篆，皆由其僚属暂代，是则萧规曹随，人可稍慰耳。

（1939年11月2日）

海盗郑广诗

——尚论古人之十二

宋朝海盗郑广，受了招安，也得着一个小官。他在福建走马上任的时候，怕人瞧不起他，就作了一首诗，以表示他的态度。那诗说：

“郑广有诗上众官，文武看来说一般，众官做官却做贼，郑广做贼却做官。”

诗之好坏，那不必论，他之实话实说，是可以钦佩的。假使宋江也有这么一首诗，金圣叹批《水浒》，就不会那样丑诋了。

有人说，宋朝那些官吏，看到郑广这首诗，做何感想？我说，做官的人，都是有涵养的，决不怪他，诗人早已给他们预备好了答复：“相逢何必相回避，天下如今半是君！”哈哈！

（1939年11月3日）

中国之氏族观念

日前余作《中国之宝》一文，中有句云：中国农村社会“氏”族观念极深，此“氏”字误植为“民”，一字之讹，与原意相差甚远。更正之余，请申其说。

予尝北走胡，南走越，觉农村社会以一姓为单位之团结，逐处皆是。而东南及中部各省，此种组织尤强。大江以北，直抵长城，人民聚族为寨以抵御宵小为习惯。中部则以姓集居，或合于一村，或散居一带，以立祠堂为全姓之所寄托，由族长处理之，对内则鼓励子孙读书做官，处身节孝。对外则谋所以保护全姓之利益与荣誉。至赣、浙、闽、粤四省，一部分农村，过于强调姓氏之团结，乃以一墙围一族之村如一国，常以微末细故，与他姓集众械斗，荣誉所至，由衰老以至孺子，虽死不悔。近二十年来，以新教育之实施，此事较少发现矣。归纳言之，其长处实为真正之人民自卫自治，其短处则未脱封建思想，增加农村与农村间之磨擦。然政府发令施政，每借此集族自治之力，容易达于民间。故氏族观念，实害少而利多也。

中山先生对于此事之指示，读者可于遗著中求之。

（1939年11月6日）

由欧战的空战想回来

英、法、德宣战了两个月，以三国飞机那样之多（德八千架，英法共约一万架），杜黑主义倡说那样之盛，事先谁都这样说，西欧要大轰炸。可是巴黎、伦敦、柏林，各放过一两次警报而外，市空上都没有遭到侵犯，这原因虽不简单，但第一个条件，便是各国防空的力量都不弱。戈林还说过大话，柏林的人口，用不着疏散。敌人的飞机来了，就知道德国的高射炮多到什么程度。准此，我们想到势均力敌之下，化城市为丘墟的那样空袭，实在是不可能的事。

两年来敌人用飞机骚扰我城市，轰炸我平民的罪恶，自然是罄竹难书。然而我们也不能不检讨自己一下，假使“航空救国”这口号早说过五年，敌人也不会猖獗到如此。就单以川地来说，今夏起，青天白日之间，敌机虽大队群，也不敢觊觎渝、蓉两市。最近曾于万里无云的九一一，空袭万县，出其不意的，让我们高射炮打落了十架，以后大概又不敢在白天袭万县了。这一证明，告诉防空部队之力量，在事实上是可以估计得出来的。

据内行说，重工业不发达的国家，自造飞机是第二难。原料不足的国家，制造飞机都是第一难。现在世界上只有美、苏两国能克服这两点困难，加之他们有的是汽油，练空军也不成问题。所以在空军方而，他们是始终为天之骄子。若以中日相比，只要我们重工业发达了，关门造飞机，没有什么问题。那么，亡羊补牢，犹未为晚，我们还需要加倍努力。

（1939年11月8日）

怎样对付敌谣

日本是个间谍国家，也就是个造谣国家。所以敌人造谣是他的惯技。这种行为，我们只可以说他无耻，却不可以说他无聊。须知敌人造出来的谣言，每个字都有作用。

新闻学上，诚然是没有造谣这一课，我认为有增加之必要。有了这一课，然后才可以明白谣言来了，新闻从业者要以什么态度来对付。尤其像我们不幸有了一个造谣的近邻，不慎就要为谣言所害。但谣言也不是一辟了事的，即以敌谣而论，未辟之先应该研究他何以造这么一个谣？就经验上所得，敌人造谣，有以下各种不同的意味：一、反宣传。二、烟幕弹。三、先做一阴谋上的伏笔。四、试口风。五、刺探消息。六、离间。七、扰乱人心。八、正宣传（此指敌人对国内而言，如湘北战败，造谣为非争地战）。随笔写来，就觉越写越多，在许多性质各异的谣言之下，我们岂可跟在敌后去纠正。或辟或不辟，或因以利用，就在大家随时注意了。

（1939年11月21日）

北京宣讲楼

每到秋天，西风瑟瑟中，看到一座空楼，就让我想起北京一个故事。当满清宣言维新政治的时候，也觉得光是这一句话，时期又没有确定，未必能取信于民。于是在北京东西南北的街上，废除几爿店铺，沿街建立几所宣讲楼。那楼空着前方，颇像戏台的正面，便于宣讲员对街上民众宣布皇室的大恩大德。我到北京的时候，那始终在准备维新的满清，已经亡去八年。而这些演讲楼，却还有不少处，带有惨淡的灰红色，斜欹空洞，在冷落的街市上。在西风落照前，在冷月飞沙里，过这楼前，令人有无穷的感慨。

政治的遗迹，有令人起敬、伤感、笑骂、悲痛各种情绪，后人自有眼光也。

（1939年11月22日）

曾国藩与郭子仪

——尚论古人之十三

满清自削平三藩后，不复王汉人。曾国藩之中兴，其于满人也，若起死人而肉白骨，然所得不过侯爵。以视僧格林沁一蒙古粗犷之夫，且封为亲王，瞠于后已！

当金陵既克，捻以西窜，天下兵权，尽在曾氏。或谓以朱元璋故事，望其恢复汉族威仪，曾初不无动，顾惧蹈吴三桂覆辙，佯为不解。然人言啧啧，不独满廷知之，太平天国人亦知之。李秀成之被擒也，曾幕言其有降意，事诚然，顾其意在降曾而非降清，故其供状于洪杨两方，均示不满，而以改拾中原之责属曾。曾读之骇汗，藏其手迹，费时数昼夜，亲为副本以呈清廷，而秀成死矣。终曾之世，遂郁郁居满人下。当时朝野居然以郭汾阳比曾，曾亦以自居。然郭子仪曾向唐公主云："我父薄天子而不为"，曾氏子孙焉敢言此哉？

满氏忌功臣厚亲族，殆亦激起革命之一因也。

（1939年11月23日）

公余“三部曲”

自从“三部曲”这文明词儿来到了中国，什么人都有三个部曲了，要不然就不摩登。

不宁唯是，一个人有人的三部曲，一件事有事的三部曲，于是，公余“三部曲”因以兴焉。何谓公？公务员办公之公也。何谓余？办公以外的时候也。

何谓“三部曲”？三件事也。是哪三件事呢？下了办公室，或朋友公馆，或朋友寄榻的旅舍，桌子抬开，四友集合，八圈叉上，打牌其一也。牌打过了，有输有赢，输者有所不甘，赢者颇难为情，倘来之物，吃了它，上馆子其二也。酒醉饭饱，问夜如何？其夜未央，八点钟耳。不有余兴，曷消长夜？捧某某小姐去，听清唱，其三也。

这不必指哪一机关，也不一定星期一与星期六，反正有这么回事。好在是公余“三部曲”，也就无须用抗战时期这大帽子来压制了。

（1939年12月1日）

忆都老爷

满清一代，始终没有容许汉族平分政权。但是监察权却很松，御史大都是汉人。这不必去找史书考查，往年在北京做过老百姓的人，就可以证明都老爷总是汉族的翰林院之流。自然这里面有点废物利用的意思！

一辆破骡车，蓝布车棚外，挂着一个白纸灯笼，“得儿的得”在夜街上走过来了，这富有诗意的玩意儿，就是御史查街的情形。如在花天酒地的场合，当其时，便是皇亲国戚，也得说声都老爷来了，悄悄地躲开。上海人说话：“格就是颜色”。虽然，这事却只有穷酸的汉族书呆子去干。因为事极清苦，又容易得罪人，闹得不好，碰个大钉子，也许吃不了兜着走。史书上不也有御史砍脑袋的记载吗？

现在没有破骡车，没有白纸灯笼，更没有书呆子，则无怪其无都老爷了。

（1939年12月3日）

物价与工资

在百物腾贵的情形下，劳动者的工资也涨价了。在若干方面，有处处需要劳动的事业，就把物价增高的原因之一，加在劳动者的身上，这恰是倒果为因的说法。

举一个例，由重庆拖一车日用品到十公里外去，商贩给予车夫的工资，最多不过两三元。可是，这一车日用品（比如布），在乡间所卖得的利益，也许是两三元的三十倍四十倍，至少也是两三倍。请问，这种货价的腾涨，是不是工资提高所致呢？反之，六百钱一双的草鞋，涨到一角二分，食物是更不必说。劳动者的消费量增多，工资又怎能说不要增高呢？

平定物价，要注意商人在劳动者及消费者两方面的收入，与工资无关。物价下落，工资自然会减低的。

（1939年12月12日）

谁刺激了市面

物价涨到现在这种程度，而行都市民的消费量并不减弱，一部分人甚至还提高了生活水准，这是何故？

有人把这种情形的激成，加在公务员身上，这却对于大部分天天叫不得了的小官大为冤屈。以我个人冷静的观察，消费力最大的人，有以下数种：（一）干运输事业者，（二）买办阶级，（三）贩卖洋货之小商人（如五金西药），（四）奢侈品商人，（五）技术家（如西医及各种工程师），（六）大官僚。除第六类本来是用钱者外，其余的人，都是以挣钱太容易了，狂花一阵，就刺激了市面。

贩货的人发了财，就胡乱吃喝穿用，经营吃喝穿用的人发了财，又越发地进货。商人抬商人，就这样把物价毫无理由的增长了。大部分公务员拿几个死薪俸，因物价之涨，正在天天无形减薪，自顾不暇，哪有力繁荣市面？

（1939年12月13日）

乾隆重用和珅

——尚论古人之十四

满清乾隆帝，虽不是一个大明主，可是他的武功文治，都有惊人的成绩。想不到他到了晚年，竟用了一位三百年来第一名贪官和珅。和珅，既无学术，也没有功绩，只是一个抬御轿的銮仪卫，为了迎合主子的欢心，就做了许多年的宰相。专权之烈，不但全国人无如之何，就是嘉庆登了位，他靠着太上皇的势力，也无所畏惧。直到嘉庆四年，乾隆死了，嘉庆才把他除掉。乾隆信任这位贪相达什么程度，是可想而知了。据史书上的记载：查抄和珅的家产，如翡翠便壶之类，举不胜举，估价当值八万万两，等于清代庚子赔款的两倍。请问，这钱是哪里来的？由此，在贪污政治之下，就引起了民间白莲教的隐祸，而种下洪杨革命的远因。乾隆平生自命读破万卷书，竟不知面前站着这样一个大奸臣。真是可惜之至！

（1939年12月16日）

标准御用文人

御用文人，善恭维人，也就善挖苦人。“项羽重瞳，尚有乌江之败，湘东一目，宁为四海所归。”这是王伟依附侯景，讨萧梁湘东王绎的檄文中语。萧绎虽不一定是明主，他眇一目，又何害于为人？骂人如此，可谓何患无辞。等到侯景失败，王伟坐牢，虽向这位一目湘东献诗，也难免一死了。

我又想起了和汪伯彦同宗的汪彦章。李纲做右丞的时候，他大作其贺启。他说：“精忠贯日，正二□倾侧之中，凛气横秋，挥万骑笑谈之顷。”这种恭维，那还了得！等到李纲为强凌挤去，他又为主子草制，痛骂李纲。“专杀尚威，伤列圣好生之德，信谗喜佞，力一时群小之宗。”甚至于他还主张“有虞必去于驩兜，孔子先诛乎正卯。”其爱而加诸膝，恶而坠诸渊，是何等的不同！

曹操倒真是可人，捉到陈琳，并不杀他。问他：“昔卿为本初移书，但可罪状孤身，何乃上及祖父耶？”陈琳谢罪，于是又为曹操骂别人了。

（1939年12月26日）

驳青出于蓝

《荀子·劝学篇》曰："青，取之于蓝，而青于蓝；冰，水为之，而寒于水。"张子曰："是不尽然"。观于今人之所学可得而知也。钱五学于张三，心于张三，有年矣。观其外，步亦步，趋亦趋，声音笑貌，无勿张三也。然张三穷，商不能使钱五为经理，官亦不能使钱五为荐任，钱五始而疑其学，继弃之，终则改学于李四。李四之与张三，亦若杨朱之与孟氏也。钱五昔学张三，日日为文攻李四，今既学李四自亦不能反攻张三，不攻其学说而已也。且欲效始皇之人其人，火其书焉。变本加厉，荀子之说何据乎？

以蓝喻张三，则钱五学之而不蓝矣。以蓝喻李四，则钱五之青，又其始非取之于李四也。张子曰："今之文人，首重于能弄容易钱，次则混世虫半大不小之官。其幼时所学，若果近此，自不妨由蓝变青，反是，彼纵青矣，亦必跳入黄颜料缸，变成绿色也。"

（1939年12月28日）

贡献给未来的同业

我向来不大会作临时文字。现届二十九年元旦增刊，同人合约，自己求自己，各作增刊文一篇，我也在凑合之列。尽管不会作应时文字，那是不能脱逃的。虽然，提起笔来，一部二十四史从何说起呢？我想新闻从业者，一年到头，总是拿了尺去量人家大门，可也曾拿了镜照照自己？今日是个开始的日子，说说自己似乎要得。什么事从我们自己说起，这是最恕道的。现在不是有许多青年正要加入新闻界吗？于是就决定了写这一篇，贡献给未来同业，聊表欢迎！

陶渊明说："实迷途其未远，觉今是而昨非。"在贡献于诸公之前，我自己先要说自己一句，干了二十多年的新闻记者，到了如今所感到的是"脑子里太空虚了。"当我和我相当年岁的朋友跳入新闻界时，国内用卷筒机印报的报纸，还不上十家。编印出来的新闻，现在拿来一看，几乎满纸都是笑话。那个时候，国内很少研究新闻学的专家，自然也没有这种书籍，我们就以一个纯粹外行的资格，从事于新闻事业。二十多年的工作，让我们（我和我相当年岁的朋友，下仿此）碰了无数次的壁，闹了无数次的笑话，长了很多很多的知识。直到现在，我们从经验里觉悟过来，"脑子太空虚了。"换句话说，做一个迎合时代的新闻记者，还不够料。虽然我们都是中年以上的人了，至多再干十几年，就要退休，不够料也不要紧。而中国新闻事业发扬光大的责任，都在比我们年轻的同业肩上，以及有志于此、而还未加入本行的有望青年肩上。俗言道得好，长江后浪推前浪，世上新人替旧人。趁此我们还未歇肩，不但要顾虑到这一个"推"字与"替"字上，而且希望青年及未来的同业，都比我们好，好得多。因为，中国抗战必胜是毋待赘论的。胜利以后，我们将要成为世界上的一等强国。而强国的新闻记者，拿出来自必出色行当。预期着这里必有不少的赵云、狄青、薛仁贵给我们壮面子。我们纵有一两个廉颇、黄忠，似乎也就不必拿出来了。所以，我们为新闻界计，为中国计，是对青年同业及未来的同业，有很大的期待。

新闻虽也是一种专门事业，然而这事业所需要的技艺，却是多方面的。在采访编辑两部是文艺家的事，到了印刷部是工人的事，谈起营业来又是商人了。所以人要做个新闻技术全才，那是一种难能的事。报业里面，自然也有专门的专门，一个人用不着样样全能来，但是一个良好的新闻记者，对于专门中的各专门，不一定能做，是必须样样能够“知道”些。不然，当你负起一部分责任，而与全部要发生关系的时候，你就会感到应付不够。为此，我们常常谈起，青年的同业们，以及有志于此的青年，应当赶紧从多方面去学习技艺，不要以一技一艺为已足。据我们从事新闻的经验来说，技艺方面的培植，要做到如下的程度。

（一）文学的相当修养

新闻记者是天天拿纸面表现给社会看的。固然起码要做到“辞达”的程度，而仅是“辞达”，平铺直叙，实在不足应付宇宙间事物的万变。所以文学水准必须比普通人要高。就国文技术方面说，除了思路清，笔调快，而辞藻还要能相当动人。否则，你当主笔的时候，让你做一篇论文，你作采访的时候，让你写一篇特写，材料多了你无法写，材料少了，你更无法写。就说编新闻吧，若编者肚子里没有一点文字技术，将翻遍了报纸，找不到一个惊人之笔。平淡，平淡，越久越平淡。这将影响到报纸的销路了。此外是外国文应当懂得两种，自然也用不着怎样高深，然而第一种能看看外国报，第二种能翻字典，倒是必需的。不出十年，世界的空间必然比现在又要缩小一倍，一种外国语都不懂的新闻记者，有许多事情上要发生很大的困难。

（二）增进几种基本知识

过去一个时期，报纸欢喜炫耀法律论文，于是引起一部分同业自修法律政治。这风气过去了，现在是多数人爱看看社会学的书。其实前者与后者都应该有能翻书一查的程度。尤其是普通法律知识，便是个广告员也该知道。此外便是史地两科，就现在情形看来，大概多半是欠缺的。新闻记者谈历史，并不要上溯汉唐，世界近百年史的沿革，是当清楚的。三十年内的现代史，更当明白。不要以为报馆里有书可查，平常不必去理会。你当了记者，决不能挑了一挑子大事记、辞典、年鉴之类跟着你跑。放在脑子里是比放在书架上好得多。至于地理，是细心的人，他就可以随时在报上找出笑活。市上粗制滥造的地图，决不足作为我们工作时的工具。譬如一个镇市，应当在河东，而地图上因一线之差，往往会画在河西，普通人拿来作阅报的参考，那就谬以千里了。要免除这种错误，就在平常对于地理有相当的研究。

（三）要有丰富的科学常识

现在是科学世界，眼前的事物，那一项不已经或正在受科学的洗礼？新闻记者没有丰富的科学常识，怎么能应付他遇事均可记录的环境？我随便举一个例：当马相老九十六岁的时候，我们在南京一次宴会上谈到此事。一位青年同业说："把闰年闰月算起来，马相伯早过一百岁了。"在座的很有几个微笑相视。他还再三地说着，他欠缺历法常识，沿着旧社会的说法，错了而不自觉。假使他把这意见写在报上岂不塌台之至。又如怪胎这一类新闻，上海报上常见，记得北平一家同业，曾登过新闻大事渲染，惹得新闻界引为笑谈。其实胎有变化，不过是一种病症，毫无足异，用旧文人那种"子不语"的笔墨来描写，不但表示自己无常识，而对于社会还是很有毒害的。

（四）尽可能地学习有关技术

有一位颇负声誉的同业，他教导他的学生，是"手脑并用"为唯一法门。可是，由我看来，还待多多地补充。新闻记者的身体，所可用到职业上去的，除了脑和手，至少还有耳、目、舌、腿。我们并不过分的要求，要像美国新闻记者一样，大家能开汽车、骑马，实在一点，印刷部字架的安排，机械的构造，都应该彻底认识，能排排字，摸摸印刷机，那更好。新式簿记、珠算、打字，这些技术，都与新闻管理有密切关系，假使你有意于新闻管理事业，那就非学不可！照相、速写、速记、收发无线电，这与采访上有莫大的帮助，会一样，就有一种成绩。再就图画说，营业需要广告画，编辑方面需要素描漫画，谁会谁就在事业上多一种收获。这所举的，你不必尽学，可以尽可能地去学习。

上面所举的这些办法，并不是我们由什么学理上摘录下来的，只是我们在从事新闻业的二十年中得来的教训。关于要学习的技能，有些我们懂得一点皮毛，有些我们简直不知道。每到了要用无可用，或是不够应用的时候，我们感到从事此业以前，未曾下过功夫，虽也想亡羊补牢，环境就让你力不从心。我们不愿刚踏进新闻界及要来而未来的同业，踏着我们的覆辙，所以愿把这点苦闷告诉大家。“鸳鸯绣出凭君看，不把金针度与人。”中国人这种传统的学术自私的陋见，是不容存在的。我们也不敢说是“旧令尹之政必以告新令尹。”然而“老马识途”，引诸君走一截近路，有何不可？老马无所能为，引路是足以胜任的。

俗言道：干一行怨一行。我和我多数的朋友，都是这样说我们的子弟，无论他们去干什么都可，再不要一误再误，让他做新闻记者。这话自然是，“有激使然”。但“三十六行，行行出状元”，我们之以不第终其身，也不能埋怨职业选择之不当，反躬自问， 也应当追悔对于新闻学理及技术所“能”所“知”的太少。诸君愿做新闻状元乎？则请即日努力。若跟着我们来，也不过以得一个不第秀才为满足。那末，“取法乎中，斯下矣。”谨祝新年进步！

（1940年1月1日）

小心敌人偷米

敌国的“米骚动”，在我们预料中已经起来了。在敌人这内外交迫的时候，他岂能听其自然？不听其自然，便只有一个极简单的法子，“开源节流”。

说开源，是向外买米。到安南、暹罗、缅甸去买米吧，不但要外汇，而且路途遥远，在敌国航运恐慌的今天，也调不到船来运。那末，最上算的办法，莫过于把他一文不值的伪币与日钞，在我们沦陷区强收，或者在游击区及接近战区的地方偷买了。

最前线的江南（苏皖两省境），去年正是丰收，直到于今，平均米价每石不曾上十元（皖境只五六元）。敌人运了米回去，既救了饥荒，而且还要发一笔大财，他为什么不干？我们是江南人，从各方面观察，料定敌人必行这一举动。时急事迫，我愿上上下下大家提防起来。

（1940年1月2日）

凤兮凤兮

中国人理想中的君子之鸟，就是凤凰。这鸟受着自然界的淘汰，宇宙间已经绝迹了。据我们祖先形容它："非梧桐不棲，非竹实不食，非醴泉不饮。"也就自然可知。不过，饮食两点是取它干净，其意很明，为什么非梧桐不棲呢？我想，这或者由于凤凰长了一身很可爱的羽毛，不棲在枝高叶大的梧桐上，恐怕会损害了她的羽毛吧？不但是凤凰如此，凡属鸟类也无不爱惜自己的羽毛。不过羽毛更美的，也就爱惜得更厉害罢了。

文人常自负为人中之凤，而教导文人的师表，更是凤中之王。他们的人格就是凤凰的羽毛，他们若是为升斗之禄，妻妾之奉，飞下梧桐，钻入鸡鸭群中，人家也就以鸡鸭视之了。那真可惜之至；"凤兮凤兮，何德之衰？"孔子以王道劝诸侯，还不免楚狂一番浩叹。当人家老先生的人（或已当而现在未当），总知道这么一个典故。有道是："君子不重则不威。"共有所警惕也欤？

（1940年 1月4日）

潜修之士安在

国不可以一日无兵，亦不可以一日无士。兵守有形之国防，士守无形之国防。今古谋国者唯知练兵，而未闻有以练士；有之，则以科举消磨有为之士耳。故士在中国之有为者，多得之自励与师传，而非行赖于国家之培植。试以明言之，朱明以科举取士，而其亡也，崇祯乃有“群臣皆亡国之臣”之痛语。及亡之后，而二三孤臣孽子，草莽遗民，则著书立说，力布其民族意识于民间，穷康熙、雍正、乾隆三朝收买文人之力，而文字狱之继起也如故。洪杨而后，满清并文字狱而不得举。至民国纪元前二年，则洪杨小说，大书种族革命书签售于市上矣。以言士守无形之国防，三百年来，当之无愧者，此皆未能求之于利禄豢养之徒。

中国潜修自励之士，其民族意识，恒至坚强。苟摩顶放踵有利天下，贵不屑于六国相印，贱亦不辞升斗之禄，如鲁仲连、阎典史者，即其人也。风尘莽莽，其人安在乎？余愿百拜而师事之。

（1940年1月5日）

意国是猫爪吗？

过去几天，意大利对苏联，颇做出一点架子，但立刻也就和缓下去。无疑的这是为了芬兰的原故。

芬兰与欧洲列强的外交关系，极玄妙之能事，但干脆言之，列强对芬兰是项庄舞剑，意在沛公。英、法如此，德、意亦无不然。他们都怕芬兰一退让，波罗的海就成了苏联的里湖。而德、意所惧，尤甚于英、法。但德国是敲掉门牙肚里落，他不敢向苏联提一个字。而他人对苏联吹胡子、瞪眼睛，则是他欢迎的。最好又莫过于旧友墨索里尼出面了。

墨翁果然为希特勒做“猫爪”吗？当然不。他之所以不安，深恐芬兰问题解决，苏联的箭头又指着了巴尔干。巴尔干在墨翁眼里，自然是块禁脔。假如他得着保证，巴尔干是意大利的，芬兰或左或右，他管得着吗？鉴乎芬兰，则多边的外交，亦无不可用之处了。

（1940年1月9日）

北平美使馆

北平寇军闯入美使馆这件事，合众、路透两社所传不同。合众社大概为了美方与寇方发表共同声明的原故，只说寇兵行经警卫线。路透社却说他爬墙闯入卫兵宿舍。何者属实，我们不能武断，可是，我们不妨谈一谈美使馆的形势。

美使馆在东交民巷东口路南，大门东西两个。北向东交民巷的马路，门口有一道水泥人行路，平常行人可走。东邻是一幢大洋楼，西边无邻，他们的大操场，紧靠了正阳门内东大街，有道墙围着（卫兵宿舍，似乎在操场东），南向也没有人家，是北平的内城城墙。这样看起来，对于路透社的报告，当可按图索骥了。

我在北平多年，对于甲国兵士闯进乙国使馆的交涉，还未之前闻。根据这一点，寇兵之骄横，寇之侮辱美国，是大可想象的。

（1940年1月12日）

三个和尚没水吃

中国人做事，最忌讳“任用私人”四个字。其实，任用私人是任何人所不可避免的，而且也无须忌讳。问题的关键在这里：私人是否用得适当?

我们办一件事，需要人帮忙时当然先就我们所知道所信任的里面去找。必等我们所知者不能用，要用者不足信，这才去借才异地。这样，人人不都是有个任用私人的打算吗？不过，大多数的人用私人，还不是如此而已，大概是把最重要的职务、位置最接近的人，堪用不堪用，却在所不问。等到这位私人干不下去了，却找一个能干的来人当副手。结果，正主儿成了一位陪客。这就是说，养了一位闲人了。

大概用人最多的所在，闲人的位置也最多，闲人多了，又不能不更多地用助手。于是，两个水桶当用一个人挑的，未免再用一两个人当助手，也就成了那话：“两个和尚抬水吃，三个和尚没水吃”了。

（1940年1月13日）

《保卫马德里》

马德里早已属于佛朗哥了，怎么还说保卫马德里？这不是一句话，这是西班牙共和政府一支歌名。在雾气弥漫的冬天，我想到了它。

奇怪，“七·七”事变前，平津一带唱这支歌是遭忌的。一个冬天，阴云愁惨，朔风怒号之下，北平的空气是十分郁结。正象征着一班不知死活的缙绅先生，努力着复古运动。而另一方面，中华民族的儿女，却在纸窗烟火边，家弦户诵，唱起了最流行的《保卫马德里》。

缙绅先生说：中国人为什么唱外国歌？对了！没米吃，“何不食肉糜”。他们不了解这是“借他人酒杯，浇自己块垒”的做法。然而他们也未尝能唱：“壮士一去兮不复还”，与夫“安得猛士兮守四方”。他们根本是奴隶着自己的脑筋，却怪他人没有自尊性。

棲迟在重庆的青年，不少来自燕京的，他们当还记得为唱《保卫马德里》而演出自来水淋头的悲剧吧？然而，西班牙已矣。我们还有光明的前途在等着，我们没有喊错口号，对了那些缙绅先生也足以自豪了。

（1940年1月15日）

扫除文盲应当赶制注音汉字铜模

今年的内政，有一项伟大的工作，全国开始扫除文盲。我们不必预测成绩如何？“工欲善其事，必先利其器。”我们要看看用什么来扫？

在废除汉字实属难能的今天，而用汉字来扫除文盲，又是“急惊疯遇着了慢郎中”。然则如之何其可？我们就实际说汉人以单音为字，以单字组成语言，再加上各地土音，其复杂非任何拼音字母所能代表。罗马化也好，拉丁化也好，勉强写出来，甲方写出，乙方必认为是天书（如闽粤与东三省），怎样可以普及？折衷办法还是只有留着汉字的骨骸，旁边加上国音注音这一套。这当然并不干脆，但汉字如果可以尽废，则日本早已先我为之了。何况我是汉字汉用？

为此，注音国语的书籍，今年应该大量生产，而生产这项书籍的铅字，上海就不多，更无论重庆，更无论内地。未雨绸缪，赶制注音汉字铜模，是一个迫切的工作。未知教育当局亦有意乎？

（1940年1月20日）

刘姥姥眼睛里

《红楼梦》写进一个刘姥姥，大家都以为这是作者一种插科打诨的玩意儿。有些已往的批评家，隔靴搔痒，也不过说文字上的变化。其实，这里含有伟大的命意，由一个极穷的庄稼人来反映富贵人家的奢侈。

可惜曹雪芹的原本《红楼梦》之后半部已失传。不然，他在“绳床瓦牖”之间，必定写有一个饥寒交迫的贾宝玉来讽劝世人。这位自八十一回写起的作者高兰墅，竟未梦想到此。只以他未来进士的身份，写了一个举人贾宝玉而结束之。他没有经过绳床瓦牖的生活，他不会想到穿貂皮住怡红院的贾宝玉有给人巡更守夜的一天。于是，我们可以想到刘姥姥也就是曹雪芹自己。他在前半部里，觉得主观的叙述之不足，又客观地描写一下。

世上做贾宝玉的人，原不会有刘姥姥的眼光，像曹雪芹也是自己家里查抄之后，才会觉悟而写出刘姥姥的。刘姥姥见一样东西念一声佛，那些昏天黑地的富贵闲人怎会懂得？故事告诉我们，总有一人，他们觉得刘姥姥的态度是正义感！

（1940年1月20日）

老先生们该自省

——对荒淫少年有感

全国小学教师，在抗战三年中，已经表现出了他们的成绩，我们再回头看看高中以上的教育成绩怎么样？

说科学技术，显然在国家求贤若渴的期待中供不应求。说文法高考便是试金石。尤其是德育方面若干年以来，先生们教学生同情劳动者与生产者，而让学生穿西服，住在皇宫式的房屋里，星期日，互相同着异性之友去上影院与戏馆。上海方面，男生简直开旅馆、下舞场、进咖啡馆，而满口却是意识极前进的新名词儿。你看社会上那些见钱就搂、荒淫无度的少年，除了为色情狂而外，他们岂不是受过高等教育的？

解放与改造的真义，不容许他们这样永远歪曲了下去，我们要开始来纠正。第一是教出这批货色的老先生们应该自省！

（1940年1月22日）

难 在 不 说

自从阿难记下释迦牟尼许多演说，我们知道佛家完全以言词动人。所以在传记里，有顽石听经而点头，耗子听经而涅槃的一类故事。然而“不可说！不可说！”至尊不也有时“拈花微笑”吗？

东方还有一位圣人孔子，他原也是一番苦心，到处劝人。可是他牢骚起来，令人三缄其口，也说个“天曷言哉”！这可见缄默也未尝不是一种热情的表示。

我对西方宗教学说领会很少，然而有一次我看《万古流芳》的影片，见耶稣扛着十字架，去到刑场，经过万人瞻仰的街头，默然无语，看到病人，还伸出手来，抚摸他一下。我不能拟想当日情形是否如此，但我为这位大导演家西席地米尔所感动，几乎掉下泪来。

我们的职业，不许不说，也无法学先哲的不说，是很惭愧的。说难，不说更难！

（1940年1月30日）

刘邦不如赵匡胤

——尚论古人之十六

由民间突起，一跃而创百年之业的帝王，前有刘邦，后有朱元璋。比较地说，刘邦为人长厚些。在秦失其鹿，群雄共逐的当儿，除了项羽外，刘都愿与合作，其出关北掠魏赵，东向三齐，都为了他们事楚。而且他还几乎用了郦食其的谋划，立六国后。在这一点上，他之想多求助、少树敌，是很明显的。至于他能用三杰，自夸功于人，却也是事实。只看他对付沙中□□，首先就封他最不满意的雍齿为侯，那大开大合的手腕，是做非常之业的人所当取法的。

汉既定鼎，杀韩信，醢彭越、灭黥布，虽各人亦咎由自取，刘邦之不能与人共安乐，又显而易见。不然，我家子房何为托言从赤松子游而挂冠呢？其实这环境并不难处的。后世赵匡胤以诈术取天下，却能杯酒释兵权，就在乎他毫不隐讳地把心事说出来。假使刘邦有鉴及此，驾驭群雄，也并非可怕之事。

（1940年1月31日）

不可解的汉奸头

把字典上所有骂人的字句，都拿来骂汪精卫，也不能减少我们心中的痛恨于万一，我们实在不屑零零碎碎骂这种人了。然而我因此发生了许多疑问：（一）这种连万代子孙都可以卖却的人，当年他们何以会革命，而去北上行刺满吏？（二）看他的过去言行，似乎也懂一点政治，人的政治思想尽管会变，死路是不走的。他何以走上现在这条死路？（三）他那班狐群狗党，欺骗了同胞多年，我们当然不算旧账，可是回想一下，“果然如此”，就要不寒而栗了。我们对这狐群狗党的揣想没错吗？（四）阿部也承认中国有三四百万人的军力，老汪岂有不知之理？在中国人觉醒的今日，谁能受汪一卖？他字斟句酌地发表文章，难道不想到将来？

一个人的心理变态，也有他的出发点。像汪逆这种变法，恐怕任何心理学家不能解释。我主张有机会的话，把他的脑子送给医生解剖一下，庶几“引刀成一块，不负汉奸头”！

（1940年2月9日）

文章何以不值钱

在报上看到有救济文艺作家的呼声，我虽万万不敢当这个“家”字，可是我总也是以卖文糊口的人，当然，我同情这一呼声。

一个文人能卖文糊口，不夸张，除了中小学那一截基础不算，谁都“十年窗下”过的。到重庆来的朋友，更是“间关万里”。以这十年与万里的成绩，结果不免要救济，来一句东莱博议吧，“庄公负叔段，叔段何负于庄公？”虽然，我辈读之乎者也，ABCD，以至各种科学，“所为何事？”自“五·四”以来，谁又承认落在潮流的后头？今乃……惭愧惭愧！我尤其“叱而与之”，古文人有所不受。年头儿不同，我也不要求大家“割不正不食”。（中略）我们一方面要文章涨价，一方面也要排除那致文章不涨价的因素。至于这因素是什么，“想当然耳”，不然，岂有文章不涨价，（中略）并无原因的道理？[①]

诸大作家，当不河汉斯言！

（1940年2月10日）

“饥寒起盗心”

“饱暖思淫欲，饥寒起盗心。”中国人有这样一个概括的观念。据我看，饱暖而不思淫欲的，或者很少其人，若说饥寒起盗心，那就是以小人之心度人，根本不通。

我们睁眼看看，社会上是卖力气的人多呢？还是席丰履厚、颐指气使的人多呢？当然是卖力气的人多之又多。人之要来卖力气，还不是为了饥寒所驱使吗？换句话说，也就是为了饥寒来奋斗。那些起盗心的人，只是一种不肯奋斗，想侥幸发财的懒人，不能代表饥寒者。

更进一步地说：那些因饱暖而淫欲，因淫欲而荒唐的人，享受既成习惯，生活技能又毫无。一天入不敷出，不到饥寒线上，就要无所不为，倒

① “中略”，为国民党新闻检查所删扣。

是很可担心的分子。所以先儒一再告人："国奢则示之以俭，国俭则示之以礼"，奉劝阔主儿，别尽把眼睛瞧着穷人。

（1940年2月14日）

关于少爷小姐

我们的环境里，依然可以看到许多摩登小姐和纨绔子弟，自然会发生一点感慨。不过，这种人，生长在锦绣丛中，到了内地，无跳舞场可上，无新鲜影片可看，无好角儿戏可听，无外国厨子做的大菜可吃，他们已透着委屈了，我们岂能再对他们有所苛求。所以，这里所要说的，却是少爷小姐以外的事情。

少爷小姐当然不会挣钱。除了有个替他挣钱的老子而外，还有一个养活着他们的家庭。平常少爷小姐所费的，总不过一座公馆支出的百分之几。由少爷小姐大把掏钞票向外花的一点看去，便可以想到他公馆里的支出如何浩大？假如老天爷并不向他公馆里下洋钱的话，又可以想到他的家长是怎样在外面搂钱。这已经是个社会问题了（当然不止此）。同时，社会上有了小姐少爷，如美国之有好莱坞，要引起许多骄奢淫逸的玩意儿。虽然，社会之骄奢淫逸，不完全为了有少爷小姐，但他们与骄奢淫逸的社会分不开，却是铁的事实。呜呼！然则如之何其可也？

（1940年2月19日）

劝劝财神爷

对于有钱人花钱一层，我们穷小子虽然有点不顺眼，可是财神爷这样说："大爷有钱，大爷爱花，干你鸟事！"我们不就无言可对了吗？不过，我们为人类的爱，终于不能不劝劝他们。"高明之家，鬼瞰其室。"殷鉴不远，举几个眼前人谈谈吧。

袁世凯听中医的话，每天吃一勺珍珠粉，以为可延年益寿，结果是八十三日皇帝忧心而终。

龙济光号称龙王，产业分在云南、香港、上海、平、津等地，他的后人现在有沦为乞丐的。

张宗昌有三不知：钱不知多少，兵不知多少，姨太太不知多少。长腿将军于今安在？

这不都是奢侈的下场头吗？

抗战到了争取最后五分钟的时候，大家都要咬紧牙关，挣扎过去。你们为万代子孙计，也应当将一掷万金的壮举，略改一改，纵不把钱献出来，投资到实业上去，也为国人所欢迎。

（1940年2月20日）

人民知识之总和

发明相对论的爱因斯坦，是犹太人。发明镭的居里夫人，是波兰人。

这都是希特勒所谓的劣等民族。请问，德国能拿出这样出色的人物多少？不过，平心而论，德国人民的文化水准，普遍的说起来，是决不低于任何一国的。国家强盛，为人民知识之总和所构成的。这固然需要一个超人的领袖，而被领导的民众，却也要够得上做一个时代公民。赛拉西跑到意大利来，未必有今日的罗马步伐；而墨索里尼跑到阿比西尼亚去，更是英雄无用武之地。

假如我们在抗战前，减少百分之二十或三十的文盲，则敌寇早已被我们踢出国境去了。虽然，我们有四万万五千万人民，取其中的精华，也不少于日本的人口。但为建立强大的中国计，人民知识的总和，是越多越好。一年之计在于春，希望今年的扫除文盲运动，加工前进！

（1940年2月21日）

内症难治

中国的医道，向来轻外科而重内科。因为外科一目了然，头疼医头，脚痛医脚，决不会误事。甚至割肉补疮，也可以对症下药。只有内科呢，病藏在血管和脏腑里，望不到，也摸不到。看去好像是感冒，其实是伤寒。推测是伤了食，其实是盲肠炎。这要一有耽误，病人便有点难治，漫说是会下错了药了。

自从新医学来到了中华，内科已不须像从前在暗中探索了。尽管病在里面，有血可验，有爱克斯光可照，还有许多证据可依，病在哪里，只要是有高明的医生，是不患无从下手的。虽然中国人这个“善善而不能行，恶恶而不能去”的毛病，却是由黄帝一直遗传到如今。尽管有许多新法可以治内症，但在病未入膏肓，总不肯验验血，照照爱克斯光，听其蔓延。一到不可救药，却说是内症难治。呜呼，其真内症难治耶?

（1940年2月22日）

多少不平鸣?

“富家一席酒，穷汉半年粮。”这十个字的经验谈，不知有了若干年的历史。在孟子所说“庖有肥肉”，“野有饿莩”这一点看起来，那可以知道这个不平等，似乎是人类有史以来就产生着。

“朱门酒肉臭，路有冻死骨。”不只杜甫有这样的正义感，但杜诗之得以流传下来，却是为了他说得很沉痛的原故。夫历代有此不平等，历代并没有这样沉痛的诗文来反映一下。然则这个不平等每况愈下，似乎今古文人不得不负点责任。老实说，较之酒肉臭和冻死骨相对比还要悬殊的事情，天地间不知有多少。不见有好诗文来暴露，那也是文人的体验与描写的手段不够所致。若文人不承认这句话，那就是“不为也，非不能也”了。因此，我觉得文人不能积极地鸣不平，而消极地停止歌功颂德，是应该的了。

（1940年2月24日）

投 稿 官

一位朋友赐信给我，提到了“穷朋友”问题。说是有人月入数百元，也向人哭穷，几近欺骗。我说，此事当两方面看。（一）此种人，以前混迹南北，至少月入此数，以今日之购买力视之，他当然可以称穷。（二）

此种人既非穷朋友，也不是文人，他是以发表文章而为贵人的“投稿官”。夫既为官矣，而犹免不了抹桌子投稿（办刊物在内），则其呼穷也亦宜。

准上两个原则，我们客观地说他呼穷，几近欺骗，但他主观的说法，却是批评者“不知做官之艰难”了。所以，在穷朋友方面，只有尽其在我。假如不能扫除文坛这些禄蠹的话，我们也无须眼红，只要爱惜羽毛，不为此蠹所蚀，也就无愧斯文了。

顺此答复赐信的某兄。

（1940年2月26日）

对平津粮荒另一种看法

据合众社的电讯：北平的大米卖到一百元一包（一百五十余斤），面粉卖到二十四元一袋（约三十七八斤），这实在是留居平津人士的厄运。在敌人铁蹄下的同胞，精神上已经够痛苦的了，再加上物质上的畸形贫乏，其何以堪？

但在另一方面看，塞翁失马，也未始非福。一、证明平津决不是敌人所称的“王道乐土”。二、在华北水旱连年的今天，敌人还继续运粮东去，造成平津大恐慌，暴露敌人之残忍。三、粉碎敌人寄居平津的苟安心理。四、促使人民离开平津与铁路线，无形的发展不合作运动。五、促使大批壮丁走进游击区。六、增加敌人及汉奸的困难。七、动摇敌伪平津金融。这一些事实，都是必然会发生的。反过来，便是我们抗战中的好处。

对物价压迫下的平津同胞，我们爱莫能助，唯有祝爱国分子能抓住时机，利用民众，来打击敌人。

（1940年2月27日）

魔术家的嘴

看中国魔术，有件事令人不耐，就是主演者喜欢要贫嘴。一种魔术有五分钟可了的，他至少要说二十五分钟的废话。这种姿态，当往日在街头广场摆地摊子，可以说是为了逼着看客扔钱。等到近年中国魔术已搬上镜面式舞台，看客早是买票入场的，主演者无须乎向之逼钱了，而上演的时候，依然大说其废话，把看客宝贵光阴都鬼混掉了，真是可惜！

主演魔术者为什么非要要贫嘴不可呢？有人说是为了转移看客视线，他好从中运用手法。但像白水变血之类，不过是玻璃杯子里放点化学药品，根本无所谓手法，也废话一套干什么？又有人说，主演者摆龙门阵是混时间。这也不尽然。像百戏场里（如上海大世界）的魔术场，时间就极短，不说什么话，表演两三套戏法就过去了，然而他还是说。我以为说是魔术家的一种习惯，比较近理。任何职业者都免不了一种职业毛病，所望各个自省，以资革除，而做新人！

（1940年2月28日）

贵人的忧虑

——尚论古人之十七

在春雨连绵里，想到南唐李中主的名句：“细雨梦回鸡塞远，小楼吹彻玉笙寒。”觉得富贵人家的忧郁情绪，也非寻常老百姓所能了解。我们觉得除了雨有时可喜不说，便就这阕《山花子》词里的环境而论，是菡萏池塘，玉笙楼阁，在这里能依栏闲眺，便是人间天上，写意之至！何来的“多少泪珠无限恨”呢。

“死于安乐，生于忧患”。像李中主这种忧患，也等于闻蛙鸣而问公私，闻饥馑而问“何不食肉糜”，决不能求生。所以到了李后主，就变本加厉。做皇帝的人，临到“仓皇辞庙日”，也就惨极了。而他还来个“不堪重听懊侬歌，垂泪对宫娥”。此公为人，只有教后人说句“唔煞话头”。

“其父杀人，其子必为盗行劫。”一个人的反常行为，是不宜太过，投机发财，也当有个止境！财神爷怕金元宝变成耗子的过分忧虑，一般的会教坏子孙。

（1940年3月2日）

蜜蜂钻纸窗

“糊纸窗儿用力钻，不能钻处几多难，忽然撞着来时路，始觉生前被眼瞒。”这本是一个和尚咏蜜蜂钻纸窗诗，稍微有点悟性的人，都知道这首诗是劝人看破人世的。

在当今，我们自不必拿这诗去劝人解脱一切。相反的就是教人入世做事，也未尝不可去参悟这二十八个字。譬如没有看透社会背景，去努力社会事业，没有了解中国农村社会，去努力改善农村经济，哪一种力量，都是蜜蜂钻纸窗的玩意儿，眼见前面有些光明，真钻了过去，却是碰壁大吉。以这种碰壁的遭遇，归咎于环境之不良，那是不对的。

要做事，必须有眼光；要有眼光，必须有学识。学识是从哪里来的呢？愿那只问收获，不问耕耘的人，书此诗于壁。

（1940年3月7日）

都是中国人

在民国十四五年时，北京市上有一句流行的行话："都是中国人"。

这虽是一句极平凡的话，在排难解纷的时候，往往能发生极大的影响。比如在电车上，甲踩了乙一脚，乙瞪了甲一眼，在各不相容的情况下，几乎要奋臂而起，人丛中有一位丙说了句："都是中国人"，再经人一附和，立刻这场风云可以烟消雾散。据传说，这句话是由天津租界上传出来的。观于它的效力宏大，产生之初，总有一点原因呢?

真的！"都是中国人"，谁占谁一点便宜，所谓"楚弓楚得"，亦复何憾？可惜那时的北京政府，民运谈不上，不然，就利用这句话，也可以做一点事业。呜呼！"风景不殊举目有山河之异"。于今的北京市老百姓，要说这句话时，得考量考量了。同胞们，往日是"都是中国人"，于今是"都是同受压迫的中国人"了。思之思之，重复思之！

（1940年3月4日）

红　绿　蛇

各种颜色配合起来，大半是好看的，纵不好看，也不至于丑恶。这样想，似乎是对的。

在深草丛外，看到一条蛇，墨绿色的皮，涂着红黄色的斑纹。当它很快地由石板路上横溜过去的时候，那丑恶的形状，把我缓步当车的两腿，突然加以阻止。而同时我的皮肤，就皱起鸡皮纹来。

三尺长的蛇，它不奈我何，何况我手上还有一根手杖，足以扫荡它。然而在我看到一道红绿凑合的线条，横过我面前的那一刹那，我实在有点吃惊。这惊恐不是豆大的蛇眼，墨粗的蛇头所给予的印象，而正是那平常好看的红绿颜色，刺激了我的视觉神经。

由这一个小小的例子说起来，装饰品是要引起人的好感的，若涂在不适宜的地方，则其结果，恐怕还不止是适得其反。那一味在外表上涂着颜色的人，是应当觉悟的。

（1940年3月12日）

袁绍父子

——尚论古人之十八

汉末群雄并起，势莫盛于袁绍。彼既已三公之后，致门生属吏满天下，且拥地四州，带甲数十万。其从弟袁术，屯兵江淮，亦睥睨一世。使二袁协力以图中原，曹操尚不足平，更何有于三国？而二袁离贰，术先以僭号败死，绍继以骄奢自毁。读史至此，未尝不令人叹其有肉骨之兵而不能用也。降及绍子袁谭、袁熙、袁尚，变本加厉。尚以母爱继承父职，首使谭拒曹操，故少与之兵，而欲置之死地。操攻谭，尚且助之，人心之变，莫此为甚。卒使兄弟相攻，曹操得先奔绍地入邺，而继斩袁谭于南皮。基础既尽，尚乃与其仲兄熙一奔乌桓，再奔辽西，悉为公孙康所斩，袁氏骨肉，盖至此尽矣。富贵何在哉？

同根相煎，祸延灭门，千古笑骂，固不仅“亲者痛而仇者快”。虽然，后人哀袁氏而不暇自哀，亦复使后人哀后人而已。

（1940年3月13日）

教 材 问 题

国民教育会议开幕，同业中都有所献。本刊卑之毋甚高论，也愿从小处发表一点意见，便是教材问题。

我觉得我国小学教科书的取材，只是一种江浙人民的生活环境，至多是适合于华中的城市小学生，不合用于乡下，更不合于全国。举两个例子：北平一个小学生，对“摇摇摇，摇到外婆桥”这个故事，他不懂。本来，黄河以北，谁能坐小船当车子呢？又我的亲戚申君，是察哈尔人，他对教科书上画的水田，认为奇观，而高粱地则怪其不曾有。这是事实，证明教科书由上海几家书局的洋场编辑包办，是不合宜的。

国民教育，无疑的，应当就地取材料，渐次及远，使人容易了解，也决无谈教育而可以忽略人民生活环境的道理，我们希望教育部对教科书审查时，要顾到这点。

（1940年3月15日）

再谈教材问题

谈到教科书的教材，不能不顾到人民的生活环境，干脆地说，就是中国地大民众，教科书要有地方性，分开来用。譬如蒙古、青海的国语、常识，不能不多写一点骆驼牛羊，而东四省的国语、常识，不能不多写一点大豆高粱。反过来，上海各书局的出版物，写着在家看天井，出外荡小船，勉强东北西北人读，只能当故事讲给学生听而已，实际效用很少。

（1940年3月16日）

霸　王　庙

乌江有座项羽庙，南京上海长江来往船只，到此要烧香焚化纸钱。俗传不然的话，有逆风作祟。一个秀才经过，吟了一首诗送他，末二句说："三分天下有其二，一束黄钱值几多。"冥冥之中，霸王大怒，风雷大作，将庙门转了过来，背对乌江。这自然是个笑话，然而形容项羽之不输气，却是能淋漓尽致。

天下不少银样蜡枪头，碰着了硬货，开溜大吉；而见着无能为力的三尺孺子，他还是像煞有介事地吓唬人家的糖果吃，这就是乌江庙里的项羽一般做法。不过人类的脑子是进化了，纵有酸秀才向他吟诗，他也不会理会丝毫。假使项羽是现代人，他一定刮起一阵罡风，把那吟诗的酸秀才送到半天空里去。把庙门移转，那是无脸见人的表示，大好老是不肯做的。

不过话又说回来了，于今乌江庙项羽魂不可得，而吟诗的酸秀才又向哪里去找呢？

（1940年3月17日）

雨　后　感

小时在私塾念书，遇到双日作八股，单日作试帖诗。诗的题目，总有一个公式，是事情加时间加古人名句。所以下雨的日子，在乡下就来个“赋得好雨知时节”，在城里便是“赋得小楼昨夜听春雨”了。

在这一点小事里，也可以想到文字乃生活之反映，丝毫没有问题。譬如近日这场大雨，你在乡下无论遇到谁，都要说句雨下得好。城里不但少听到这种话，终日在街市上消耗时间与金钱的朋友，还要说句天气太坏。

于是，我发生了一点疑问，那些以谈农村为最时髦的专家，大半是住在城中洋楼上的，他们何以不到农村而能理解农村呢？难道他们有千里眼，顺风耳？因之联想到普罗文学家在咖啡馆里开座谈会，也就不足为怪了。

（1940年3月18日）

做人与治国

中国的政治哲学，虽是由正心修身做到治国平天下，但做人与治国，手段却各有不同。做人要从小处着手，讲个洒扫应对。但治国是要大开大合，不必顾及小事。至少如孔子对于烧马棚，“伤人乎？不问马。”所以吕端大事不糊涂，为今古所赞美。

做人要顾小事，治国不必顾小事，这是不是一个矛盾呢？不！譬如古时的监察御史，平常他自该衣冠整洁，可是在他的职守上说，路上有衣冠不整的人经过，他尽管熟视无睹，却无关系。若国家有大奸大恶，他不能起而弹劾，就是尸位素餐。“治大国如烹小鲜”，这不过是一个道理。并不是做宰相都像做厨子那样拿刀动勺，用同一的手段。

人的精神有限，而环身的事物无涯。治国的人察察为明，在小事上浪费了精神，以至大事来临而应付不及，那却是极不通的一番算盘，平居有所思，写出这样一段。

（1940年3月19日）

哀郝耕仁

我证于我的老友郝耕仁，我相信年老的革命党，依然保持他三十年前的精神。他在民国十六年以前，为革命到过黑龙江，曾步行由湖南到广州，加入一支革命军里去。他可是前清一位秀才。然而除了“五·四”时代，芜湖一隅的文化界，知道他是一个努力革命的人，几乎无人知道他的姓名。

抗战后，他以年过五十的文人，寄食到甘肃河西一带，穷困交迫，以至于死。他知道我也穷，不愿受我的接济，很少来信。我每次寄信给他，反要托汉中一位亲戚转，真不失一位耿介忠恕之士。最近亲戚来信，寄他的信由凉州退回来了，信面批着收信人病故，我惘然若失者竟日。

前年他回我最后的一封信，有八个字打动了我的心弦，乃是“少壮革命，垂老投荒。”想不到这一投，却是不能生还了。他和先烈韩恢最为莫逆，韩也是个终生潦倒的革命党，我想能慰他于九泉吧！

（1940年3月21日）

海棠溪之路

海棠溪，这是多么一个香艳的名词！但到过海棠溪的人，会为了醉心香艳名词而失望。自去冬起，这失望使人加深。一条水泥平坦的路面，可以闭了眼睛走，直达到轮渡码头。但那里不走人，走着吞汽油或酒精的怪兽。另一支小路，沿着悬岩，经过约一里路鹅卵石的江滩，才达江边。那才是每日数万人（恕我无法统计）经过的南北岸渡口。

天下过雨后，悬岩上的陡坡成了滑油山，几乎行人爬都爬不上去。岩上站着十来个幸灾乐祸者，向下看惨剧，大声调笑在滑油山上滚泥的同此圆颅方趾的人。吞汽油的怪兽，被封神榜上的人物骑着，发出呜呜的得意声，在通另一码头的水泥路上滑去。幸灾乐祸者看了那后影表示欣羡。

这里包涵一首诗，一篇小说，甚至一本很厚社会问题书本的材料。

（1940年3月22日）

墨翁的影子

“紫鹃是林黛玉的影子，袭人是宝钗的影子”。我对于意相齐亚诺有这么一种感想，他是“墨翁的影子”。

在报上，你可以常常碰到此公的名字。但像苏联的莫洛托夫，德国的里宾特洛甫，甚至像过去波兰的伯克，那一些有刺激的行为，在他身上找不到。你看他送往迎来，只是代表了墨索里尼。也就是说，与其看他的言行，莫如看墨翁的言行。他除了当代表外，他不会和意大利再出些主意。那么，墨索里尼干脆再兼一下外交总长好了，何必用这么一个影子在国际上活动呢？我想，或者为了外长总有些送往迎来的事情，墨翁无暇分身自来，只好用一个影子了。

话又说回来了。影子究比木模活动些。世界各国的外长，哪来许多里宾特洛甫与莫洛托夫，不如齐亚诺的还多着呢。比如日本的外相，就始终是军部代言人，我只举这一个例子。

（1940年3月23日）

德育要活讲

教育界人士常讲到德育问题，□□□□这里显然含着一种“曾经见缺”的意味在内，其实这倒不是学校里少了这项课程，根本是做先生的人，未能躬自力行。我们要知道，德育这件事，并不在书本上去讲究，而要在平常的视听言动上去实践。要学生如何如何，必须先要先生如何如何。举一个例子，先生西装革履，头发梳得油光，而教学生朴素无华，岂不是桩笑话?

听说四川省参议员，有人提案恢复修身课，其实公民本课里的课，学生能够做到，那就很够“修身”二字了。我们当中学生的时候，正在习着修身课。每星期一小时，由那教课文的老先生（一个举人）捧着讲义念上一遍，我们只有坐着打一点钟瞌睡，丝毫不受影响。如此讲德育，倒不如多让我们习一点钟音乐了。于是归纳一句，德育要活讲。

（1940年3月25日）

挂 一 漏 万

性善性恶，这是中国谈哲学的人两三千年来未能解决的一个问题。其实倒是主性善的孟轲，有一句题外的话，说来很适中，便是人心之不同各如其面。世上有慈悲为怀的人，也有乖戾成性的人，不能见一性善者说举世皆善，也不能见一性恶者说举世皆恶。个人交友，看人当如此。为国求贤，看人也未尝能够例外。

在北平倒秽水挑粪的人，多山东籍，在南京洗澡堂子里当茶房的人，多扬州籍。当然，这种卖苦力者，其知识水准不高，若把这种人来做评论山东与扬州人的根据，岂不是挂一漏万？现在有一部分做理论文章的先生，就犯了这个毛病，总是挑一个烂苹果来评论，而藉口斥责整树的苹果。不知而如此，这是眼孔小，其过可恕。若故意抹煞好人，则实在是心不可问了。

（1940年3月26日）

悼天虚我生

在报上看到陈蝶仙先生逝世的广告，我颇有些感想，盖棺定论，就他个人说，他的成就已不少了。

民国三四年间，正是风花雪月文章达到最高潮的一个阶段，他以天虚我生的笔名，执着“礼拜六派”文坛的牛耳，真是睥睨一世。后来入主《申报·自由谈》，他幡然变计，提倡登常识文字，虽给予读者不过是逐臭虫、造皮蛋那类小事，究比《玉梨魂》这种文字有益社会。他也就利用读者一时的信仰，提倡家庭小手工业，躬亲试验，以无敌牌牙粉一物，成立了今日号称数十万资本的家庭工业社。他固然发了财，对国家社会也帮了一些忙。

一个封建时代的文人，肯接受科学知识，且能脚踏实地去干，是不易的。虽然他还是资本主义社会里的文人，而知行合一这一点，依然可以取法。

（1940年3月27日）

再谈天虚我生

——与林琴南之比较

我正写着悼天虚我生一稿，有人问我，他与林琴南的比较如何？此问是很有意义的。因为林、陈二位都是旧文人，都曾以文言翻译欧美小说，我的总答复是：若就介绍西洋文化说，陈对林当然是望尘莫及。以学力说，陈杂芜，林醇厚，陈也比不了林。但今日的中国社会，却需要的是家庭工业社陈老板这种人。我觉得与其让中国人能知道《茄因小传》与《茶花女遗事》，不如让中国人更知道一些牙粉制造法与除虫菊种植法。所以文艺界多出两个陈蝶仙，倒是好事。

话又说回来了，天虚我生还是襟怀窄小些，他只知道谋个人事业的成就，不曾把他自己实行的事业，用文字来唤醒社会一同进行。陈是极爱写文章的人，二十年来，竟不曾写一册很好的家庭工业书本出版，不是一件怪事吗？

（1940年3月28日）

何必上海

我每次到上海，住一个星期，就感到透不过气来，非走不可。这原因虽很多，而人事给我的刺激为最大。我觉得那里物质文明的最高潮，表示人类在进步。而另一方面却是荒淫与糜烂，斗争与动乱，看不惯事小，受不了事大，没有法子叫我忍耐下去。

这多年，我跑了更多的地方，觉得我以前是犯了短视病。一壁厢现着光明，一壁厢又透着黑暗，哪里不如此？宇宙之谜，慢慢揭开，物质的享受，引导着人类入于荒淫，生活就糜烂了。过糜烂生活的人，要找大量的容易钱花，必须斗争，而那环境也就呈现着动乱。这期间胜利者更可享受，失败者也要麻醉，一个大循环，总归是荒淫了。

这年头，安贫乐道的分子，虽不至于活不下去，但决不会舒服。要解决这个问题，倒不必叹人心不古，最好是人人去做适当的工作。然而难矣。

（1940年3月29日）

为宋明之士呼冤

理学倡而南宋亡，复社兴而朱明覆。有人就根据这一点，攻击读书人砥砺士气，无补于国家。这是因噎废食的说法。值得我们批他一批。

诚然，宋明之士讲气节，而没有挽救国家的危亡，他们要负责任，但他们责任却负得很轻。因为他们讲气节的时候，全是在野之身。在朝握着权柄的人，都是贾士道、马士英之流。读书人尽管说要如何保护人民社稷，宰相却在斗蟋蟀、唱曲子。他们赤手空拳，那有什么法子去挽救危亡呢？譬如文天祥、史可法，他们有那螳臂挡车的武力，他们就曾与敌人以打击。而他们那种大义孤忠，也让强敌低首下心的钦佩，讲气节真无补于国家吗？

至于他们应负些轻微责任，是可惜他们讲的理学过于空洞，不切实际。所以宋明士人的节气，依然可师的，不过不要学他们那样迂腐而已。

（1940年3月31日）

孟子所痛

《孟子》七篇，开宗明义就是打破人的自私自利心。他说："王曰何以利吾国？大夫曰何以利吾家？士庶人曰何以利吾身？上下交征利，而国危矣。"这段文义甚明，利吾国之吾字，不要呆看，是指着王的仓库兵甲，而不是国人通有的国。战国时代之"国"字上，本还有一个"天下"包括着。不然，《孟子》"五亩之宅"那一篇利人利国的建议，怎样解释呢？

这段书固痛言自私，尤其在那"交征"两字上，感慨系之。一个诸侯，上与天子分财，下与士大夫平利。士大夫上对诸侯，下对人民，亦莫不然。大家都图搂钱上腰包，只有内失人心，外引强敌觊觎的份儿，还谈个什么治理？"而国危矣"。各国诸侯都不解，岂但梁惠王？于是乎秦始皇就得其所哉了。

（1940年4月28日）

万寿宫

看到报上赣北我军在万寿宫歼敌的消息，便憧憬着儿时神往的西山。江西人最信仰晋修道士许逊，几乎每县每乡均有一座万寿宫，供奉着许多真君。而西山这座万寿宫，是许逊故宅，等于江西人眼里的圣城，尤为香火盛地。然而自这圣城起，有无数的万寿宫被敌踩躏过了，这可证明，没有力量保证信仰，信仰也终必被摧残。这一次大战以后，江西人对于万寿宫的建筑，也许要减色了。

这祠为什么要叫万寿宫哩？这理由我还没有在人间找到。但我知道每个许逊神像前，在满清时代都有一块万寿牌，这或有点原因。只是供许逊的人，对于这牌却是熟视无睹。这与其说相反相成，却是用武力攫取人民的信仰，亦不可能。

（1940年4月29日）

西门庆何以有钱

——《水浒》人物评论之三

物以类集，在抗战前的一些时，不少文艺人捧潘金莲，以为她有革命性。换句话说，也就是捧西门庆。西门大官人，时代骄子哉！

在《金瓶梅》一书里，诲淫是另一件事。但描写西门庆这个身兼土豪劣绅的典型人物，上敲官府之门，下联无类之党，活灵活现，不能说是作者向壁虚构。我们想到宋元政治腐败，权奸当道，普通人民受压迫，有养成西门庆这类人物的可能。因为下民易欺，官府易买，有几个钱的绅士，是无求不得的。唯其是无求不得，西门庆一个开药店的商人，可以妻妾成群，可以挥金似土，可以甲第连云。读《金瓶梅》，《水浒传》的人，也许这样想，他的钱从哪里来？其实，这没有什么难解，西门庆的钱，还是从经商得来。而经商之所以能发大财，依旧归到上面那十二个字："下民易欺，官府易买，无求不得。"

（1940年5月1日）

记起了孔夫子

中国儒家对这个“穷”字，有特殊的解释。如“穷则独善其身”的穷，如“君子固穷，小人穷斯滥矣”的穷，都不是说贫穷，而是说失意。也许儒家先哲，看到知识分子，很容易不择手段地找出路，对于这点，不但言之再三，而且不惜以身作则，极力地向“独善”与“不滥”上做去。你看，“齐人妇女乐，三日不朝孔子行。”其不肯含糊如此。

现在的先生们，忽然在抗战四个年头里记起了孔夫子，有所组织起来了。我们莫测高深，不知他们何所感想而出此？据我个人的观察，假使先生们都有孔夫子那份人格，则政治早已赶上了军事。虽然，他们到底已记起了孔夫子，以后也许可以多“善”点，少“滥”点，做到“膰肉不至”就不干。但也不可为了纪念孔子，只晓得“脍不厌细”才好。

（1940年5月2日）

市劫一周年

自去年“五三”起，敌机对渝市加以残暴的轰炸与燃烧，今天已是一周年了。敌人以为这样无人性，可以动摇后方人民抗战的决心，然而我们用事实来答复他，让他自己明白这观念过于幼稚。

单就重庆市而论，我们有两点感想。第一是许多新修的马路，为本市建了百年大业，若非因敌机肆虐，市当局决无力拆出许多大巷来筑路。而他种建筑，散之四郊，也把重庆扩大了三四倍。敌人轰炸燃烧的结果，毋宁说适得其反。但第二点，是另一件事，许多市民发了财。一年之间，由二三万资本一跃而为数十万富翁的，几乎指不胜屈。他们也未尝不是受轰炸之赐，其详例不必说，反正人人知道。对此辈财神爷，愿进一言，望其饮水思源，想到被炸死烧穷的那些苦人儿。

（1940年5月3日）

“五·四”杂感

在去年“五·四”以后，本报因疏散停刊，而笔者纪“五·四”阔人那篇短文，也未能与读者相见。今年“五·四”，我们倒无暇去谈由“五·四”运动变成了名人的先生，虽然陈公博已做了汉奸了。

去年“五·四”轰炸，更惨于“五·三”。笔者在硫磺气味中出了防空洞，便觉被包围在火城里。那真成了俗活“生死只隔一张纸”。但就拿我这社会不值一顾的人物说，丝毫没有动摇我抗战到底的主张，这也可以知道轰炸的政治作用微乎其微。我们事实的证明，可作为世界军事家的参考。欧战也快一年了，除了德机炸华沙，大部分是军事上的要求而外，交战国简直不轰炸平民。以苏联空军之盛，而苏芬战争中，芬兰自己公布，全国平民伤亡于轰炸者，不过百余人。以欧战之文明，越是反映敌人之残暴。像汪精卫这类自负悲天悯人的家伙，会由轰炸区钻出去给敌人叩头，却又是心理学上一种研究品了。

（1940年5月4日）

萧让帮凶

——《水浒》人物评论之四

“秀才造反，三年不成。”这话不尽然，梁山泊里就先后有三个秀才。一是王伦，因不第而落草，仿佛事出无奈。二是吴用，那是怀才不遇，铤而走险。三是圣手书生萧让，为了吴用要造一封蔡京的假信，把他赚上山的，强盗做得最无所谓。

自然萧让真不肯落草，便是被赚上山，吴用也无奈何他。他首先对王矮虎说：“山寨里要我们何用？我两只手无缚鸡之力，只好吃饭。”他连金大坚的意思也代表了，并无不干强盗之意，只是怕干不来而已。本来做秀才的人个个都解得礼义廉耻，则国家有千千万万仁人志士可用，那由唐虞三代以来，永远是治平之世了。读圣贤书的人，岂能一定走做圣贤这条大路？萧让仿人笔迹，本是帮闲材料。今入了伙，却是帮凶。其替人捧场一也，何足责焉！

（1940年5月5日）

要善读死书

在今日而提倡念旧书，自然是过于开倒车。但《论语》、《孟子》里，就有很多治国做人的大道理，倒也不必过于抹煞。试举几个例：“民为贵，社稷次之，君为轻。”“不患寡而患不均，不患贫而患不安。”“老吾老，以及人之老，幼吾幼，以及人之幼。”拿崭新的马克思学说来看，这些话也并不见得有违背之处。若以为旧书充满了封建思想，恐沾上传染病，那实在是让书搅死了活人，而不是活人去善用死书。

我为什么想起这些话？由邵力子先生之言而起，国人对于邵先生，当然有相当的认识。他决不落伍。然而他于国人欢送他使苏联的宴会上，就一再用《论语》来表示他的正确态度，国人的批评，也一致认为对的。然而旧书不可读与用乎？但孔子也气愤地说：“富而可求也，虽执鞭之士，吾亦为之。”若提倡孔学的人，其出发点在此，则我全部取消我的劝说。

（1940年5月6日）

高俅逼人

——《水浒》人物评论之五

俗言有一句话：“逼上梁山”。但《水浒传》上一百〇八个好汉，真正被逼上山的，恐怕只有林冲一人。引这四字来作为恕词，是不甚恰当的。

但就大体说，宋时君是昏君，相是奸相，权奸当道，贿赂公行，安分的良民，无可为生，不安分的东西，铤而走险，整个梁山泊的产生，说是由朝廷逼出，也未尝不可。作《水浒》者在这个逼字上，很着重高俅，上台就无故找王进的错，逼得他逃上边疆。天下有多少王进？所以第二次逼林冲时，林冲就走上梁山这条路了。当高俅为他儿子害林冲时，他总想着手下一个武弁，有多大能为？他没有想到遍天下都是林冲，只待一个人去勾结成伙。作书者写高俅之一逼再逼终于逼出事来，是大有用意的。

（1940年5月8日）

一 个 原 则

“守如处女，出如脱兔”。世界上的军事外交，各国都极力向这条路上走。这样，世界只有欺诈，没有信义，而且不讲面子，只谈利害了。

英国的打算，想引诱德舰到丹挪海峡之间一举而歼灭之，德国吃了一个败仗，宁可失些面子，将海舰远避。意国想向盟军在挪威展开大战，他好在巴尔干动手。结果是英、法在近东布置了军事，宁可失些面子，把挪威远征军撤退。把眼前事实去看世界，那里有准稿子？

虽然，“两利相权取其重，两害相权取其轻。”任何国家对外打算，总不外乎这十四个字的原则。明乎此，则今日摩拳擦掌，明日握手言欢，也就无足为异了。世上仅有那死心眼儿国家，自发高论，我也不敢说绝无例外。

（1940年5月13日）

何不办工读学校

关于学生营养不够的话，报纸上已经一再呼吁过了。我觉得与其养着成群面黄肌瘦的青年读者，成天让他梦想着哪里有大碗的干饭和青菜？这是人类最低的希望，心未必在书上。倒不如干脆办些工读学校，让青年卖力气去换干饭与青菜（甚至可以吃肉），而学校只供给他们精神食粮，则国家轻了负担，青年饱了肚子，各得其便。虽然肄业的年月会长些，我想大多数人会同意的。因为现在劳工收入很好，每日不难获得一两元的工资。

自然，这里有个用童工问题。但中学生平均年龄在十四五岁，轻微的工役是可以胜任的。我并不主张青年都去挑煤与拉人力车。当局何妨试他一试呢?

（1940年5月14日）

世界在做外交战

世界上在做炮火战，也在做外交战。今日世界上的任何国外交当局，其责任并不亚于统军大元帅。

在报纸上最活跃的人物，美有赫尔，苏有莫洛托夫，德有里宾特罗甫。虽然英、法的外长，其才为首相或总理所掩，然也相当的有表现。当国际舞台每一张绣幕揭开的时候，我们要回想到揭幕以前的写剧本与排戏，是有人大大地出了汗的。我相信，当今的情势之下，负有外交责任的人，晚上是不能高枕而卧的。自然，也有睡得着的宽心人。

信任一个外交当局，与信任一个军事当局，并无二理，任何国的人民，都把他的命运和子孙的命运交给了他。

（1940年5月15日）

找奴才法求人才

自古到今，为国家办事的人，谁都想找几个人才来辅佐自己成功。但找是尽管找，而人才之发现，却是沙里淘金。其故何在？第一，找的条件之下，他们要“招之便来”。第二，要样子看得入眼，话听得入耳。第三，要看这人才是哪条路来的，往常是不是和自己主张相同？第四，总得有个信任的荐主，这样，是找人才吗？这和以前白人购买黑人奴隶，并无二由。因为那是要绝对服从。

以求国士的办法去求人才，人才不必就有。用购买奴隶的办法去征求人才，来的是奴才。便是上选，大多恐怕来的只是无才的奴隶而已。加之用惯了奴才的人，他也不惯用人才。纵然求得人才，其不为范增者，未之有也。

（1940年5月16日）

吴承仕之死

吴承仕先生，为章太炎先生三大弟子之一。原来是个讲国故的教授。民国二十年以后，他忽然以辩证法讲汉学，致每课讲堂加凳。二十四年有教授改聘事件，先生中元，以后就渐渐不得意了。“七·七”事变，先生走天津，既不能如其师兄弟钱玄同，在北平挣扎，也不愿和其他教师一般，微服南下，只是仿“自由的比利时”办法，油印抗敌刊物。日本人本来恨他，这一来是恨上加恨。结果是于去冬被敌人架去，虐待而死。

他非不能求生，他也非有爱于天津。他之死，由于他暮年的奋斗精神，加上书生积习，有以致之，然而疾风知劲草。我知道他稍多，记述待于异日。

（1940年5月17日）

荷印当心扒手

说大话救命，中国一部分人，也有这个习性。往常，我们也吃过这个亏，两三年来，我们是很警惕着这件事了。

德国终于把荷兰卷入了漩涡，日寇虎视眈眈下的荷印，当然有问题。世界上说大话救命的朋友，也许又给荷印宽心丸吃，“日本给中国拖疲了，没法动，而且怕美国舰队。”这自然是事实。可是荷印的资源，是太让饿疯了的倭寇垂涎的。假使他在两利相权取其重的情形下，他抽出侵华或防苏的一部分力量，抢了资源再说，谁又能保险“决不会这样”？所以与其武断着敌人决无力抢荷印，倒不如疑他有些可能的好。我们劝与南洋有关的国家还是小心扒手为是。

（1940年5月18日）

应鼓励游资内投

欧战扩大，财神爷发生了恐慌，觉得资金逃避到哪里去也不安全，虽美洲不能例外。魂兮归来，这是他们最后一个觉悟机会了。

在去年冬，香港汇丰结账，存款有七万万元，几乎完全属于华人的。这七万万港币，折合法币现达三十多万万，真是可观！香港如此，上海及国外其他地方可知，汇丰一家如此，其他外银行可知。我想着，这样逃避在外的游资，总有惊人的数目吧？当着这些人拿了大批游资，不知向哪里放着好的时候，政府固然当尽量鼓励游资内集，而西南实业界也应当跃起，拿一点颜色给人看，好让有钱的投资。至于那些应当以身作则的人，就无须多说了，为国家计，为私财计，似乎可以把在伦敦的钱拿些回来，在纽约的就听便吧。

（1940年5月20日）

韩愈不值一文

——尚论古人之二十四

“韩昌黎文章起八代之衰”，这评价已很久了。而他的抱负，也极是不凡。他说尧舜禹汤文武周公孔子道统相传，孟荀而后，更无传人，隐隐以承尧舜道统自居。可是把他的三上宰相书一读，其为人就一文不值。古人上万言书以求一官，固然也是常事，何至于像他第二书里所譬喻，“或取于盗，或取于管库。”张子诏批评他说：“略不知耻”。岂止略不知耻而已哉？

假使后人只读过他的“原道”，而没有读过他的三上宰相书，纵不承认他上承周孔，也不敢拟与不伦，而韩愈于盗。可是他求官，他自己就这样下身份了。这何怪权贵们瞧不起斯文种子。无论什么大文豪，一想做官就完了，证于韩愈可知也。

（1940年5月21日）

英媪惊雷

我们不讳言，“七·七”事变前，中国确有少数人患着恐日病。第一期抗战时，这病也许还有些存在。但达到抗战第二期时，毋宁说这因果倒转了过来，日人有了恐华病了。于是每战必输，我并非作抗战八股，而是想起了一个笑话。

伦敦在每日有空袭可能的情形之下，打了一个大雷，街上一位老太太吓得抖颤，四处找地下室。一个卖报童对她说：“老婆婆，不要害怕，是上帝，不是希特勒。”这充分表现了英人犯着恐德病。有了这个病，非拿出铁拳来是不可救药的，中国对日本就是一个方案。

张伯伦的绅士作风，一味怕事，害得老太婆把大雷当作炸弹。这种政治家，在今日情形之下，世界上任何国家都应该予以廓清。至于学张伯伦学得只是虚有其表的，自己就是一个怕雷的老太婆，更不待论了。

（1940年5月22日）

我们的作风

有人说，《最后关头》的稿件，讽刺多于批评。这却不是我们并无所知。也可以说，我们正要这样做。因为慷慨陈词，垂涕而道，在善颂善祷之群以外，也还大有人在，似乎用不着这豆腐干大的刊物，再去放那不响的炮。

我们够不上帮忙，又不愿在今日之下帮闲。无已，且在这个“诤”字上做点功夫。中国先哲，讲个君有诤臣，父有诤子，士大夫有诤友。于是诤民也是今日所必需的。诤之道不一，贾谊痛哭是诤，东方朔玩玩笑笑是诤，三苏嬉笑怒骂是诤，二程讲学是诤，甚至柳敬亭说书，顿老弹琵琶，也无非是诤。其出发点则无不同。我们倒不十分菲薄自己，愿在国有诤民之下，做个千百分之一的人。说什么闻者足戒，却不敢必。而言者无罪，是自己相信的。因为我们决不会有二程夫子讲大学之道的地位，我们就走了柳麻子这条路。此亦孟子所谓不得已也。

（1940年5月23日）

鉴于纸烟跌价

最近纸烟跌价，以纸包的为限，而听子的却原价不动。其原因是囤货的人，因到了霉天怕纸盒装的要坏，大量抛出。而听子烟不怕上霉，所以不廉价求售。由于这一点，证明物价之涨，受奸商囤积的原因居多。评价而不能爬梳囤积，那末，你越抑价，他越囤积，结果适得其反。有些地方，评一回价涨一回价。其故在此。

这一点理由，恐怕是尽人皆知的，而囤的货，也不会上穷碧落下黄泉，让人无法寻觅。然而始终爬梳不得，必待囤货的自动抛出，则这里面，多少还另有一个原故。这我就联想到“有治法，无治人”的六个字，中国不大通用。我们还是“以人为政”。

（1940年5月24日）

此理甚浅

前方军事吃紧，后方的人说，有钱为什么不花？过一天是一天。前方大打胜仗，后方的人又说，有钱为什么不花？应该大大庆祝一下。乐意花钱，反正是有的说，谁也管不了，我们所要问的，会花钱的人，他们的钱从何而来？大概床底下不会出黄金。

我们的看法，前方军事吃紧，应该鼓励军心，有钱人应该出钱。前方大打胜仗，应该感谢战士，有钱人也应该出钱。不然，我们老百姓就可彻底地问一声，你的财产从何来？你的财产又靠谁保护？此理甚浅，就是没人肯绷住脸子对那应当听的人说。假使后方要慰劳豫鄂大捷的战士们的话，我们希望眼光放大些，别两毛三毛的，让童军在马路上去劝募。

（1940年5月25日）

不可不知“时”

中国儒家，讲个“天不变道亦不变”。他们所谓天，除了宇宙，另外还夹含有一种神秘的信仰在内，但又不是上帝。道是由格物一直到治国平天下，不光是做人的道德。我们把这“天”与“道”分析清楚了，就以常识来判断，也觉这话不通，更无须根据科学来辩驳了。

谁也知道宇宙是昼夜不停地在变。人的信仰，又有什么一定呢？完全以环境为转移。于是我们再谈到道，当今世界纷扰，小国是朝秦暮楚，大国是朝三暮四。人民在这些国度里，跟着一批领导人物乱撞，若不讲些适应环境的手腕，就无法生存。其实就讲到会适应环境，如挪、丹、比、荷这些人民，半年来也苦心焦虑之至，还是不免遭飞机大炮的蹂躏，这也可见讲为人之道，于今是大大不易了。好在孟子一句活动话，把儒家老祖的地位安定了："孔子圣之时者也"。那末，我们还是机动地学孔子吧。

（1940年5月26日）

一部分人的看法

世界正在演变，谁也不能看准，但以下所说，却是笔者所接触的一部分人看法：（一）到现在为止，苏联还是对德表示好感的。但谁也不相信斯大林愿意希特勒在欧洲做霸主。（二）最能捡便宜的是意大利，最苦闷的是日本。一个喊要参战，一个不介入，其实都是在讨价，所以结果也许适得其反。（三）美国的态度很明白，不愿英法塌台，孤立派已失人民拥护。（四）远东如有问题，不光是荷印。印度地大民众，是可注意的一块土。（五）欧战也许有些地方与中国不利。但远东有事，中国依然是一个要角，且看我们怎样应付。（六）最近德国对中国的态度，似乎好一点。但我们未忘以德报德，以直报怨的格言。

看法不一定就变成事实。而中国除了日本以外，对任何国家都愿做朋友，这一点是不变的。

（1940年5月27日）

有感于新武器

这次欧战，又发明了许多杀人武器，在报上看到的，有磁性炮弹、内热炮弹、喷火坦克、磁性水雷等等。欧洲人对于物质文明这一点上，享受是享受够了，而相反的，所受到摧残，也特别残酷。

回头看看中国人，倒真不愧仁义之邦，人家的那分享受却极力地模仿，决不退让。试看，重庆市上，多少咖啡厅？五十元一客的西餐，乳油都是由香港飞来，有什么赶不上人？至于摧残性这玩意儿，就很少有人在脑子里转一下念头。

虽然，就人生好逸恶劳说，这是对的。可是我们也别忘了，螺蛳全身无骨，外面还包有一层壳。我们尽管不想摧残别人，可别做了软体动物，一层卫甲都不要，却让小如蚂蚁的东西，都来摧残我们。模仿欧洲生活的先生们，以为如何？

（1940年6月3日）

完成一个口号

欧战变化到了现在，给予我们的教训是很大的。美国站在新大陆上，隔了海洋，本来还没受到严重的威胁，可是德军一侵犯荷比，罗斯福立刻呼吁增加国防费，根据打人之心不可有，防人之心不可无，这本是个必然的趋势。

拿我们中国和美国比一比，必须更充实武备，以防万一，还用说吗？这笔国防费，除了政府当然有所计划外，我们还得把有钱出钱的旧口号，重新喊了出来。打了三年的仗，凭着什么，就凭着有力的出了力。对于有钱的，虽然也有一部分人出了钱，可是没出钱的很多。至少还有人出了极少的钱，却发了很多的国难财。在一个有钱出钱，有力出力的口号下，显然是只做了一半。我们要努力完成这一个口号。不然，我们无以对那在前后方出力的几千几万。

（1940年6月4日）

中年人的思想

谈到思想问题，无疑的大家就注意到青年身上去了。其实中年人的思想问题，倒是问题的关键。其一，青年人是受着中年人以上者的领导的。青年之要向哪里走，决不是天上落下馅儿饼的事，当然是先有人指示他们如何走。这个，自然是先有这路途于胸的中年人。其二，中年人经验丰富，理解力深，他看定了哪条路可走，那决不是偶然的。其三，社会依然是中年人的社会，你看哪一界事业成功的人，不是中年以上的分子？中年人实在可以左右社会。根据这个看法，中年人的思想，也就是一般的民意。

虽然，有一个例外，那图谋升官发财的中年人，是不足代表一般中年人的。他们自己根本没有脑子，只在脸上涂了一层恭维长官的颜料。拿这班人的言论来做思想测验，有测验权威的人可以测验自己。因为他的思想，就是你的思想。

（1940年6月7日）

王猛与管仲

——尚论古人之二十五

儿时作《管仲论》，窃有所发挥。曾云：“若欲图王，则有周在，若欲图伯，则列国尤多。何必低首下心，降于其仇之庭乎？”塾师见之，密为圈点。童子何知，自鸣得意，常以语人。其后入学校，遇一黄姓师训评之曰：“尔语不无见地。然而所指周与列国，均能引用管仲乎？昔王猛见桓温，本有复兴晋室之意，桓不能用，乃投苻坚。其意正同此，乱世豪杰，孰能人人效诸葛之高卧隆中，以待玄德之三顾？管因有是贬，其功过亦足相抵。世无良木，令良禽非老死即投荆棘，亦可哀耳。”

于黄师言，予未能折服。后读赵孟诗：“中原豪杰思王猛，江左功名愧谢安”。则其誉过于吾师，遂有所悟。如南渡良将有如韩岳，则亦岂下于王猛？顾无补于天下事，则吾师之有见矣。虽然，大丈夫表白宁可学韩世忠骑驴湖上耳。纵成功如王猛，为异族张目亦无取也。

（1940年6月8日）

编 稿 一 感

由前方带来一卷稿子，不用说，是武装同志的手笔。我很高兴，可以得到些有实在题材的作品。虽然字写得颇坏，题目很好，如犒军的一双鞋，夜月前哨，趺坐而食，都暗示着一种战壕生活的反映。初一看，内容颇可，再一看，须大改，三一看，简直要不得。原因是空泛地描写，又堆砌着无数的形容字句与形容词，除了人云亦云的议论，最多有两三行动作，找不出故事，也找不出景物，一言以蔽之“空虚”！这样的稿子，后方人幻想的写出还会好些，怎能用呢？

然而，那武装同志在炮火下能悠闲地写下一卷类似小说的稿子，终于是可敬佩的。这样写三千字不见驴子的卖驴契约，不能怪文学欠修养的武装同志。这是他读多了这一类时髦文字，传染了这个毛病。以致画虎不成，把眼前极好的事物，都让空疏的形容法给形容掉了。孔子曰“始作俑者，其无后乎？”

（1940年6月16日）

美总统选才异党

美国史汀生入阁，这很给予中国人一种兴奋。最同情中国，最不满意日本侵略政策的人，做了美国陆军部长，这可以看出美国人对西太平洋的态度如何，而罗斯福总统，大开大合的手腕，尤令人感到具有第一流政治家的风度。只要与国有利，不惜把国防要政，提拔异党来担任。无论他此举的作用如何，可以看到他胸襟宽大。

“内举不避亲，外举不避仇。”这是中国人最标准的荐贤说。但聪明人往往只做到上半句为止，所以民间又另有一种处世方针：“肥水不落外人田。”其实这话中国人自己也戳破过的，那就是“一家饱暖千家怨”了。

（1940年6月27日）

想念包文正

民间传说中的包文正，那真是不知字典中有“私”字的铁汉，虽然这里面很多不经之谈，而人民之所以渲染得包老爷日断阳来夜断阴，多少有些来由。翻开宋史，包拯一笑，人比黄河清。那决不是跟着老百姓瞎起哄的。

河南人，尤其是开封人，对于包老爷之为人，是个个五体投地的，而包老爷所备的龙虎狗三把铡刀，也被他们说得惊天地而泣鬼神。我认为这固然是故事的构造，在以神奇动人，而一方面也是老百姓盼望清官的一种心理反应。这宇宙里哪会真有富贵不淫，威武不屈的包拯？假使具有这种人，那龙虎狗三把铡刀，都会铡缺了口子。而龙头铡的口子还会缺得更深吧？不过，宋朝到底有这么一位姓包的，让人去渲染传说，究竟不错。

（1940年7月6日）

苏 武 回 来

——尚论古人之二十七

河梁唱别之诗，后人以为是好事者伪托，非苏武、李陵真有是作。然即以伪托论，亦复传神阿堵。苏诗云：“昔者长相近，邈若胡与秦，唯念当离别，恩情日以新。”李诗云：“风波一失所，各在天一隅，长当从此别，且复立斯须。”是皆能道出异域去留，忠贰各别之情绪，李陵难堪，苏武亦未尝不难堪也。

"去时冠剑是丁年"。唐人却进一层，想到苏武归来之不堪。此固然矣。愚以为苏武之不堪，当不至此。楼阁连云，王侯之甲第也，钟鸣鼎食，公卿之燕处也；车水马龙，权贵之游宴也。彼一回思瀚海牧羊十九年，啮毡饮雪，为着谁来？时能知此者，恐只司马迁矣。然迁亦不免有所不平而得罪，苏武持节回来，唯青灯明镜之下，白雪盈头，对节而叹耳。将若曰：吾何憾，行其心之所安而已。呜呼长安衮衮诸公，不足与语也。以赠前方来谈友人。

（1940年7月8日）

路

中国人对于走路这一事，并不认为困难。他们说："条条大路通北京"。又说"鼻子底下就是路"。他们以为认准了方向，再肯问人，没有走不到的目的地。戏词里不常有吗："阳关大道，那有迷失路途的道理？"

同时，中国民间另有个走路哲学，便是"歧路亡羊"。最忌讳的是到了路在当前，而不知道走哪条路好，老是在两条路上进进出出，结果是自己捣蛋，困死在路上。所以，"舍正路而不由"，虽"青云有路"，也成了小唱本所谓"天堂有路你不走"了。

路字从"足"，从"各"，若不是谐音的话，那是说各有各的脚可走了。古人告诉我们，路是各人有脚可走的。不过你一定要"盲人骑瞎马，半夜临深池"，那也就古义不足为训了。

（1940年7月23日）

文人不如轿夫

一个文字朋友，很感慨地说："我若有腿劲，我早就改了行。抬轿拉车，都比现在卖文强，任何卖文者的月薪，不会超过二百元，而轿夫每日抬十块钱工资，却是极普通的事。"他并没有一个字夸张，我不能驳他言之无理。但我却进一步地说："你不止是没有腿劲，你也苦于脸皮薄。你果然有心抬轿，并不需要你把肩膀当人家的大路。你那支笔就可以当轿杠用。这样，你无须羡慕轿夫日入十番，但你应当怪着爹娘，把你骨头生得太硬了，弯不下腰去。"朋友听了沉默很久，答应我一句："我当披剃入山。"

以披剃入山，应付一切困难，这是一个懦虫。但我却没有胆量警告我友。

（1940年7月24日）

好话不在多说

四书五经，是中国封建时代的无量法宝，修身齐家治国的道理，都在里面。文人之逐句研究，自不消说。然而社会上对文人的讽刺妙著，便是形容他开口便闹经书。尤其形容他用四书五经的词句，用得牛头不对马嘴。这可以见，任何至理名言，不在多说，虽人生法宝，也不例外。

佛教徒口里，阿弥陀佛是很多的。但究其实际，禅宗密宗静土宗的信仰者，就各有各的念法。并非用阿弥陀佛一句话来显示道行。反过来，穷乡僻壤的老婆子，闭了眼睛，终日阿弥陀佛的瞎咀嚼，谁听了都厌，甚至于加以恨。说好话而令人厌与恨，这是何苦？

圣经贤传，尚不宜多说，价值赶不上圣经贤传的话，可以已矣！

（1940年7月25日）

卖弄名词病

我们为做文章而运用名词，并非为铺张名词而做文章。名词只是陈述文章里所含的任何一点意义，更非连串了无数名词便是一篇文章的意义。

最近两年来的文章，另有个时髦作风，便是越为理论文章，越是摆弄新名词。如契机、范畴、发展、扬弃等等，不管粘得上粘不上，胡乱地运用。最好是把《社会学大词典》上的名词，一口气用上二三十个，这样才是卖弄他有家私。尽管有很好的用意，往往受着硬嵌的名词术语太多，而且文意隐晦了。刮胡子的剃刀使出十八般解数，这是何苦呢？

抗战建国的大道中，任何理论，非不得已，总宜使妇孺能解。对民众说话，尤不可犯这“卖弄名词病”。否则苍蝇叮鸭蛋，白费劲而已。

（1940年8月31日）

《虞初新志》的寄托

《虞初新志》这部书，除了我小时喜欢读而外，我并选取它当过教材，一向是认为这部书取材新颖，文字酣畅而已。抗战以来，我才发现它充满了民族意识。试读首篇就是魏禧作的《姜贞毅先生传》，述着一个不仕清的文人，便大有用意。此外如《柳敬亭传》、《髯樵传》、《爱铁道人传》，大半是些孤臣孽子，亡国遗民的记事。或者取那文字里一两句话。明教人不忘朱明，或者取文里陪笔，描写满清的暴虐。为了故事奇说，文字，正面不涉政治，读的人往往是忽略过了。

张潮所选的都是明末清初的文章，在这书里也正反映那些文人的思想如何，如《董小宛传》，全篇只是说一个带有病态的聪明美人。最后顺带一笔，“其致病之由与久病之状，并隐微难悉”。便留下小宛被满军掳去一重公案的佐证。搜集这类文字成为一书，张氏也就用心良苦哩。

（1940年9月1日）

文人自有千秋业

章太炎先生常说；“中国历史为一家之言”。这虽有激而发，却也未免一笔抹煞。古来史家冒着身家性命的危险，把当时事实记载下来，以传诸后代的不乏其人。还有隐居在野的儒生，更是以老百姓的身份，很客观地把当时见闻，或编或纪，“藏之名山，传诸其人”。我们现在所读的野史笔记，大半属于此类，怎能说是一家之言呢?

这就说到我们自身了。我们很不幸，遭遇到世界遍燃着烽火的今天，又很幸遇到了这历史热闹的一页。我们有笔能写，有耳目能闻见，若不把现在的实事，写些“留赠后人”，倒真成了“读圣贤书所为何事”？自然，这个工作不是今日慕名利之文人所能担任的。但不慕名利的文人，也未尝没有，所望此高洁有心之事，为子孙读些实录计，开始工作起来。这是千秋事业，莫放过了！

（1940年9月3日）

十六字内求之

鼓词儿上有这样两句唱词："好言说了千千万，铁石肝肠也动心。"但世界上竟有比铁石肝肠还心硬的人，好言相劝，亦是无益。

你能容易见着墙上悬的总理遗像吧？上面有横匾，是"天下为公"。旁边有对联，乃是"革命尚未成功，同志仍须努力。"只此十六个字，就值得我们终日咀嚼那滋味。可是在这十六个字下面站着的人，总有点熟视无睹。尤其在现实社会状态之下，"天下为公"四字，是对症良药。尽管无处不见着这四个字，实在少见人肯"为公"一毫了。那么，这事怎样办呢？无须多求，还在十六字内求之，便是"革命尚未成功，同志仍须努力"。

（1940年9月7日）

"桔逾淮而变枳"

"桔逾淮而变枳"，"雀入大水为蛤"，中国的古老自然科学观念，有这一类见解。这在今日有科学常识的人看来，当然是一种笑话。而古人这个说法，他并非为自然科学而谈自然科学，而是格物致知，象征着他一套政治哲学。所以也不无理由。

单说这“枳”与“蛤”，一言因地而变，一言因时而变（蛤说出于月令）。所以古人为文，常把这个来譬喻着操守不坚，意志薄弱的人物。可是这譬喻是有毒害的。那变了枳的桔，化了蛤的雀，他并不以为他换了本质为可惜，且借了这一说法为当然。这有个新鲜说法的，便是“适应环境”了。适应环境这四个字误尽了多少人?

（1940年9月13日）

狗仗人势

中国人有个狐假虎威的故事，说狐在老虎面前走，百兽奔避。本来兽避的是虎，而避的不是狐。老虎在后，未曾理会得此层，以为狐真了不得。这可见受欺者是虎，而不是百兽。然而于今年头变了，老虎已不那么呆，它也晓得利用狐狸，去转移它的视线。猎夫第一枪，打不着后面的老虎，还打不着前面的狐狸吗?

生客经过门外，狗追出来乱叫。但离开屋里稍远，看不见主人出来，便夹了尾巴走了，这也是狐假虎威的老套，俗话叫它“狗仗人势”。狗眼最势利，专咬穷人。家寒而邻有恶狗，不可不慎!

（1940年6月23日）

收割工资

我们这块“豆腐干”是不嫌谈小问题的，尤其是专门学者不屑谈的问题（或者是忽略了），我们愿谈一谈。于今紧要的平价问题，却连累上了工价高涨，而工价高涨又阻碍了平价，事实上颇有些缠夹。此事至今未曾闻得有人谈及爬梳一下似乎要不得。

说平谷价吧？新谷登场，乡下找个人割谷子，总得四元法币一天，外带一天四五餐，还得好吃的，干一斤猪肉就是一元几，不谈其他。所以农家请人割谷，连工带食，每天总须六元一人。一个帮工，一天又只能打老斗石把谷子。谷子变成米，要砻、要扇、要舂，要簸，老斗一石又是两三个工。除了由秧变成谷的那一个长时期不算，牛力肥料赋税也不算，便是收割后，这段劳动力付与的本钱，也够瞧了。工价如此，而想吃去年三元一老斗的好米，这如何可能？准此，可以推及一切物质的劳力价值了。

（1940年9月27日）

勿以滥调颂忠烈

有人说应酬文字难工。也有人说，会做文章的，任何文字可工，应酬文字并不例外。二说何者为是呢？我以为无论做什么文章，本要有个我在。至于应酬文字，原无真情流露，若再不加上一点寄托，那就是《酬世锦囊》上的诗词叙传，人人得抄去一用，自不费工了。

当年曾国藩、左宗棠死后，有人曾把收得的挽联，合编一集。据后人看来，真正可诵的，还是在字里行间，说出彼此有关的居上，其余无非是伊尹、郭子仪胡乱比拟一阵，十九意义雷同，看多了倒令人生厌。举此一例，可见文字最大的毛病，是流入滥调了。

颂忠烈是国民人人应尽的义务。但以滥调颂扬忠烈，至少是让人看了不起劲。我们颇看到这一类的诗词不少，为发表其感想如上。

（1940年9月28日）

上海娘姨过剩

看上海刊物，知道娘姨过剩。娘姨即是女佣工，重庆所谓张嫂李嫂是也。娘姨何以过剩？一方面因为日用物价高涨，主妇多已自己操劳；一方面更因穷人吃不起饭，仍须去帮工。但工资并未涨，依旧月薪四五元。帮工者盖在图主人家之一饱而已。而此一饱也不易，上海住家者有限制女工吃饭之传说。

于是我们回看重庆了。女佣工资一度涨至二十元，奶妈且要六十元，截至现在，女工虽未告慌，却也不见过剩。显然是多数主妇们尚未成为希特勒的信徒而到厨房去。但是重庆的米，并不下于上海呀！上海主妇们已不能支持者，重庆主妇们尚能应付裕如，颇为可怪！女工回家去，每月要消耗三十元的伙食，她们不愁无人雇用以致回家，还要上海娘姨工资的四五倍，颇也可以推想重庆社会情形一斑。

（1940年9月29日）

街头卖旧衣

入秋以来，城郊发生了一种新贸易，便是流浪入川的旅客，全把衣被及日用器具，摆摊出售。你如在客籍人集居的市镇去看，总会有这种现象。似乎成了一种风气了。

“秋风先瘦异乡人”。向来中国人作客，只是感到衣单，而没有觉着衣多之理。于今在西风起北雁南归的当儿，作客的人竟大批出售衣服，这虽由于高价的引诱，但出卖者还不少要体面的人，假如可以不必如此，他又何苦必须如此呢？

阴暗暗的雾罩了天空，随风吹过了十字街头，墙根下堆了一摊半新旧衣服，有两三个异乡口音的男女看守着等顾主。这是一首民歌行的题材，也是一幅很有意思的画景。

（1940年9月30日）

譬如看棋

国际局势，千变万化，多少总与我们有些关系。既是与我有关，看起来总不免有些主观的见地，是是非非，好好坏坏，就不能十分准确了。

看国际局势譬如看下象棋。甲方动一着马，有甲方的用意，乙方安一着炮，也有乙方的见解。甲棋是根本要打击对方的竞赛，任何一步，都非善意，决不能说那一着棋并无意识。要知道在受攻者看着这棋来势易破，而攻者有那个动机之时，却自认为是个厉害的杀着，事实上，彼此都认为有利的。只有在旁边看棋的人，超然局外，他看得出一些利害关系。至于有利有害，也并不是下棋的任何一方肯饶人一着，只是他的技术不高罢了。明乎此，然后可以谈时局。

（1940年10月4日）

十二元大请客

兄弟由皖南来信，说是十二元大请客一次，有四大碗，四中碗，四小碗，另有四个碟子，而较半年前已涨价将及一半了。又说秋风起来了，已经吃到螃蟹，大鱼重三四斤，一元法币可以买得。将这信给江南朋友看了，无不悠然神往。

这一小段报告，给我们一个证明，便是物价高涨，绝对是人为而不是天定。因为前方在供给的一面，不敢囤积，无法居奇，得价便卖。而需要的一面，可省则省，不图享受，也不肯出重价收买什么。于是在供求平淡的情况下，维持了价格平衡。唯其是物价不高，法币还成了囤积得的东西。

前方物价平定，并非那里的政治格外有办法，问题很简单，就是没有人敢阻碍政治力量。古语所谓“反言以明之”。在四川的朋友，你明白了吗？

（1940年10月5日）

敌向墨国购铁

在美国对日本努力禁运的时候，国际新闻社曾有这么一条消息：（墨西哥一日电）日本也向墨西哥定购废铁十五万吨，出价二百万美元。这事由两家美商与日商负责接洽。这条消息若有几分可靠的话，让我们发生许多疑虑。第一，墨西哥是不是有许多废铁？第二，这美商是否可以代表其他美商的心理？第三，墨西哥是不是以美国马首是瞻？假如这废铁不过是由美国出来，在墨西哥兜个弯子再渡太平洋的话，那倒值得大家注意。

一定的，在美国禁运之后，日本必在中立国去收集各种工业军火原料。商人爪利，又很可能的，美国禁运的东西，会在中立国兜圈子出去。我们不知道美之禁运，在“对英除外”之外，还有其他的后门与缺口否？然而，总是可以研究的问题。

（1940年10月9日）

今岁国庆

战争延长三年多，太平洋风云益发的汹涌了，照说我们现在是无事可庆。然而我们遇到国庆日，我们还可以在大后方的重庆举行庆祝，这便是可庆之处。

一年来，世界上灭亡了多少国家，或名义上未亡，而实际上专看人家的颜色做事，等于亡了国家，也活现在眼前。这些国家的人民，他们遇到国庆，还能庆祝一番吗？祖先给我国留下广土众民，打过三年恶仗，还依然庆祝我们的“双十节”，我们倒也不必过于菲薄自己了。

虽说，战争像逆水行舟，不进则退，决没有停顿在中途的道理。今年这国庆时，无疑的我们是在中途，我们必得沉住这最后一口气，跃过这一段险滩。

（1940年10月11日）

地位是有了

太平洋形势一变，在那被世界上淡忘了的澳洲，也成了重要地位，何况我们这拖着三角之中一角的中国？我们现在敢说，任何强国要在太平洋上有所举动，首先必要顾及中国了。

假使我们不打这三年的仗，或者打了三年仗而在中间屈服了，那末，到了现在，至多又是世界上一个被轻视而讥笑着的维琪政府而已。太平洋上有事，哪有我们说话的地位？近来英美苏提到远东，一再地说，必须援助中国，也就是说少不了中国。这地位从何而来？就是我们咬紧牙关，在三整年里打出来的。

话又说回来了，地位是有了，而我们如要牢牢地保守住，后方民众和前方将士必须咬紧牙关打下去。

（1940年10月12日）

安逸害了法国人

这一次欧战，世界上给予法国人的批评，甚是不好。虽然波兰人之亡国，有人以为咎由自取，可是他们多少还有些力争上流。至于法国人之全线崩溃，达官贵人（包括军官）坐着汽车，耗着汽油奔向葡京里斯本，让美国的杂志形容得不堪入目。对这样前一等强国，实在太不客气了。

富有革命性、拿破仑的后代，如此泄气，我们不能不认为是金钱、女人与酒，戕害了他们。这一个惨痛教训，法国人当然不会再忘记。但据有人自越南来，告诉我一件事，法国人早晨九点钟上办公室，十点去，十一点就回来，下午两点多钟去，不到四点又走了。花都弃守以后，此习未改。于是谅山一战，一下而为倭寇活俘法兵两千余人。呜呼，安逸之危害民族有如此者！我们必须对安逸分子，加以驱逐。

（1940年10月16日）

权奴史话

“阎王好见，小鬼难缠”。这是老百姓对权奴的一种看法。考之历史，倒也言之有故。

远古的不说，近古能养豪奴的，莫如明之严嵩，清之和珅。在演义或笔记上，描写得这些东西，仗了主子权威，除了贿赂公行、巧取豪夺，外带杀人不眨眼，真有些令人不相信是事实。及至前十年，曹锟重用李彦青，北洋军阀，除了吴佩孚，无人不要看看他的颜色。我们才恍然这小鬼难缠，实在是经验者伤心之言。

不过，还是不能怪小鬼本身的。十年前的孙宝琦，是一位以奢侈与老练得名的官僚，最后他也曾一任国务总理，与王逆克敏斗争。然而他善做官而不善弄权，卸职南归之后，连一个老仆也不能养活住，竟写亲笔长信，为他介绍职业。由此可见弱将手下无强兵了。

（1940年10月17日）

咱 们 俩

俩，北平俗语字，两个人之意。但这两个人是个伙伴的说法，也就暗含有要好之意在内。不能用在反面，如爷儿俩，哥儿俩是。可千万不会冤家俩、对头俩的。近见离婚广告常说，我俩因意见不合，同意离婚，男婚女嫁，各不相涉云云。既不相涉，俩于何有？又北平语，咱们与我们，大有分别，咱们包括谈话的对方，如这是咱们中国的飞机是。若面前有外国人，我们中国的飞机，而不能说咱们了。些微之间，真是差以千里。

自然，就是北平人说话，也未见不打折扣，譬如甲向乙借钱，甲说：咱们俩是好朋友，只有请你帮忙。乙说：咱们俩是好朋友，用两个钱算什么。真不冤你，这两天手上透着紧。其言极亲密之能事，居心则不可问也。我们这冷眼人，看过多少肉麻事！

（1940年10月18日）

关于唐生明

在报上看到唐生智先生启事，才知道唐生明已赴南京附逆，任伪军事委员，关于唐生明的这种行为，已值不得我们口诛笔伐。另有所见解的，便是社会对于奢侈成习的人，必不能再加以姑息。简单地说，奢侈为作恶之母。

何以有这话？唐逆生明在南京，便是最著名的花花公子，任做何事，一掷万金无难色。仅以他的自用汽车而论，深夜跳舞回来，喇叭响着多勒梅的钢琴声，令一路店家闻之作为美谈。人家只知道他花数万金在黎家挖出徐来来，其实比这够劲的事，太多太多。至于生智先生启事上说："告诫谆谆，而听之藐藐"，也是事实。而无如社会上爱屋及乌，还以官吏看他，他无从知道他自己的错误。结果，是以内地生活过不惯去做汉奸。孔子曰："虎兕出于柙，是谁之过欤"？

（1940年10月19日）

国渣的兴废

在"五·四"运动时候，刊物上常常发现了"国渣"这个名词，现在若不加以说明，那是指斥国故而言，就很费解了。"渣"者，是提取精华后的多余物质。这样一概地抹煞国故，就透着有些过分，但国故之一部分，成为今日多余之物，却也无可讳言。只是那时的痛骂国渣者，除了一部分青年意气用事之外，便有点政治作用。其实是未敢苟同。

意气，在修养有得的时候，自然会平复的，政治作用，则更无所谓，不难朝三暮四。所以"国渣"代替"国故"两字，久已不见用。现在又有大部分的学者，退回去二十年，再玩将起来。本来，豆腐渣可以炒韭菜，猪油渣可以炒豆豉，国渣也未尝不可以咀嚼咀嚼。所疑者，今日之走回去，依然是闹意见与政治作用，则未免教人笑他们悔不当初了。

（1940年10月22日）

“管子罗论”①

约在七八年前，安徽考试乡区行政人员，国文题目是《管子四维论》。照说这“四维”一典，并不生疏，街上标语就常常发现。至多是“管子”二字累赘些罢了。无如这题目是写在黑板上的，“四维”两字之间，粉笔勾得较近，竟有不少人认为是个“罗”字。官场考试，考员既不敢交头接耳，又不敢问监试官，便有若干人大做其“管子罗论”。

管子罗是何人？既无从去找二十四史对证请问，这论文如何下笔？但那些做“管子罗论”的考员，不愿交白卷，居然也就纸上有字，字也成辞，把卷子交上去。这一回事，竟把安庆人足笑了半年。但我的观点，考员无罪，他来是想做小官，并非来发表礼义廉耻的见解。他来自民间，彻头彻尾，看不到哪里有国之四维，他怎会想到做个乡区小吏，要先研究四维哩？可惜是大官不考，这笑话也只出在安庆而已。

（1940年10月20日）

奢侈为作恶之母

日前拙文里，曾有“奢侈为作恶之母”一句话，或有人以为言之太过。其实，这是最平实的批判，毫不过激。因为奢侈免不了声色货好四字，而声色货好在在需钱，在在费时，甚之在在斲伤身体。一个人踏进了

① 罗字繁体写作“羅”，因而考试人员把四维，误作了“羅”。

这个境界，经济必见支绌，意志必渐昏迷，求学则学问干不好，做事则事业干不好，怎的不流入“恶”的一途?

你看，自古以来，亡国败家的有名人焉，哪个不是奢侈有以致之?而奢侈所以必致国亡家破者，其理由也简单，就是“死于安乐”而已。自“九·一八”以来，全国都喊着“多难兴邦”，也正是说着大家可以受了刺激，不会再去找安乐。可是实际上，“大家”两字是有问题的。环顾时局，我们在最近三月中，曾踏过一个最困难的阶段，一部分奢侈分子，似乎也有点憬悟。现在渐近苦尽甘来的日子，奢侈者少不得又安乐起来吧?吾为此惧!

(1940年11月12日)

想起家乡小族长

中国的家族主义，深入民间，而浸染最深的，大概是皖赣数省。试以敝乡皖中而论，人民除了聚族而居之外，一切问题，皆由家族来主办。为了这，一姓便有一所祠堂，祠堂之下又有若干支祠，支祠还嫌上供祖宗，下辖子孙太多，数十户有钱的人家，又出钱建立一所享堂。这原因很简单，就是封建制度下的土豪劣绅，在总祠或支祠里没有当族长支配族人的能力，借了为祖先的名义，怂恿或压迫同族中的平民，拿出血汗钱来。建立起叠床架屋的机构。他们有一机构，作为单位，就拿了这个做武器，上可以抗大族长大户长，下可以统治一部分同族的忠实分子，对外也足以与他姓士绅周旋。至于不断地在公家白吃白喝，分润些公款，尤其余事了。

若根据大学之道“家齐而后国治”说起来，照这个标准做去，那是大糟其糕的。国人慎勿学皖中人士也。

(1940年11月15日)

橄榄与辣椒

从前上海某夜报的副刊，取名《橄榄与辣椒》。自“七·七”事变后，这名字听说不复存在。那意思或者以为这名字无关于抗战吧？其实亦尚可商榷。

往日，我常常于饱食后，咀嚼一两枚橄榄。而辣椒，我也爱吃，却要在油腻过分，或枯燥无味的时候，才大量地享用。于今是久矣乎不嚼橄榄。吃辣椒的嗜好，竟入川随俗，为之增加不少了。所以如此，在猪肉每斤一元四角的今天，当然非由于油腻过分。

橄榄的味，要细细去咀嚼，自然非闲逸不能尝出其妙。辣椒却是一种刺激，一触舌尖便知。我每每想起西北人无菜蔬吃锅块，把醋浸辣椒末下饭。我便知道辣椒是穷苦无告者的良药。

（1940年11月16日）

“人不够”

“人不够，鬼来凑”。人人知道中国的旧小说与旧戏，有此作风。其实，圣经贤传，何莫不然。“天大雷雨以风”的这种渲染，闹得孟子还说：尽信“书”，则不如无“书”呢。先有刘邦斩白蛇而起义，便有刘裕的大泽射蛇。先有赵匡胤出世赤光绕室，便有朱元璋出世赤光烛天。凡此云者，都是这类创业皇帝威德不足以服人，编些神话来点缀门面。

希特勒和墨索里尼都好提及在第一次欧战时的旧事，以表示他们向来就有功于国的。如上次墨翁之飞往边境，必在当年受伤处小住片时，以再提醒人民的记忆，真是做得肉麻。大概现在无神话可以骗人，这样做也许是不得已吧？又如希特勒去年在地窖演说，走后五分钟，炸弹爆发，便有制造神话与重提旧事的双重意味。可是也就充分表现了“人不够”了。

（1940年11月18日）

空中鱼雷与日本

英空军大兰多之役，以两架飞机的本钱，歼灭意舰队实力半数，这是伟绩，也是奇迹，以我们常识判断，炸弹洞穿其舰甲板，并不怎么容易，正疑惑意大利三万五千吨的主力舰，何以也被炸沉？及听到美联社广播称赞，才知道是英空军以战斗机掩护轰炸机，放的空中鱼雷所致。那种放法，想是轰炸机飞到有效射程以内，将鱼雷由水面放出，射到舰身水面以下。这办法比潜艇放鱼雷还要来得简单迅速，对手方除了有多数驱逐机拦阻而外，只要遇着了，便是一种麻烦。

于是，我们恍然了。英当局说，由雅典到东京，都要受此役的影响，就是说在太平洋上，英海军航空部队，是很可照方吃炒菜来对付日本的。以日本空军实力的脆弱，似乎不易防备这一着棘手棋吧？我们且向后瞧。

（1940年11月21日）

组 班 难

廿五年冬，皮簧老生马连良，携班来南京演出。我看到他戏班内略有新角，问他班子是否改组过了？他叹了口气道：“提起这事，真教人头痛。依着班组人的意思，当然要换上一批角儿，让听戏的人换换口味。而况唱戏是吃人缘儿饭，这老班底也不是罗汉堂里的佛像，永远是那批死板板的人霸占着。谁都有个亲戚朋友，别老是携带原班人马，也应该让没到过上海、南京的同行，轮流来开开眼界。可是这就教人为了难了。这原班人马里面，换了谁，谁也不愿意，连三队跑龙套，一个也不肯走。他们的意思是说，又没犯什么规矩，为什么不用我了呢？因此，我真要把班子改组，换上一批新人，就要得罪一批旧人。说是不改组吧？一来怕不叫座，二来求携带的也是真多。没法子，我只好将班底不动，再添上一批新人，可是这开销就大多了。”

张先生也叹气曰：“天下事，无非一台戏。”

（1940年11月23日）

经 商 狂

大后方的人，现在都发了一种做生意的狂热病，只是钱多大做，钱少小做而已。而做生意的筹划，又无不怎么久远，只是预备得到机会挖上一笔便好。甚至仅仅只做一个雾季打算的。唯其如此，所以大部分新型商人的心里，第一下是任意标价，抢回本钱。第二下是抢回本钱之后，挣几个是几个。在这两个前提之下，苟可达到目的，六亲不认。至于国家民族，都全是不入耳之谈了。于是市面成了一种莫名其妙的发酵似的繁荣。

这是绝对的事实，毫不夸张，社会成了这种病态，说什么人心不古，那可以深恶痛绝的批评字样，我简直不忍出口。所以一切评价文章，我们也真懒得做了。自然演成今日这种情形，还是有大本钱者引起来的。而有大本钱的人，始终是面团团。孔子曰："始作俑者，其无后乎？"是言也，吾疑之。

（1940年12月5日）

伯夷叔齐的悲哀

"满山薇蕨吃精光，一阵夷齐下首阳。"这慨叹是书呆子代为发泄的。其实这不是一种嘲笑，是一种悲哀。书呆子自己不愿下首阳，也甚望天下读书人都能如此。因为斯文扫地，是读书人所最痛心的事。

可是，话又说回来了。若举世都解得"饿死事小，失节事大"，则伯夷叔齐也不过凡人而已，怎能算得二位圣贤？而况说风凉话的，连书呆子这点守分，还小看他，而说"此亦周之薇蕨也"，必饿死他才甘心。其实，又何不再逼问一句："此亦周之首阳也"，简直饿死后这尸首让他无处停放。到了这步天地，做夷齐的除了下山，还有什么高明办法？我们只有为夷齐悲哀！

虽然，说风凉话的逼人过甚，若作诛心之论，则其舌可割。

（1940年12月6日）

法国食物

——德国人叨扰了

我们承认，德国人的知识水准，决不下于任何国家。若仅仅以德、意、日而论，德国人的学识与修养，都应该推为第一。但据外国杂志所载，当今年夏季，德国兵初到法国的时候，每人每日向法人索取十个鸡蛋，一磅牛排。把入法德兵的总数合计起来，那供给量是颇为吓人的。同时，德国人大批到法国去游历，只看他们寻着牛油就在街上走着吃，其来也，非为法兰西之山水可知。据传说，德国人在法国，就是要找食物的，吃不了，他也不肯为法国剩下，都寄回德国去。由此看来，天下老鸦一般黑，决没有侵略人家领土者，不鱼肉人家民众的道理。

法国人在战前，不知道也有囤积粮食与货物的这个毛病没有。假如有的话，到了现在，当然是为德国留着的了，想德国人也不会道声多谢吧？

（1940年12月7日）

看抓钱人姿态

朋友们谈天，谈到汉奸心理，总觉得同此人心，不能始终不明是非。揣测他们，也不过既然下水了，在人格上说，反正一万年后，也翻不过身来。在安全上说，又不知命在何时。这人生还有何味？唯一合算的法子，便是弄钱享乐，过一天是一天了。这么一想定，在能弄钱的日子，当然拼命地去搂，以便随时遇到打击，都有钱先藏在国外安全地带，届时可以逃亡海外，去当富翁。这个打算且不问他是否已经万全，但自汪精卫以下，都必是这样计划着，是无疑的。

人人要用钱度日，人人就必须去找钱，要钱并不是人类什么罪恶。但在要钱的姿态上去观察，那贤不肖及不肖的程度达到若何地步，却很显然可见的。汉奸之急于搂钱，他本有个逃命的念头在其中。人非汉奸，若也这样想着“管他呢，把钱弄到手再说”，则我不忍言了。

（1940年12月19日）

关　于　口

“防民之口，甚于防川。”这一个理论，是四十岁以上的文人，他都会用过。因为往年学堂作课卷，必须文言，文言就免不了瞎扯这些滥调。于今不用文言了，这些滥调，都随旧字纸，丢进了毛坑里去，不复有人提及，甚至也就忘怀了，我们故纸堆里有这一类话的。

单就上面引号内的八个字说，无论是譬喻不合逻辑，根本也就不是现实的话头。试看世界上，由极左到极右的国家，哪个国民的口，只有“川”那样流利？我们的敌国，最近还来个取缔耳语运动，连耳语都不成，何况其他？“口之于味也，有同嗜焉。”这个“嗜”，当不会是说话。不说话有什么关系？我们倒觉得，甚于防川者虽是口，而其因素，却另有所在。结论是古人的滥调，都应该下毛坑了。

（1940年12月20日）

再　说　口

日前曾为一文《关于口》觉得意犹未尽，再补一文。从前人说："祸从口出，病从口入"，教人对口之使用，要特别谨慎。如今看起来，不仅如八字所说就完了，还应当是"祸从口入，病从口出"。你看，粮食贵到这般天地，不是大家都要从口入些物质进去，何至去受囤货者的压迫。说到病从口出呢，好像很滑稽。其实，仔细去一参这三昧禅，也丝毫不爽。正有许多人，偶然一味快意，大饱一顿，不过两天，竟好好儿的闭门养病了。岂不是一证。

这种情形演变下去，万万年后的人类，大概不长口，正如蛇一样，它老不用脚，就不生脚了。但人类没了口，宇宙里也会随着缺少一点东西。

（1940年12月22日）

"时然后笑"

孔子是圣之时者也，一切都讲个"时"，甚至是"时然后言"，"时然后笑"。其实仔细想，这话是讲不大通的。孔老先生在春秋时代，所谓"王纲解组"，正需要这先知先觉，大声疾呼，不断地去震聩启聋，还有什么时不时？至于笑呢？虽种类甚多，有微笑、狂笑、大笑、冷笑、淡笑等等，但完全是一种心理的反映，遇到了可笑之事，当然要笑。若无可笑之事，笑也笑不出来，似乎也谈不上个时。可是他门弟子就这样称赞他了，怪不怪呢？

我们不是春秋时代的人，不知春秋时代的事，但以情理测之，一个人到了发笑，都要挑挑时候，也许不是故意如此，而且不得不如此。孔子获麟绝笔，大概是借而倒台（若四川则谓之么台）之意吧？时乎时乎，奈何奈何，我为孔老先生一谈。

（1940年12月27日）

有所不为

“夫人有所不为，然后可以有为。”孔门哲学，这就是个特点。虽在这个里面，还分个“狂者进取，狷者有所不为。”其实孔门的一派心传，还是“合则流，不合则去。”最大的标准，莫如孔老夫子自己。他对于父母之邦的鲁国，尽管抱了推行王道的大愿，而他门弟子记得清楚：“齐人归女乐，三日不朝，孔子行。”你看他有所不为的时候，斩钉截铁，是何等干脆？

最近粮食昂贵，到后方来的“难士”（而许静老则谓之“义”士了），颇觉个个都有折断了腰而不得五斗米之痛苦，但“多数人”还是我行我素。于是先生们就夸口了。“无恒产者无恒心，苟无恒产，而有恒心，唯士为能。”其实，还是中国士气这点长处，有所不为而已。但仅是有所不为，那还不够，我们必须跟着“然后可以有为”。不然，就透着个消极了！

（1940年12月28日）

而不见舆薪

江西人打话："若要人心足，除非黄土筑。"在社会上翻过筋斗的人，他决不否认此言。

煤油大王也好，钢铁大王也好，汽车大王也好，尽管他人是成了无可比拟的富翁，事业是成了子孙万世之业，他们也决不会这样说："机会来了放过去，我们少赚几个。"相反的，他们正是有了机会还须多赚几个呢。准此，我们就不能相信发了大财的人，他再不发国难财。

街上摆香烟摊子的，每天做百十元生意，街上拉车子的，每天要挣二三十元力钱，穷书生眼孔如豆，以为这是不得了的事，而怪社会在畸形发展。他既不知道用钱挣钱的人，每一秒钟可以挣几万元。他们的畸形发展，我们做梦也想不到呢，孟子曰："明足以察秋毫之末，而不见舆薪。"吾辈穷措大之谓也。

（1940年12月30日）

二十九年所留下的

二十九年这一年变得很凶，荷、比、法之失败，我们曾和民主国捏一把汗，一变而成今日德国进退未定之僵局。三国同盟，我们又为民主国捏一把汗，一变而为意大利之塌台。至于我敌之间，那更有许多惊风骇浪，变成了转利于我，如敌进越南，变成了全广西寇军之倒退。封闭滇缅路，变成了中英美合作。不用说了，类此者很多很多。可是，能让重庆老百姓永久不忘者，是敌机炸街市成瓦砾场，再由瓦砾场变成从未见过的宽街。

抗战时的儿童，尽管将来有一天会变成白发老翁，但上述的这深刻印象，他们永远是留在脑子里的。若干年之后，他们会把这事当问题研究，当故事传说。而更大的反映，是使后辈认识了日本。

（1941年1月1日）

“立”

近代世界，本都以百年为一世纪，而中国旧说，却曾经有三十年为一世的看法，所以礼制，男三十而娶，宗族社会的习惯，三十年一修族谱。其他以三十年作为一个人生段落，而另行开始的，很多很多。总之，凡事经了三十年，是该有所成就了。

孔子生平治学为人，是“三十而立”。这个“立”字，无须去翻朱注，可以望文生义。但平常人都把“立”字作建设看，却未能完全达出他的意义。除此之外，第二当作兴起讲，所以说个“懦夫立”。第三当作稳定讲，所以说个“中立而不欹”。民国有了三十年，根据我们先哲的教训，我们是应该立的了。我们虽不能做到联合弱小民族同登平等之域，合乎“己欲立而立人”，但也切不可把往日在南京盖宫殿式房屋的浪费行为当着立。

（1941年1月3日）

半句格言治天下

古来并无标语口号，但上自伟人，下至匹夫匹妇，对于世事，发为很精练的格言，却也史不绝书。上焉者今日叫作格言，下焉者今日叫作常言。民间常说，常言道如何如何，即其一例。

格言、常言，未必都合于今日之用，但我们想到当时之产生这一“言”是必有原故的，倒也不妨借古鉴今。岳飞说：“文官不爱钱，武将不惜死，天下太平矣。”要天下太平，仅仅只这两事，可也反映出南宋时代是种什么政治。

抗战四年来，报上常有人引着岳飞的两句话劝人。我以为下面一句，我们实在已做到。前方数百万军队，以血肉对待飞机坦克，且愈战愈强，兵且不惜死，何况于武官？至于上半句，倒在有则改之，无则加勉之列，自然，我们这就比南宋强得多，只要努力做岳飞格言的半句而已。不过这半句格言，干起来就很不简单。奈何？

（1941年1月4日）

人力的浪费

中国满地是黄金，不知道去发掘，于是有“手捧金碗讨饭”之谚。物力如此，人力也未尝不如此。即以重庆而论，尽管现在工价很高，而人力的浪费，依然很惊人。

举一个例子：譬如人力车夫，根本就是一种人力的浪费了。因为他们不是运物，而是运懒惰的人，纵不能限制，也不必于浪费人力上再加以浪费。据我所知，海棠溪码头上，有八十辆公路人力车，而车夫却有三百人，人多车少，造成了隔日拉车一趟的现象。车夫不拉车的这一天，终日消磨在茶酒馆里，花钱更多，于是一日拉车所得，必须够两日的嚼谷，工价焉得不高？这么一来，一方面是废掉一半人力，一方面是增加一半工资。车力如此，其他可想。

日本已因人力不够，大批征用到童工与妇女，而我们却让工人在茶酒馆里做有闲阶级，中国诚然伟大，中国也有点麻木。

（1941年1月6日）

天子重英豪

中国老书生的人生哲学如下：为人必读书，读了书会做文章，做文章可以考取高官。这决不造谣，当年儿童入学念的第一本书《三字经》，附有神童诗，就这样说："天子重英豪，文章教尔曹，万般皆下品，唯有读书高。""白马紫金鞍，骑出万人看，借问谁家子，读书人做官。"这些话，无论七岁破蒙的小孩，懂与不懂，而教育路线，却是皇帝教人民当奴才，文人当奴才去读书，可千真万确。取得奴才的手段是什么呢？便于做文章。

四十岁以下的国民，很幸运的不曾读《三字经》，当然读书的目的，不光是为了做文章，便做文章，也不光为了做官。虽然现在也有些政治运动的新鲜名词，避免了"做官"两字。但是政治运动究竟不必与做文章打成一片。若提笔便有政治臭味，则亦天子所重的"英豪"而已。我为"文章"两字惜。

（1941年1月7日）

今年风云儿是谁

英国人的行为，总带趣味化，一九四〇年刚刚结束，那年的风云儿便选出了丘吉尔。因此联想到一九四一年的风云儿是谁？倒不妨预测一下。

据大势看起来，有一半的成分，今年的风云儿应当是罗斯福。但美国不参战的话，这变动世界命运的人，不会出在美国。英、德、苏的风云儿已当过选了，不会再当选吧？墨索里尼在今日已无当选资格。巴尔干自然是大战场，但变动世界命运者，不会心在希腊与土耳其，更不会轮到因人成事的戴高乐这种人头上去。其他小国的人物，也只是在风云儿面前摇旗呐喊而已。

那么，风云儿出在远东，也有一半的成分了。以远东论，大国可数，无论日本去塌台不远，但还存在现今这种形象，他根本是无领袖之国，谁配当风云儿？这不是，那不是，其意义不甚明乎？时势造英雄，风云儿宁有种耶？是为祝！

（1941年1月9日）

请 看 葡 人

本刊选载的《难民在葡萄牙》一文，是节录斯塔司女士的原作。倒并不是专为读者的谈助，供给些欧战逸闻的资料而已。我以为有心人拿到盛大的宴会上或娱乐场上，和有钱人谈谈，却不失为一种幽默。

葡萄牙虽也称雄过海上，于今是仅大于荷比的欧洲一国了。照理他不但无力救人，而且也不敢得罪德国，去救德国对手的难民。然而据该文所述，葡人甚至让出自己的住屋给难民住着，这种见义勇为的精神，对本国人就很可钦佩，何况是对待异国人。

今天发国难财者之钱多钱少，与呻吟生活线上的苦人的数目，已成为正比例。观于葡人对难民那种同情心，我发生了无限的伤感！

（1941年1月18日）

中意对比一下

严颜说：“有断头将军，无降将军。”从来兵家以投降为莫大耻辱。所以成则为少康之一旅，败则为田横之五百，我们的民族英雄都是不屈的。中国和日本打了三年半的血仗，有进有退，进自然按照一定计划向前，退也只有事先安全撤兵或事后血战突围，向来不晓得竖白旗的事。

前次英军围攻巴第亚，海陆空并进，志在必得。意军以海军未能应战，及空军的劣势，其陆军不能支持这个据点，本也情有可原。在军略上说，意军鉴于英军之不可抗逆，就当效法英军之在敦刻尔克，早日撤退。于今既明知其不可为而为之，最后也只有死守与突围。不想他们的总司令柏尔高左里竟悬起白旗，潜逃，至其部下作率领二万五千人投降的豪举。我们不是军事家，不知此举在兵书上做何解释？

有道是不怕不识货，只怕货比货，日本人瞧瞧他的盟兄，再回看我们，将做何感想？

（1941年1月24日）

“恕”字工夫难做

中国人是以儒家思想为中心思想的。大体说，这于民主政治，相当的符合。所谓：“和为贵”，所谓“民为贵”，不就是“五·四”以来，我们所醉心的“德谟克拉西”吗?

儒家的思想，即韩愈所谓“尧以是传之舜，舜以是传之禹、汤、文、武、周公、孔子”的道。这道是什么?《四库全书》的经史子集部，传说纷纭。可是曾参早已一口喊破：“吾道一以贯之，忠恕而已矣。”尽己之谓忠，推己之谓恕。由正心修身，以至治国平天下，能尽己，能推己，就可迎刃而解。两千年来，这个“忠”字，相当的发挥尽致。“恕”字却很少成就，也就因为这“恕”字最难。传得孔道嫡统的曾参，他就做着“一日三省吾身”的功夫，可以想到此功夫达到之不易。虽然，中山先生是得了此中三昧的，他曾掘出这古传的精义，指示我们。有很简单明了的一句话，传诸不朽：“天下为公”！

（1941年1月26日）

废历年何以难废

年是过去了，花了钱，停了工作，甚至饮食过分，娱乐过分，还闹点小毛病。废历年之于人，相当的有损而无益吧?

虽然，我们也不反对过废历年。此话怎讲?中国依然是个农村社会，都市繁荣基础，依然十之八九建筑在农村经济上。大多数的农民与手工艺家要在这时候，休息两三个星期，以慰劳他们一年的辛苦（因为他们没星期假期），这是必需的。我们既未能和他们想一个休息与娱乐的机会，则他们自己因袭习惯去过旧年，我们倒应当予以同情。大多数农工既必须过年，他们的经济力量，自当影响到都市了。说是废历年之不能改革，是风俗关系，那还把问题看得太表面化了。

所以，要废除旧年，首先要为终年辛苦的人儿谋得了休息的机会再说。

（1941年1月30日）

再说孔门恕道

上次谈恕道，觉得意犹未尽，再得写几句话。

孔门的恕道，其实就是西方的博爱平等，所以他们说“禹思天下有溺者，犹己溺之也。”又说：“老吾老，以及人之老，幼吾幼，以及人之幼。”凡是这些话，无非是“推己之谓恕”的做法。孟轲对于这个“恕”字，《孟子》七篇内反复申说，举不胜举。可惜他一天不曾握得政柄，无法发挥。后儒，虽高如朱、程，也只是做那正心修身的理学工夫，尽己的忠，犹未做完，谈不到恕的言行上去。真是“孟氏而后不得其传焉”。

“恕”字还有在反面看的，孔门也说得很透彻。孔子画个轮廓，说是“己所不欲，勿施于人。”孟轲却直截地说明出利害来，“杀人之父者，人亦杀其父。”所以“恕”字在为人上，还不仅是这个“赤子之心”而已，其中也包涵了孔门政治哲学呢。世界上不乏解人，愿请其取《论语》而读之。

（1941年1月31日）

马骨作幌子

——打死老虎之二

燕昭王求贤治国，问计于郭隗。他说：从前有国王出千金求千里马，马贩子出了五百金买了马骨头回来，昭王大怒。贩子说，死马还要，何况活的？大半年，千里马就来了三匹。大王要求人才，“请从隗始”。比我好的，还不来吗？这一篇话，引得昭王高兴，改筑宫室而归事之。

这就是我们常用着“请自隗始”的那个典故。就事论事，郭隗可说是一位善于投机的政客。无论他够不够做一个马骨头，我以为求千里马之道良多，何必以收买马骨头作幌子？事实上也许来个相反的结果，贤者以为收马骨者真的烂的全要，不屑前去。郭隗之得成功，也恰好有一位拜金主义的乐毅奔燕，凑合了他那个说法而已。郭隗自比一具马骨头，好像是有自知之明。其实他不如此说，就抖不起来。欺以其方，他居心是更不测的。所以，我们对那颇为自谦的人，也要看看他用意安在？

（1941年2月3日）

敌人每餐三两饭

据外国报纸所载，日本一名教授，写信给他友人，说是每顿只能吃到三两饭，有半年没吃过鱼，小菜无非生熟萝卜，几乎嗅到这气味便厌了。这消息大概不怎样夸张，敌国的物资现在不是贵贱问题，而是有无问题了。回看我们这陪都过年热闹，无人不大吃特吃，任何东西，有钱便可买到，却也值得自傲了。

有人就疑惑了。敌国既贫乏到这样，何以还挣扎着要打仗，要南进？这问题也很简单，便是敌国在军阀政治下，统制到无孔不入，一种畸形发展的政治力量，兴奋了一切。正如人已病入膏肓，拼命地打强心针。在元气未干净之时，总还不至于死去。打仗是知己知彼的事情，这一层上，我们自不妨多多给以认识。

（1941年2月5日）

旧诗人努力不够

我不否认弄辞章，是一种骸骨的迷恋。我也不劝青年朋友，十年窗下，去干这费力不讨好的玩意。但我们已经会的，果有兴趣再干，就必定弄得像个样子。还有，我认为弄旧辞章，不一定是腐化的象征。许多思想前进诸君，他们也是我辈同调。所以，本刊常登载诗词，也正是“博弈犹贤”之意。

话又说回来了，我们不仅是补遗而已。我以为在这个时代，诗词是很能排泄苦闷的。或慷慨以出之，或蕴藉以出之，或婉约叹咏以出之，它都有这个力量，倒不必计较其形式的。三年来，即以重庆而论，也有不少佳作出现，那自然是环境的反映。可是，面对着这样亘古未有的民族存亡的大战，而惊天地泣鬼神的歌行巨著简直没有，则当代旧辞章家，殆无以对后人，同好们当努力！

（1941年2月6日）

川农为何不储水

四川得天独厚，许多地方，农人是坐享其成的。我们在川东两三年，知道稻田在盆地，坐收山上来的泉水，不用则任其流去，用则截留下来，无所谓储水的池塘水堰，冬季里，水浸遍了荒田，农人有在田里捕小鱼的现象，水利之糟踏可知。所以到了春夏之交，万一十天半月不雨，就有旱象。同时我也走了一些乡间，竟没有看到车水的桔槔设置，向无利用储水的习惯又可知。万一有旱灾，这决不能说天亡我也的。

其实，在山谷中筑塘堰，十分容易的。就着三方高地，下面拦一道堤，塘就成了。而川东稻田，又十有八九是在山谷中层层下降的，几乎随处都可利用池塘储水。这塘水无雨可以救旱，不旱也可以养鱼与栽植菱藕。为何无人提倡呢？月来雨水不多，乡居颇有所感，书之就正高明。

（1941年2月7日）

日本人讲斤头

上海有一种白相人，专门以替人做和事老“讲斤头”为生。往往当事人双方，毫无所得，他们却发了财。我身历其境的，知道有甲乙两影片公司闹纠纷，由白相人出来讲斤头。结果，甲方出资十万，收买乙方版权。乙方虽敲上了一个十万元的大竹杠，可是运动各方，并酬谢白相人，不但十万元仅够开销，简直是“赔了夫人又折兵”。白相人之不可惹如此。

泰、越纠纷与日本何干？他调停得那样起劲？这分明是上海白相人讲斤头的故智。越南现在是个弱者，当然不能拒绝坐在家里的强盗做调停人，泰国为什么睁了眼睛上这个当？令人颇有点不解？据我们冷眼人看，日本的兵舰，由广州湾而海防而西贡，已到了暹罗湾，那点不可解，理由或在这里。然则东方的罗马尼亚，就注定了他的命运了。

（1941年2月11日）

文艺人怎样生活下去

现在又常于朋友口里听到如下一句话：“文艺人如何活下去？”我想，难道这还真成为一个问题吗？任何人要维持他的生活，总不外乎开源节流两个办法，现阶段的文化事业，虽没有文艺人开源的路径（却也不是绝对没有，不过有些路径，实在不屑去走）。但节流之权操之在我，倒并非不可行的。

就我所知，在大后方的文艺家，每月一二百元的收入，大概是有的。若是单身一个人，那绝对可以过苦日子。不幸而有家眷呢，那只有把生活更苦过起来，两顿饭不妨变成一粥一饭。再不行，太太可以去找点工作，或做个小生意，帮助帮助。无论怎样苦，和前线士兵出入枪林弹雨之下，总要好些吧！倘若文艺人苦于收入短少，女人还要做太太，儿子还要做少爷，那并非活不下去，乃是不肯艰苦地活下去，这问题就当别论了。所以在讨论文艺人生活难支的情形之下，我们当先讨论他们生活够不够严肃，配合这个大时代？

（1941年2月13日）

七 步 诗

曹子建七步诗，世传有二；一四句，一六句。其六句者云："煮豆持作羹，漉豉以为汁，萁向釜中燃，豆在釜中泣，本是同根生，相煎何太急！"

其四句者，无首十字，开始为"煮豆燃豆萁"，下同。辞意自以六句为完美，必如是，第四句始不仓促也。此诗不载子建本集，始见于《世说新语》，晋去魏不久，言云必有所本。传闻曹丕令植七步成诗，否则刑大法，植应声为此，丕读之乃有惭色。子建才捷，自是可钦，然非丕激之，其诗殆亦不能如此动人也。

子建谒帝承明卢诗，愚每为之一唱三叹，以之推想七步应咏，非不可能。昔年袁世凯称帝未成，而其子克定、克文已不相容。一旦实现，文又一曹子建也。富贵人家子孙，其作孽每甚于凡人，固有七步诗所未能尽者焉。

（1941年2月14日）

钱江与王猛

——打死老虎之三

《洪秀全演义》上，描写钱江军师，活是一位诸葛亮重生，而清廷正式文告，对这位太平天国的卧龙先生，却很少提到。《贼情汇纂》这部书，是主观地记述敌状的东西，竟无钱东平其人，怪极！

据传说，钱是林则徐的幕宾，林既被充军，他怀才不遇，愤而投洪。又说，他是游幕两广的人物。总之，是个不治八股，颇有襟怀之士，洪秀全就为他一篇策文，舍关中而取金陵，其得信用可知。后来这第二诸葛亮，未曾鞠躬尽瘁，闹个神龙不见尾，当然是看到孺子不足与为，后人服其才智。我以为幸而此公未再投曾、左而已。其实，洪秀全之昏庸，杨秀清之专横，到武汉时已见其端倪，什么天父天兄，根本不是成大事者的玩意儿。一见就该他去。王猛见桓温，三言两语，即不屑与谋，非钱可及。但其终事异族苻坚，又不如钱了。不过，都是其遇可悲，其志不足取的人。

（1941年2月25日）

总得活下去

上次做了一篇文艺人怎活下去，朋友们看到便对我说：原则是对的，但论理的观点，大有出入。因为，文艺人不一定全是“恶衣恶食”者，精神上需要的缺乏，也许让他们感到“不知生之可乐，焉知死之可悲？”我说：“不然！文人少达而多穷，这是注定了的命运，既做文人，就不怕苦闷。想好些，斗争下去，不想好些，就安之若素。前焉者，如左丘明、司马迁，都曾在极艰苦的环境里，立下不朽之业。后焉者，如陶渊明、孟浩然，与物无竞，却也博得千秋的景仰。若两者兼并，便是孔孟斗争了一生，倒霉了一生，退而为百世师。这岂不都是我们可学的？”

人不幸而为陆秀夫，是有其不得已在。屈原可悲，未足学也！

（1941年2月27日）

观影偶感

在《马可波罗》这部影片放演完毕之后，我才发表这点意思，我相信我对商人是很恕道的。首先一句话，这部片子在中国该禁映。

年余未入影院，因为以美国人而演中国元代故事的戏（其实根本无此荒谬绝伦故事），引起了我的好奇心，特地去看了一看。看完之后，我除了连续地用“荒谬绝伦”四个字去批评之外，我无法再说什么。本来以中国古代宫禁森严，说是一个意大利少年，可以在宫中自由出入，与公主搂抱接吻，已非中国人幻想所及，还须再加批评吗？可是，许多看影片的人，多数竟认为真有此事。这里除痛恨我们教育不普及之外，而也深感到欧美人纵然和我们表示好感，而也对中国人缺乏了解。最后，因陪都能放映这种引国人误解的片子，不知道受过检查没有？

（1941年3月1日）

又将植树了

植树节，有了二十多年的历史，假使不是官样文章的话，有这将近三十年的植林运动，最初植的树苗，早已上干云霄了。可是我敢说，直到现在，国内或者很难找到植树节所留下来的森林吧？

当年在北京政府下，我曾于植树之后，得了一句与古人欣喜相反的诗：“新种树都死”。真不解何意，每年闹一回植树运动。在植树后的十分钟，一切都忘记。甚至明年后年，依然在原来的植树所在，再来一回二回，虽是新树前不见古人，后不见来者，植树人永远在植树的荒地上举行故事，而丝毫不有去年树何在的感想。自然再也不会有“今年树何往”的概念。奇怪！

又快植树了，因预为言之，以贡一得。

（1941年3月9日）

德国的宣传术

在希特勒字典里，似乎很难找到“兑现”这个名词，以至于戈林或戈培尔，都成了一种说大话过日子的人。最近，德国发动春季攻势，又宣传得潜艇飞机战术，有声有色，更足以炫耀耳目。但将来是否兑现，当然还有个问号。

我总记得戈林曾屡次广播，说敌机不能飞入德境，柏林用不着疏散，结果是德国每个重要城市，都受过英机空袭。戈林未尝向德国人兑现他的广播，也无碍于他的继续夸大。由此，我们对德国放出来的消息，实在不能不打个折扣了。反之，英国人虽自信必得最后胜利，宣传方面却是很沉着的，而且不断地警告国人，德人必将大举进攻，毋宁认为这倒实在些。德国人不是以前的德国人，看报上的欧战新闻，我们必须先存下这个观念。

（1941年3月19日）

谁刮谁的胡子

东非意军，节节失败，阿比西尼亚复国，大概不成问题。据英美方面的消息，阿境意军二十万人陷于绝境，认他们为死仇的阿人，将得而甘心，他们只有投降英军，才可以挽救多数生命。看了这种新闻，真为阿人扬眉吐气了。

你若是不怎么健忘的话，当记得五年前意军侵略阿境的时候，曾高唱着“剃下阿皇的胡子，做我们刷靴子的刷”，为时不过五年，想剃塞拉西胡子的人，要以颈血来洗阿皇脚践的国土了。我想，阿人捉住意军的时候，可以问他一问，今日谁刮了谁的胡子？刮胡子者，南京市语，被人占了便宜也。

说大话何益？大话也许徒为将来的祸根，说话，可不慎欤？

（1941年4月4日）

先得证明谁有钱

提到劝募公债，就让我们想到谁该多买？自然，这问题很简单，谁有钱就让谁多买。可是谈到“谁有钱”这个问题上，那就很不简单，无论这人怎样有钱，甚至是世界黄金大王之一，他也不肯承认他有钱的。黄金大王之流也不承认有钱，请问：我们能指定谁有钱？

不过富贵贫贱之分，究竟不是由自己主观来判断的。社会上十目所视，十手所指，自然有个明确的认识之存在。我以为国家到了这种存亡关键，社会上对于有钱人，实在无须客气。应当对于他的职业、产业、生活及各种人事关系，设法证明他有钱。证明之后，他是不是肯负起“有钱出钱”的责任，那虽是另一问题，但谅他也不敢距离太远。时代不同了，有钱人是不应该不明白的。

（1941年4月9日）

我与故我

从前梁启超做文章，常宣布“以今日之我，与前日之我宣战。”有些人颇讥笑他善变。其实，这话在理论上说出来，是没有什么错误的。孔子说的来者可追，陶渊明说的悟今是而昨非，也无非是这种观点。

不过，这里有个分别，因思想进步，改进或纠正以往的错误，这是自卑登高的行为，当然可以的。若为了荣华富贵，朝三暮四，那根本无是非可言，只是投机取巧，卑鄙小人的炎凉姿态。这种人他若也说是觉悟了，那是自欺欺人的勾当，千万不要信他。

十年来，看到不少朋友，努力和以前之我宣战。自然不少属于前者。可是属于后者的也未尝无人。君子曰：可以悟交友之道矣。

（1941年4月10日）

渺小的要求

——需求保护森林一种文字

树谷一年，树木十年，树人百年。我们祖先，从来就没有把树木这件事看小，把它和粮食、教育两大事情，相提并论。这二十年以来，政府看到国内森林之日见荒落，始终站在提倡的一方面，是不为无见识的。然而，这个提倡，都只见于文字，文字以外，并不见得什么行动。文字就能培植森林吗？我们疑惑。

可是，文字来提倡森林事业，也成了迫切的需要了。何以言之？这一个多月以来，不断地看到各处森林被砍伐的报告。百十年培植的森林，只在数日或数小时以内，弄个精光，伤心惨目的事，宁过于此？在这种惨痛的呼号以后，我们还没有见着一点反应，假使建国也必需森林的话，这个沉默，是颇值得奇怪的。其实，呼号的人也没有多大的企望，只要一通有力的文件，达到一种所在而已。这并不是什么难办的事，为国家保存资源，有力地动动笔吧，我们这希望是太可怜了。

（1941年4月12日）

好谈国际问题

有人说，现在的新闻记者，好谈国际问题。这个“好”字，似乎可以考量。自然报上评论国际问题的文字很多。但“多”是一事，好又是一事。譬如从前四十年，没有一个读书人不要作八股文，其与诗古文词策论相比，将占百分之九十几。多矣，你能说读书人好作八股吗？正有许多人困顿场屋，磨穿铁砚之录，痛恨着教世世子孙不要作八股。可是，他的子孙是非作不可。

于此，可悟多作与好作，究不可混为一谈。我们之所以常谈国际问题，就因为现在要这样才好，而况以今日物质文明，交通发达，世界也就无异一国。这次的欧战，就不许以看第一次欧战的眼光来对待，更说不上视同秦越了。我们又何妨做个常谈的老生？老实说：“舍己之田，而耘人之田。”现在不会有那种人。至少也不会去耘人之田。

（1941年4月20日）

礼贤难下士更难

“礼贤下士”，是中国求人才的一个简单原则。别看它仅仅是这四个字，除了孔孟书上说的那个查无实据之尧舜禹汤文武，似乎还没有人能够彻底做到。能像孟尝君那样待客，要吃鱼就给鱼，要坐车就坐车，已经十分难得。又其次是汉刘邦之功狗政策，用得着便优容一下子；用不着，你自己识相一点，也无所谓。如我家子房公功成身退，也有个始终。所怕的是逐客令党人碑的玩意儿，教人有点受不了。自然，秦和宋，也就断送在这上面，足资借鉴。不过像明清以八股消磨士气，造成积弱之源，却没有人理会得到。

贤者不常有，士却很多，以其多也，便有个良莠不齐。以其良莠不齐也，让人看到一部分招之便来挥之即去，就一股脑儿，不怎么客气了。所以礼贤间或有其事，下士，则吾未尝见其人焉。

（1941年4月23日）

国际变化之我观

有许多朋友，因为我们是二十多年老记者，便把国际上的变化来询问，希望从我们天天看消息的经验上加以判断，可是现在国际外交，玩尽了钩心斗角的手腕，那怎能有准稿子?

不过，这里有个不易的原则，就是任何国家，都以本国利益为外交方针，若利害兼半，便两利相权取其重，两害相权取其轻。立国于现在世界，除了靠自己，对任何朋友，都不能押“孤丁宝”。看国际变化，必须十分客观，这话一年前我就说过，于今更要如此。我们希望人人帮我，打击我们的敌人，别人又何尝不如此呢?若我并非某国的敌人，只可认为两利相权取其重的时候，我对人的利益较轻较远，多少受点影响，敌人是不会有的。最后抄两句《左传》，以资参考：“邻之厚，君之薄也”。“物莫能两大”，“币重而言甘，诱我也”。中国古人知这一套，现在的外交家，更知这一套。

（1941年4月24日）

孔子在陈绝粮

——圣人的奋斗精神

孔子在陈绝粮，是非儒派最爱拿来揶揄孔门的一段资料。但大体言之，七日不尝食，藜羹不糁（注：蒿菜主汤，没有米粒），而孔子犹弦歌不辍，和群弟子讲道，这是各家一致承认的事。在这里我们可以见得孔门称赞夷齐饿死首阳，不是空言，到了必然的时候，他们真能实践。他那种奋斗的精神，与释迦牟尼的深山坐禅，与耶稣肩扛着十字架，一般的伟大。

在这里，我们且不必迷信不可靠的古说，孔子能举国门之关，而不以力称。我们知道随从弟子子路，是个绝对的勇士，而在陈绝粮的时候，授干而舞，他并没有离开孔夫子，实无损于孔子毫末。虽墨子非儒篇，说此时子路为享豚，孔丘不问肉之由来，他家无此说，疑是墨子造谣。当了群弟子，孔子不至如此含糊的。但挨饿而被人讥笑，孔子且不免，则吾侪小子，大可坦然处之了。

（1941年5月3日）

想起东长安街

——当年肆扰寇兵尚有存在者乎？

四十六岁的我，有五分之二的岁月，托足于北平，北平与我此生，可说有着极亲密的关系。可是在失陷前的前二年，我毅然决然，举室南下，含着隐痛离开这第二故乡。我并不是怕会沦陷在敌人的铁蹄下，是敌人给予我的刺激，无法教我忍受了。

我的家在西南城角，而工作地点，却在东北城角，两下来往，使馆区内的东长安街，是必经之地。而在这一条街上走，就必有一个遇见敌兵的机会。马路与使馆区外的操场，只一短栏之隔。当我转过东单牌楼的时候，一眼便看到那穿黄制服、大马靴、红帽边的敌兵，约莫三五十名，架了机关枪，伏在操场地面上，向西城瞄准。他那种旁若无人的样子，已是看不惯。后来便不客气，马路这边的槐树林子里，有着他们的哨兵，猛不提防，他呜嘟嘟在树林子里吹起来。在操场里的那群野兽提了步枪，做冲锋的样子，横闯过马路来。人力车夫与挑担的小贩，每次必让他们撞翻一大片。站在路边的岗警，熟视无睹，被撞的人只有自认晦气，爬起来赶快跑走。

这一阶段，让我常常闪开东长安街，绕路他行。半年之后，情形更逼进一步了，报上常登着，某日某时，日军在东长安街，霞公府、东单练习巷战，临时断绝交通。是个稍有廉耻的中国人看到这新闻，怎不炸了肺？当然，也没有谁去碰他这场巷战。但是在巷战二三小时后，东安市场的王府井大街尚觉杀气未除，徒手寇兵，每队六七十人，四人一排，在马路中心开着便步，去逛东安市场，我曾两次遇见，都由车夫很机警的、老远避入小胡同里去。又半年之后，这练习巷战的范围，越发推广，东长安街树林里，随时可由寇兵埋伏做射击状，几乎那里不算是中国领土了。因此，我把经过的道路，由南道改北道，经皇城根过后门什刹海，西四太平仓。这是一条隐避的路，照说可以不逢寇迹了。不想就在什刹海岸之上，常常发现骑着阿拉伯大马的寇宪兵，两三骑一排，揽辔四顾，缓缓而行。马蹄铁打着那路面，拍拍有声。他们尽管在马路中心，行若无事地走，一切车马行人，都远远离开了他们。

虽然，这一些悲痛，今日颇为少煞，有时还稍感安慰。这话怎说？在“七·七”抗战以后，那在东长安街练习巷战的兽兵，首先便消耗在我们的枪口上，听说台儿庄一役，被歼最多的那批寇军，便是在平津驻防过的，他们目无中国，教他们便死在中国人手上。假使那些东长安街练习巷战的寇兵，还有不曾做炮灰的，他现在认得中国人了吧，认识那些在东长安街避开他们练习巷战的中国人，并非怕事吧？我虽然艰苦备尝，我还健在，想到当年在眼前耀武扬威的寇兵，有多少还能像我这样做回忆的？我便心中怡然自得。换句话说，也就是抗战这一页历史的伟大。

（1941年7月8日）

草　人

乡下庄稼熟了，野鸟便要来享受现成的粮食。庄家人赶不胜赶，于是，用竹竿扎个十字架，一直上戴草帽，捆束稻草，像个人样。一横之两端，用绳索吊两张纸，风吹得飘飘然，像是用手挥东西。于是将来插在野田里，可以吓唬野鸟不敢来，至少是草人附近数丈面积之内，绝对无事。

可是，这种办法对鸡鸭猪羊，不发生效力，原因是它们乃家禽家兽，朝夕与人相处，它们知道哪是真人，哪是假人。真人还狎近它们，这假人它何必理会？假使主人所给的粮食，不够它们的欲望时，它们随时到田里去自取。甚至那厉害的雄鸡，会飞到草人身上站着，戳穿这纸老虎，于是该害怕的野鸟，也不怕了。

俗言道得好：树从脚下烂。谈法治者，知所警惕乎？

（1941年8月24日）

平原君若生今日

好话被古人说尽，诗人袁枚，曾发过牢骚，“不生古人前，偏生古人后”。但是我以为，好话倒不一定要我出之，古人说过，今人在书上看到，再介绍一番，又待何妨呢？说着这就来了。请介绍一段《史记》：

赵奢者，赵之田部吏也。收租税而平原君家不肯出，奢以法治之，杀平原君用事者九人。平原君怒，将杀奢。奢因说曰：

“君于赵为贵公子，今纵君家而不奉公则法削。法削，则国弱。国弱则诸侯加兵。诸侯加兵，是无赵也，君安得有此富乎？以君之贵，奉公如法则上下平，上下平则国强。国强则赵固，而君为贵戚，岂轻于天下邪？”平原君以为贤，言之于王。王用之治国赋，国赋太平，民富而府库实。

朋友说，你这是废话。战国之时，没有外汇，金子存不到外国去，这话自可用。若平原君生于今日，你以为他的家产还在赵国吗？赵纵亡，与他何损之有？这书抄在今日，显不适用。

（1941年8月25日）

择友好机会

粮食刚刚在跌价的时候，日用品又在抬头，于今过日子，已经不是一件易事。若还对朋友谈出处谈身份，显着不近人情。不过就择交而言，这个日子，是交好朋友的一个绝大机会。唯其在这“鹿死不择阴”的情况下，那人还我行我素，这是孔子在陈绝粮的劲儿，非有绝大毅力的人不能办到。阁下朋友中，若有这等人，阁下当师事之。

自然，我们是读书人，这话颇有点偏重读书种子。并非说人人要择交当如此，但这个标准，却绝不会错的。战国时，李克对魏文侯择相标准，提出五个条件：“居视其亲，富视其所与，达视其所举，穷视其所为，贫视其所不取。”我们以为，最难是四五两项，以择相的标准来择友，好像是悬得太高。但为人想做个不平凡的人，却不能不如此着眼。

（1941年8月27日）

使中年人相信

中年以上的人，做事有时慎重过分，为了这过分，不免贻误时机。但中年人之如此，也非偶然，他们看多了那种银样蜡枪头的姿态，听多了那种练把式的一张贫嘴，当上多了，教他未嗅到酒味以前，实在不肯买那玻璃瓶子盛的白酒。因为他过了中年，他花钱买装潢美丽的整瓶白水，已非一次了。

所以社会上无论做什么事，必得使中年人都相信那是真的，才有水到渠成之妙。因为血气在青年人身上，事业却在中年人手上。中年人不帮忙，事情便不实在。若问如何使中年人相信呢，这答复很简单，无非两个字："兑现"！

所以，我们持身涉世，无现不妨，因穷并非恶德。但穷而夸富，不免乱开空头支票，就成为孔子所说："民无信不立"了。

（1941年8月28日）

上帝姑息希特勒

——罪德篇之一

中国旧小说中，常形容战争之猛烈，骸骨堆山，血流成河。但于今拿来形容德、苏之战，废铁堆山，油流成河，决非虚语。单说坦克车，德国所毁七千余辆，苏联所毁五千余辆（此根据苏方公布）。以每辆重七吨至百吨论，看看这数字也就够吓人！

世界上的资源，要让世界上人享受，且须代代子孙享受。于今将铁钉都省了（日本便是如此），用大量钢铁去填塞沙场。连点灯的油都省了，将大量的油去喂兵舰飞机坦克。剥削全世界与后代子孙的享受，图谋成就一个英雄的头衔。民主国家被迫作战，情有可原。如希特勒这种穷兵黩武的人，实在是千古的人类罪人。假如宇宙是上帝造的，上帝还容许这种人疯狂下去，将资源一代耗尽，上帝也无以自辩吧？

（1941年8月30日）

德人与犹太人

——罪德篇之二

希特勒反犹的原因，至今不能为世人所了解。假如他之所以痛恨犹太人，是因为犹太人善于重利盘剥，而多为富不仁。那么，他所谓最优秀的民族日耳曼人，只有比犹太人更贪、更不仁。至少是日耳曼的法西斯党，应该这样看待。

希特勒的看法，日耳曼人应该享受世界上一切物质，应该奴役世界上一切人类。不得，便以炮火去残杀掠夺。犹太人之贪，是拿金钱去作资本，而法西斯党之贪，却是拿血肉去作资本。欧俄九个星期的投机，便是三四百万人的血肉（包括苏、德双方而言）。这种贪狠，犹太人岂能做到？可是，世界上尽还有人佩服日耳曼人为英雄，而以犹太人为贱种。呜呼！

（1941年9月1日）

关于“凑撣子”

北平土谚：“走路别闲着，捡鸡毛，凑撣子。”撣与胆同音，意思说，胆小的人可于闲时做些准备，好在急时壮壮自己的威风。

这句话，他处人还可以在《打渔杀家》京戏中教师爷口里听到。那正是对一种好为大言，而不务实际的人，做一番挖苦。这位教师爷分明脱胎于《水浒传》柴家庄上之林教头，编剧者似乎痛恨这一型人物，由他自己口里说出捡鸡毛，凑撣子。教训教训观众。

我以为人若不自知其短，这位教师爷还有凑胆子的自知之明，究解得亡羊补牢。世有教师爷告人以撣子早凑足，而临时捡鸡毛一根不得者，便有施耐庵、罗贯中再世，也只好做获麟绝笔之感了。

（1941年9月3日）

德国懂科学吗?

——罪德篇之三

我们承认德国人于科学方面，对人类贡献很不少，但发掘宇宙的秘密，应当为人类扫除生存障碍而努力。换句话说，就是增加人类的享受。就这一点言，恐怕还要算美国人贡献得多。过去如此，并相信将来亦然。至于德国，造成几万架飞机，并不是供人类享受，而是来残杀人类。这样发扬科学，我们倒不如不懂科学为妙了。

喜欢文学的人，必宝贵他自己的文学家，好艺术的人，必宝贵他自己的艺术家，德国人如有科学头脑，必宝贵他自己的科学家。可是，你看那当今唯一科学大师爱因斯坦（德国犹太人），却被希特勒驱逐出境（去年他已正式入了美籍了）。德国人何尝懂得科学真义？

（1941年9月4日）

新资本论

做生意要花本钱，立国于地球，也要花本钱。不论成败，本钱之使用，可分五等，大量投资，孤注一掷，成便发财，败便破产，有如德国，一也。资本充足，基础坚固，多拉门路，多方保险，纵遇风浪，不致蚀光，如苏联，如大不列颠，二也。小本经营，专门取巧，牵东盖西，心劳日拙，患得患失，必无所成，如日本，三也。略有本钱，不善经营，俯仰因人，本随利转，赚既有限，赔反增多，如意大利，四也。死守微本，不敢妄动，观尽风色，误尽机会，论其前途，依然可虑，如土耳其，五也。此五等之外，当然还有，但那就是太不会利用资本的人了。

举一个例子：我们乡下，有一种过分看重本钱的农民，手上有数百元大龙洋，既不经商，也不买田，用瓦罐子装了，埋在土里。直待饿死，子孙才掏出来，然而锈蚀不堪用，却付之一叹，那岂但自误，简直是暴殄天物。国际上如有国家以此种人为法，我们只好以“不堪救药”四字奉赠吧？

（1941年9月8日）

献 与 现

一元献机运动，又在蓬蓬勃勃之中，我们似乎当说两句话。但这种意义，实在无须说，饱受四年轰炸的中国人，应当个个知道。我们一点微意，倒不在乎这个献字，因为掏出一元法币，任何人都是没有什么问题的，我们所要说的，倒是一个实现的"现"字，希望渝市市民，"于最短期间，促其实现"才好。

中国之积弱，这笔账，本来不能写在现代人身上，但至今未能铲除积弱任何一因素，却是匹夫有责的。我们赶不上时代，致五万万人之多，受欺于七千万人的倭寇，其故可得而思之。若是你要我献一元，我就献出一元，来个嫁出门的女，泼出门的水，献后就勿干我事，那就太不负责了。

一元献机运动，若在数百万人口的荷兰与比利时，那是一桩笑话。而在五万万人口的中国，却是伟业。也唯有这样，才可以表现人口众多的国家之可贵。大家努力吧，促其"实现"。

（1941年9月11日）

讳 疾

下面所说一件事，出在北平。

某校学生，有了很久的肺病。因他个性甚强，他不愿守那养肺病的规则，静卧调理，他自己发明了一个精神疗术，照常上课，照常饮食，照常娱乐，只当未曾有此病。干脆地说，就是不睬它。一日两日，一月两月，这样下去，并无意外，他真个也就把这事忘了。一天，略觉身体不支，他当了一种感冒病去请医生诊治，医生说，你的肺病已到了不可救药的地步了。一句话提醒他，两口鲜血吐出，当时便晕过去了。两星期后，他所不睬的肺病，结束了他的一生。

朋友们常拿这件事警戒有病的人，我也为受警告之一。本来嘛！精神如果可以治疗病症，世界上还要医生做什么？可是，这话如出在医生口里，那不知好坏的病人，也许认为医生是敲竹杠呢！

（1941年9月14日）

谁愿学姜太公

记不起哪个笑话书上有这样一则笑话。儿子想娶老婆，不敢向父母直接要求。于是在墙上写了两句话说：光棍光到二十五，衣服破了无人补。他父知道语意，也在墙上答复两句：若要衣服有人补，光棍再等二十五。儿子一见大哗，又写，人生七十古来稀，那个五十才娶妻？父又答复：太公八十遇文王，再等数年又何妨？

笑话虽笑话，也许这里面另藏有一种意义。据我所感觉到的，便是世上的事，遇着了懒人，总有法子可以推诿。就如“大器晚成”，“好事从缓”这一类的成语，被多少人做了奇门遁甲。其实，姑不论太公迎文王，是千百年难逢的一件事。便是真可常有，个个姜太公未必能活到九十以上，究竟是个人不幸吧？所以太公尽管有奇遇，而愿有他那遭遇的人，实在少有，我愿把个个人心里这句话公开出来。

（1941年9月15日）

由月饼想起

中秋节还相差着一个月，而中秋月饼，却老早已陈列在糕饼店的玻璃窗里。我们虽不反对战时也点缀点缀佳节，但不点缀又何妨？我敢说：一个中秋节不吃月饼，决无碍于民生问题。相反，北方人以面粉为日常食品，久不吃面食，也许会影响到健康上去，但离市区稍远的北籍客民，常常无法买到面粉者，却大有人在。

不必需要的月饼，老早已在消耗面粉。而真须供给北籍人的日食面粉，倒有所不足，这显然是一种不合理的现象。虽然这是小事，但我们仔细想：类似这不合理的事，社会上有多少？于是我们可以更进一步地想到，我们战时经济，于“合理化”这三个字上，还距离着相当远的路程。

（1941年9月16日）

魔术家的话多

看过魔术的人，都知道魔术家在舞台上的话多。魔术用的是手，为什么他用嘴多于用手呢？这里我们就当明白，魔术根本是骗人的玩意，他要引开观众对于他手的注意力，他要延宕时间去布置手术，他要观众死心塌地相信他手术是真的，他都不能不用嘴。孟子曰：“予岂好辩哉，予不得已也。”我代魔术家说这话。

那么，观众知不知道那是一种假事呢？知道的，至少也会怀疑着大变活人一类，“头割下来还会说话”，但在看不出破绽的时候，只好让魔术家标榜着他的手腕。他说用的是催眠术也好，他说用的是灵子术也好，甚至不科学的，他说得过仙人传授也好，都得承认下去。好在看魔术本身是一种艺术欣赏，戳穿后壁，反觉无味，又何必论真假。既不辩论真假，也就无须以魔术家之多言而感到烦恼了。

（1941年9月20日）

我的衣钵

我现在有四个男孩子，一个女孩子，细雨篷窗，和家人谈着孩子们的教育问题，我志愿是这样：两个学工，一个学医，一个学理，一个去学任何一种军事学。有人问：为什么不将一个学文学或当新闻记者，传着你自己的衣钵？我笑说：你看我这一家又看我这一身，我的经验，教我不必引他们蹈我的覆辙了。那人又说，这是暂时问题。中国有五千年的文化，不能拿笔杆的人，永远像你这样。我说，我也承认这话，但我本人就不能以身作则，恐怕引不起孩子们传衣钵的兴趣。他既无兴趣于此，勉强着他学，也好不了。这两年，青年选择学术的途径，就十分“现实化”。孔子曰：“焉知来者之不如今也。”我的孩子们还小呢，我怎知道他们肯传我这前途缥缈的衣钵？

朋友们笑着说：哀莫大于心死，你这话要不得。我有点黯然了。但这黯然，并非为了我自己。

（1941年9月21日）

知　与　举

“十年窗下无人问，一举成名天下知。”老秀才的当年，每把这话以安慰他的穷极无聊。其实天下知，也不一定就是金银财宝，可以解那无人问时的苦闷。相反的，人怕出名猪怕肥，有些人对于天下知是不见得完全有利的。然则老秀才们何以必把此话来安慰呢？要知道那安神药，不在“天下知”三字，而是在“一举”二字。举则入了富贵之门，不举则天下知，也是白费。你还是个门外汉，嗅不着佛殿上的烟火气。所以只要遇此一举，便天下不知，也是富贵逼人来。知与不知，与人的穷富，实在毫无关系。

人是一代比一代聪明，所以有许多人觉悟了，将名看得清淡，只谋个暗地里发财，决不要什么人知道。世上还有做十年窗下功夫的，不知道他的目的，是在知上，还是在举上。若为前者，则朋友可以休矣。

（1941年9月24日）

黄祸并非梦话

白种人的黄祸，经希特勒一度陈论翻新，我们曾说过，那也非完全杞人忧天。我们不妨做一假设，由于英、美、苏的怕事，在以邻为壑的情形下，中国被牺牲了，接着应该是日本吞并越南，席卷泰国。其次是陆捣新加坡，海袭荷印，顺带掳了缅甸。那么，世界最富的资源，庞大的人力，都落在日本人手中。他树起反白人的大纛，西侵印度，东侵澳洲，北侵亚俄，怕什么封锁？既不怕封锁，白种人谁有这样大的海陆军力量，反攻这一片日本征服地？那末，日本纵不打进欧美，这威胁也非欧美所受得了。这在白种人眼里说是黄祸，岂为过分？

假设虽然假设，但假设也未曾不能成为事实。货舱里落下一个纸烟头，船上人不相信它会烧了全船，不经意地放过去，结果是真个同归于尽，这事岂没有发生过吗？而况日本之为害，还决不是纸烟头。所以，黄祸也并非完全是梦话。

（1941年9月25日）

黄仲则诗

全家都在秋风里，九月寒衣未剪裁。黄仲则这两句诗，曾感动不少当年的京华冠盖。小可在北平，过了不少的九月，也早已知道这两句诗。可是，那时并未感觉到有十分严重的气氛。到了如今，地不必北平，时不必九月（指农历）初秋的天气，在夕阳下山，西风拂户之间，每听到两三个落拓巴山的穷措大念到这两句诗，便觉酸入肺腑了。可见文字要引起人的共鸣，必须与对方的环境打成一片，而且也必须与作者情景打成一片，我们才能欣赏他诗才之妙。

黄仲则还有两句除夕诗，为人所传诵：独立市桥人不识，一星如月看多时。大年三十夜，爆竹声中，过这样孤寂的生活，可说是匪夷所思。过了这个冬天，也许有一部分文人，对于这十四个字，有更进一步的认识了。

（1941年9月26日）

王　猛

历史上有许多不可恕的豪杰，恰是民族罪人，而居首的莫过于王猛与曾国藩。王猛如不早死，他一定扶苻坚统一了中国。虽然他原来无侵东晋之心。而苻坚是个要投鞭断流的主子，有他的诸葛亮在，岂肯放手？王有澄清宇内之志，却投身异族，扫灭燕赵，建立有中国三分之二的强秦。真是可憾！

东晋的桓温，虽不足道，还有个谢安，王猛要找个正当出身，未尝无路。便算无路，而那时西北各地，群雄并起，也还可以良禽择木而栖的。早年王隐居华山，便有向长安洛阳立下终南捷径之心，我们作诛心之论，便可知王猛决非心在晋室者。

“中原豪杰思王猛，江左功名愧谢安。”汉奸赵孟頫就愧谢安而不为，做王猛降元了。然则，王猛之不足为后人法，实是铁证。儿时读历史读本，见王猛绣像，赫然位于诸葛亮之后，原多疑问，但不敢问先生。可想为青年撰史书，实在当加考虑。

（1941年9月27日）

曾　国　藩

我们论曾国藩，就他的道德功业文章经济说，这人都有可取。在当年他聚中兴名臣与扶植民教之大儒的名分于一身，那还了得？可是在他与太平天国生死搏斗之日，孔家尊王攘夷的这件法宝，他就没法拿出来，而太平天国诸将，如石达开、李秀成之辈，反而用这话来劝他，让他哑口无言。

曾国藩若是吴起、伍员之流，谈的不是功业，也就罢了。然而他是谈道统而上继孔孟的。孔门之下，会容得下吃里爬外，为异族打江山的徒弟？这就怪了。有人说，当年洪杨之辈，闹得也实在不成话，那非牛非马的宗教，使读书之辈不能忍耐。否则，有朱元璋、李世民出，曾也许做一个旁观者。可是这类恕的看法，我们安得起“文正公”于九泉而问之？郑逆孝胥之老悖无耻，一手造成伪满，就是曾氏对国家的看法，我们不可不知。所以曾氏一部遗著，我认为应在禁止之列。

（1941年9月28日）

张 居 正

在明朝一代里，去检讨首相的功罪，张居正不失为一个功臣。于神宗十岁时，张辅佐他登基，一身兼师相两职，使国家承平，内外无忧，前后十年，未出大乱。仅仅是赋性刚愎，忌刻异己，私德不纯。而其大罪，也不过是废辽王，逐太师高拱两事而已。一朝身死，劾章接至，家产抄没，兄弟子孙充军，长子掠死，八旬老母，几成饿殍。而神宗因径日饱受先生的严训，也手诏他专权乱政。欺上负恩。

史书上说，抄没张居正的家产，不及严嵩二十分之一。严嵩的家产，单现银一项，共是二百零五万，那末，张居正的银子，不过十万两。做宰相十年，家有十万银，比起严嵩来，天理良心，那简直是清风两袖，还成什么罪吗？然而他就几乎被焚尸。当时做官的人，其目的无非为子孙计，如张居正者，也就太不知道为子孙计了。

（1941年9月29日）

日本有希特勒

日本的中野正刚，不过是个军阀走狗而已，德国人竟比他为德国共和时代的希特勒，在德国人自己的立场看起来，真是捧得有点过火了。不过在这里面，多少也暗示了日本法西斯，将来会干些什么？

德人不比中野为墨索里尼，却为他比希特勒，姑不问中野这条狗将来做到什么地步，而德国人眼里，显然已没有日本皇室之存在了。至少是说日本将来不会有皇帝。当着昭和健在之今日，默许着日本将有一个法西斯元首出现，这对于昭和，是个很有趣的讽刺。然而昭和奈德人何？又奈中野何？万世一系的日本，祸起萧墙，或不十分遥远吧？

（1941年10月8日）

十全老人

这个老人，不是平常的老人，他做了六十年的太平皇帝，做了两年的太上皇，享寿八十九岁。其余人生所难得到的一切，他都可以得着，自不成问题，然则他晚年自号十全老人，那决非夸张了。他是谁？他是清高宗纯皇帝，说俗点，便是乾隆。

可是，这十全的富贵天子，究竟令人太欣羡了。举世所羡慕的生活，也就是举世所眼红的生活，人纵然不能奈何他于势盛的生前，可也总能奈何他于势衰的身后。于是在十余年前，十全老人的坟墓被人挖掘了。所以被挖掘的理由，正就是那点富贵余气。据传说：棺材被翻搜的结果，十全老人的脑袋，竟致离开了颈脖子。这也可见天地间哪有十全而无遗憾的事？鉴于此，我想起孔子“富贵于我如浮云”之言了。

（1941年10月9日）

一封白话信

敬复“白话书信”的作者语罕先生：

读了你索书的诗，我真透着惭愧。咱们天天说别人口惠而实不至，难道自己也这样干吗？可是，我起一千个誓，我没有冤你。那天在新民报经理室看到你的信，还有新民报的二张①当面，就告诉陈铭德先生，请他挂号送你一部书，而且我亲眼看到陈先生在书上篆了字，交给文书股由收发处付邮。没想到再版已过，二版卖光，在没发行之前送你的一部书，竟会没有寄到，这就怪了。怪透了！没有到的原因何在？不用问了，反正有那么一个原因吧？还是个九九八十一，罪在小弟。为什么我不自己去投邮呢？三版出书，大概至少还得半拉（此字读那，在白话信里面，读起来似乎比个字俏皮点，尊见以为如何？）多月，未便请先生再等了。我家里还有一部再版书，请把你的江津地址，写信告诉我，我立刻（好像应当说原班）用快信寄上。说到这儿，事情又有点意外。在重庆的外寄书，除做小包裹之外，凭你说什么，也是白说，不寄。可是在南温泉，倒有个例外，印刷品不出川，总可寄，若是你爱多花钱，寄挂号，寄快信，你想会有问题吗？我的通信地点，是南温泉，南泉新村二十七号。邮局同人，太熟了，你不爱写那么多，甚至单写南温泉三个字，也许都可把信寄到。自

① 张伍附识：信中所指“新民报二张”为张友鸾、张慧剑两位父执。

然，礼多人不怪，爱详细写更好。书预备好了，就等你的回信儿吧。这封白话书信，说不定就是五四时代，读你“白话书信”得来的招儿，招字实当用着，从俗。你瞧，学得像不像？热天好哇？

（1942年8月22日重庆《新民报晚刊》）

附：

赉《八十一梦》寄恨水先生

高语罕

江村长夏乱蝉唱，蚊蚋欺人体欲鳞。
渴待沉酣八一梦，至今一梦也难寻。